不朽之士
Os Memoráveis

Lídia Jorge
[葡萄牙] 莉迪亚·若热 著
朱文隽 译

海天出版社
·深圳·

图书在版编目（CIP）数据

不朽之士 /（葡）莉迪亚·若热著；朱文隽译. --
深圳：海天出版社，2022.8
（海天译丛）
ISBN 978-7-5507-3465-4

Ⅰ.①不… Ⅱ.①莉… ②朱… Ⅲ.①长篇历史小说—葡萄牙—现代 Ⅳ.①I552.45

中国版本图书馆CIP数据核字(2022)第078829号

版权登记号　图字：19-2021-122号
Os Memoráveis
© Lídia Jorge, 2014
by arrangement with Literarische Agentur Mertin Inh,
Nicole Witte e.k., Frankfurt am Main, Germany.

不朽之士
BUXIU ZHI SHI

出 品 人	聂雄前
责任编辑	林凌珠
责任校对	聂文兵
责任技编	梁立新
封面设计	麦克茜

出版发行	海天出版社
地　　址	深圳市彩田南路海天综合大厦（518033）
网　　址	www.htph.com.cn
订购电话	0755-83460239（邮购、团购）
设计制作	深圳市龙瀚文化传播有限公司 0755-33133493
印　　刷	深圳市新联美术印刷有限公司
开　　本	787mm×1092mm　1/16
印　　张	18.25
字　　数	217千
版　　次	2022年8月第1版
印　　次	2022年8月第1次
定　　价	42.00元

海天版图书版权所有，侵权必究。
法律顾问：苑景会律师 502039234@qq.com
海天版图书凡有印装质量问题，我社负责调换。

于我有利

那些缓缓诅咒着的墙壁

某种躲避流言的场所

日常生活中必然的一幕

被枝叶遮蔽的船只

花园里重演的冒险经历[①]

于我有利

我有一条恍惚的街道

以我们所有人的名义燃起的大火

——亚历山大·奥尼尔[②]

抱歉,我们没有在这些街道上遇见。

我们只在明天出生。

——里斯本的壁画

[①] 此行译文参考丁文林译《于我有利》。
[②] 葡萄牙超现实主义诗人。

目 录

神　话 001

奔赴神话中心之旅 031

写给罗伯特·彼得森的脚本 275

神 话

老大使身着丝绸外套。这听上去有些奇怪，可是把我带到那些乱世英雄身边的正是他手中晃动的装有苏格兰威士忌的酒杯。陪伴在老大使身边的人也都手持盛有相同液体的杯子，也许正因为此，这房子宽敞的大厅里飘荡着的开怀大笑声听上去是那么刺耳。宅子的主人对紧挨着他的那位宾客说："孩子，就像有些买卖人想要证明地球是平的，总有人会说历史是圆的。你们明白了吗，如何编造一个美丽的谎言？地球平得好似一张餐巾纸，而历史则像一颗圆球，找不到起点。那么，鲍勃①，你现在如何拆穿这样一个精心打造的骗局呢？"

围在老大使身边的几位男士都失礼地放声大笑。接着，他们把屋里的葡萄牙女人叫到身边一同打趣逗乐。她从角落起身，加入了围在宅子主人身边的那一群人，但是很快，那一撮人便只剩下了穿丝绸外套的老大使、他的教子罗伯特·彼得森和她，或者说，和我。三个人沉默不语，与这房子里从其他房间中传出的欢声笑语形成鲜明的对比。无话可说的时间过长，教父友好地示意我去大窗边。窗外开始飘落一缕一缕的白丝，比天气预报预测的时间晚了一些。老大使兴致勃勃地把我叫去窗边看雪。他说："马沙多小姐，到这里来，看看是什么从天而降落在我们的院子里了。"我走了过

---

① 英语名罗伯特的昵称。

去，三个人倚着玻璃，被窗外迷人而忧郁的景色打动。

不过，这显得多愁善感的赏雪行为持续时间十分短暂。教父很快从那魅惑人的气氛中走了出来，好像外面的雪并不存在，而我也没在场似的。教父问鲍勃："啊，对了，孩子，关于我跟你提议的，她做决定了吗？"接着，两人开始讨论赶赴沙漠国家的日程，那里的战乱已经持续了六个月，却丝毫没有要缓解的迹象。出发的日子定了下来，行程也讨论完毕，教父固执地说道："你别忘了，完全可以由别人取代她来完成这项任务。成千上万的年轻记者正在赶赴沙漠地区，想要采访那里的烈士遗孀。难道其他记者不能去那里？"教父和教子用英语交谈着，他们口中的那个"她"指的正是我。接下来，穿丝绸外套的男人就很多战地记者对于奔赴战场报道成瘾的事实开始发表长篇大论。

我们坐了下来。

老大使手执酒杯，边说边晃动它，好像对待玩物一般。我以为那里面的液体并非威士忌，而是与威士忌颜色相近的某种液体。他语速缓慢，对鲍勃侃侃而谈，谈报道武装冲突的吸引力。教子鲍勃无法抗拒战地报道的魅力，也许所有经历过这件事的人，包括那个女孩，都无法抗拒。教父对此十分不悦，开始就这种悲哀的癖好阐述他的观点。在他看来，战地报道总是牵扯突如其来的行程安排、不可延期的紧迫性以及必不可少的战地记者派遣。然而，我们应当适度放松，因为我们这一生永远不缺报道题材。至于杀戮和遗孀，不幸的是，无论何时何地，我们都有报道的机会。所以，我们需要做的，是在不断往复中，沿着螺旋上升的通道选择合适的时机稍做休整。外交官有条不紊地说着，言语单调乏味，似乎在自言自语，最后他转向我，用葡萄牙语继续说道："马沙多小姐，我对我的教子说过，历史并不总是一场噩梦，我们企图从梦中醒来回到最初，却是徒劳无功的。有时候，虽然是极少数情况，历史可以是一场令人愉悦的梦，它是如此美好，以至于一个人醒来时会竭尽所能记住其中的画面，不让梦境泯灭。让我们实际一些吧。当我们从这样一种美梦中醒来时，我们应该做的是保持清醒，留住那些不寻常的瞬间，用一种特殊的方式将它们烙在记忆里。我说的有没有道理？"

接着，老大使转向鲍勃，用英语说道："孩子，我告诉过你了，别泄气。我建议你制作五到六集的系列片，就像你拍摄制作的那些讲述过去美好时光的纪录片。那时候你是一个才华横溢的年轻人，制作出的片子效果比预期的还要好。你可以把这个系列叫作《不眠的历史》，或是类似的名字。第一集，比如，我建议让马沙多小姐出镜。由这位小姐用在她的祖国发生的事情作为开始，用二十多年前在她的祖国发生的那起不可思议的事件开启这部纪录片。时光永不停歇，如同白驹过隙，光阴似箭，弹指之间，不是吗，鲍勃？接受我的建议。她应该尽快去那里，捡起嵌在里斯本碎石路缝里插着鲜花的枪管。孩子，尽快派她过去吧。我建议，纪录片的名字就叫《永不沉睡的历史》吧。"老大使将酒杯举至眉眼高度，做出一个郑重的"干杯"的手势，犹如那屋子里有人喜得贵子一般。

我忘了说，大使的家是用木头和玻璃建造而成的，房子立于波托马克河①的一条支流边，水流不急不缓，时不时传来喧嚣声。我也忘了说，大使的宅子被红橡木围绕，初降的雪花不但没有将它们遮掩，反而令它们如篝火一般，在清爽湿气的笼罩下显得光彩夺目。

---

① 美国中东部最重要的河流。

这周遭的环境本无关紧要,要不是那两个美国人突然执意要我回到我并不想再次踏足的地方,我的思绪还停留在那些飘落在花园里的逐渐浓密的雪花上。还有那炙热的红色,我被那颜色深深地吸引。然而,老外交官很快就用他带着浓重英语口音的葡萄牙语对我说道:"马沙多小姐,咱们聊聊。葡萄牙奇迹发生之时,我还未到贵国赴任。我到那里的时候,已经是九个月以后了,里斯本城中的斗争如疾风骤雨,我刚刚上任就忙得焦头烂额。"说到这里,老大使再次露出喜悦的笑容,打量了一番他的威士忌,又摇晃了一会儿酒杯。他接着说道:"那段时间,我真是焦头烂额。但是,那段经历也给我带来了人生最大的满足感。另外,我可以向你保证,我在与时任国务卿之间产生的那场分歧中笑到了最后。我们俩的那场分歧还得了一个十分有趣的名字。你想知道叫什么吗?国务院里流传着'亨利①和弗兰克的葡萄牙抓痕之战'的说法。从亨利的角度出发,倒是很好理解,因为他在国务院的绰号就是'狮鬃',强势的象征。在这里,华盛顿,当时的人们都这么说,在葡萄牙,无人提及。那时的里斯本,人们把我当作眼中钉,在我名字下面涂鸦'go home soon'②,在涂鸦旁边的墙壁上涂画花朵。马沙多小姐,我就是在这样一片混乱之中认识了你的父亲。"

我能闻到外面雪的气味,还有潜藏在这偌大的屋子里的危险气味。那天,鲍勃·彼得森让我随他到老大使家,说只是为了让我能有机会说说母语,让我用葡萄牙语介绍去伊拉克"和平谷"③一路上目睹的惨状。可是,令人意想不到的是,我们不但聊到了我的

---

① 指亨利·基辛格(1923—),美国前国务卿。
② 英语,意为"快滚回家吧"。
③ 伊拉克什叶派穆斯林安葬之处,是世界上最大的古墓。

祖国，还模糊地提到了我的父亲，在我看来，这两件事就等同于一件。不可思议。老大使用英语说道："哦，是的！鲍勃知道我在想什么。"教子并没有回应，只是聆听。在来的路上，他提醒我说，以己为傲的人到了一定年纪都有一段荡气回肠的故事用于讲述，他的教父则有很多这样的故事可说。鲍勃说得没错。教父继续道："鲍勃很清楚那些年的情形，每天早上八点，只要在会议桌上打开世界地图，就能发现又有一些地方被插上了红色的小旗子。我们这里平静的夜晚是那里的人们水深火热的白天。时差就是这样，子午线就是这样。那些红色的小旗子就是这样。在很多地区，冷战进行得如火如荼。至少，我们学会了划分世界，在世界地图上做减法。两大阵营的形成意义深远。至少，我们明白了这一点。关于如何做减法，我们学到了更多。望着桌上摊开的地图，我们盘算着。为了减少这里的伤亡，不得不牺牲那里的几条人命。这就是划分世界。用三十条人命换三千人生的希望。牺牲一百人，保全一百万人。冷战就是这样，权衡利弊。最低伤亡原则。那段时间，我们每天早上都是这样度过的。然而，突然，出乎所有人意料，在欧洲的最西端，发生了那一切。八点整。一场奇怪的运动在你的国家上演。一场和平的政变。没有人相信一场运动能够以和平的方式进行。我们平静地等待着，原本打算将小红旗插到该插的地方，这一切都显得自然而然。可是，两天过去了，并没有发生什么严重的事件。事实上，那是一场没有流血的政变。全世界都用期待的眼神望向你的国家。怎么可能？这简直史无前例。一个在地图上呈长条毛巾状的微不足道的国家，一夜之间变成了世人瞩目的'新娘'，会议桌上所讨论的局势因此发生了变化。从那以后，我们对插着小红旗的那张地图的看法变了，不是因为那些第二天涌向街头庆祝的人，这些人中有很多是为了占据你的国家而去行监视和挑拨之事的。我们的看法发生改变，是因为，并且只是因为，你们国家人民的素质。"

老大使俯身将酒杯放于托盘上，理了理他的丝绸外套，他的衣服口袋里装有金色钢笔。他用葡萄牙语说道："你要相信，马沙多小姐，你们的人民是我一生中见过的最理智的人民。他们生活贫苦、学识不高，遭受了五十年的独裁统治，束手束脚，却突然发起了一场政变。人们走上街头呐喊，各有各的癫狂，各有各的目的，各为各的利益，相互威胁，面对面，拳脚相加，他们中的很多人甚至手持武器。在互相辱骂、推搡扯拽后，人们的性命却完好无损。我看见了，我目睹了这一切，而这些应当在为时不晚之时为世人所知晓。你明白我的意思吗？"

当时的我不需要明白。

时隔六年，如今的我能更忠实地还原大使当初说的那番话，尽管六年前我就坐在他的面前，直接聆听他的言语。我承认，当时的我对于赞扬一个距离我极为遥远、对我而言也只是偶尔归属的民族丝毫不感兴趣。他先用平静的语气掩饰那一番侃侃而谈，之后他的语气变得急促，且在两种语言之间切换，但这些根本打动不了我。他提到了"你们的人民"，一群温顺的人民。面对这样性格的人们，部长都想成为领袖，教士都愿意变成牧师，公诉人也都乐于为其辩护。教父说话的口吻中隐隐夹杂着兴奋，就好像他口中的那个国家是自己的爱人一般，他口中的那些高贵的人民手持并无杀伤力的武器，欢呼雀跃地去街头游行，以和平的方式表达自己的诉求。大使说，当时的他有自己的考量，希望谨慎行事，等待走上街头的这些激昂的高贵的人民自行冷静下来。他如此孤注一掷的想法需要贯穿1975年一整年的耐心。他清楚地记得，国务院"狮鬃"在那段时期里对于他的谨慎十分恼火，说原本以为派去里斯本的美国大使能是一位强硬派，结果却是一个"软蛋"：一个不但不作为，反而在当地当起老师的"软蛋"。鲍勃的教父高兴地回忆起他和他的下属们如何赢得与国务院"狮鬃"的那场较量。他们没有按照上级下达的指令行事，而是选择了不进行直接的恶意干预，也不挑灯夜战，纯粹耐心地等待，就好像冷战根本不存在一样。那是一场精彩的对决。老大使在讲他的故事，一阵阵笑声从楼上传来，我也想笑，特别是他努力回忆1974年葡萄牙军人插在步枪枪管上的那种花的名字却完全想不起来的时候。我们三人的大脑好像同时设置了遗忘程序，谁都想不起来那花的名字。我也装作记不起来。主人不知所措，他问道："那花，叫什么来着？"

是的，那些红色的花？

谁都记不起来那花的名字。我们三人都知道那花的花瓣边缘呈锯齿状，茎秆粗壮，节膨大。4月25日那天早上，小商贩将这些花赠予往下城区①行进的示威者。就连鲍勃都知道，游行队伍经过一座广场的时候，女店主开始分发这些花。可是，我们却谁都想不起来这花的名字了，真是难以置信。你怎么会不知道呢？主人不安起来。他承认，他惊讶于这个词居然没有印在我的脑子里。但是，他说他明白距离和语言的混用有时会在移民的语言记忆里造成无法想象的空白。切换语言的时候，人的大脑会发生思维混乱。即便如此，那花到底叫什么？我们三人眼望天花板，鲍勃没有想好。突然，他带着猜疑做了决定。只见他一跃而起，打开隔断门，径直往

---

① 位于里斯本市中心。

传来笑声的楼上走去。等他回来时，他带来了答案。鲍勃的脸通红通红的，看上去有些狼狈。我们怎么会不记得那花叫"康乃馨"呢？"红色康乃馨？"他用英语反问道。

老大使也感到一丝羞愧。

康乃馨，当然是康乃馨。"天哪，当然是康乃馨，亲爱的鲍勃！你怎么能忘了这种植物的名字？怎么能？"这时，老大使将转椅转向我，说道："马沙多小姐，你若回到里斯本，在那遍地的碎石缝隙间还能找到那些花瓣的残留，那是你的人民用来推翻旧制度的唯一武器，也是通过那些花，人们得以彼此理解。对于那些踏足过世界上许多地方并亲历过众多形形色色的事件的人来说，这足以引发他们的思考。就在葡萄牙政变爆发的前一年，智利圣地亚哥足球场里上演了世人皆知的惨剧。那是给人留下可怕记忆的地方。发生在那个民谣歌手身上的悲惨故事着实令人作呕，他先被砍去双手，又被44颗子弹击中身体。那些施暴的凶手在后来写给朋友的信中说，那44颗子弹中，10颗是为了让他不再唱歌，10颗是为了让他不再写作，10颗是为了让他不再谱曲，10颗是为了让他闭嘴，最后的4颗是为了表明美国是这起事件的始作俑者。那4颗子弹直直射入他的胸膛，用意实在令人不齿。智利人导演了这一幕，拿活人当靶子，为的就是要孤立我们。贼喊捉贼，你懂的。很微妙。但是，你的国家不同，是一个奇特的存在。葡萄牙的武器，葡萄牙革命，善良、慷慨和爱好和平的人们，你们的枪炮只是那些花。理智的人们。马沙多小姐，我在CBS[①]的新闻报道里看见你的名字，听出你轻微的葡萄牙口音，你的姓氏和你的外貌都让我想起那个国家的人民和那段历史，包括你父亲安东尼奥·马沙多的专栏。"

---

① 美国哥伦比亚广播公司的英语缩写。

"你父亲有恩于我,你知道吗?事实上,我们素未谋面。可是,他大胆地表达忧国忧民的思想,我得以像知己一般了解他。马沙多小姐,你父亲是在那个时期陪伴我的良师益友,他拥有自省的勇气。事实如此。我至今还清楚地记得安东尼奥·马沙多创作的专栏,他在报纸的末版预见未来。他负责两个专栏。我如饥似渴地阅读那些预知未来的文字。日复一日,他用文字预知未来,而我作为一名别国的外交官,一直在试图破译那些文字,规避凶险,我很享受你父亲预知未来的方式。一名专栏作家若是无法预知未来,又何以被称为专栏作家呢?是不是,马沙多小姐?"

我在一旁当鲍勃的教父的听众。

有关这个葡萄牙古老神话故事的种种细节,我简直熟悉得不能再熟悉。听到那个唯一能将我与这个神话故事联系在一起的人名,我感到些许不适。主人用英语滔滔不绝地说着父亲的专栏。窗外,秋天的第一场雪下得已经没有那么大了,即便如此,树木的轮廓早已分辨不出。大使说:"马沙多小姐,有趣的是,1975年2月,我刚刚上任,安东尼奥·马沙多便在他的专栏里说我是资本主义阿提拉①的战马,所到之处生灵涂炭。他使用的语言极为丰富多彩,虽然我喜欢那些色彩,但是它们有时过于绚烂。也是通过它们,我得以了解你父亲的所见所思。当你读到这样批评你的文字时,你会不得不刨根问底。仅此而已。至于那些白痴在墙上的乱涂乱画,我全不在意。我在意的是智慧之士的想法。你的父亲就拥有先见之明,他写了很多关于我的文章。他热衷于说我的坏话。六个月后,

---

① 阿提拉(约406—453),古代匈奴帝国皇帝。

也就是1975年秋天，他甚至说我代表所有那些希望删除有关那首歌曲的记忆的人。那首歌曲拉开了1974年革命的序幕，而那些踏步声就是那首歌的序曲，缓慢的行军，从乡间传出的关于一种树的吟唱……"说到这里，主人无助地望向鲍勃·彼得森："鲍勃，那首歌曲的名字是什么？缓慢的行军，鲍勃？从踏步开始的？"

什么踏步？

有趣的是，那一刻，我们三人又都回忆不起来那首歌曲的名字，又一次全体失忆了。若是在平常，这歌名是信手拈来的，包括鲍勃·彼得森。他虽然没有去过葡萄牙，但也在很久前就注意到《世界音乐》节目中会播放以"国家"为主题的歌曲。在这样一个文明的国度，有谁会注意不到呢？有谁没有听过，哪怕只有一次，那些踏步声？1974年，鲍勃还是一个住在亚拉巴马州腹地的十五岁少年，一心只想打棒球。即便如此，他也留意到了那首葡萄牙歌曲，那首以几名士兵的踏步声作为开始的歌曲。美国人将那些士兵想象成衣衫褴褛的野人，手挽手，最终从一个世纪的落后中走了出来，沐浴在生产和自由贸易的神圣曙光之中。心怀善意的美国人感动了，因为在大洋的另一边，伴着初升的太阳，一群穿着破衣烂衫的欧洲人找到了通往繁荣的道路，像那些雄赳赳、气昂昂移民至加利福尼亚的人一样。他们踩着硬军靴开始了艰难的历程。那踏步声，这个葡萄牙姑娘怎么会不记得？显然，罗伯特·彼得森没有义务记住这首歌的名字，但是那个假装忘却的葡萄牙女人，她有这个义务。教子再一次起身上楼，回来时，他用英语说道："我们不需要你的帮助了。还好，楼上有一位先生，脑子里装着一本革命词汇辞典。只要跟他说起葡萄牙的革命，他便能一一道来。"鲍勃把一张纸条递给教父,教父念道:"格兰——多——拉①。"

教父按照纸上所写将歌名逐字念了出来,他晃动了好几次杯中的液体,用充满耐心的眼神望了望我。鲍勃则对我视而不见,径直走向教父说道:"父亲,您看着吧,她还会说不知道'格兰多拉'究竟是一种树还是一座城市的名字。我们已经无计可施了,她在抵触,她不想参加这部纪录片的拍摄。您明白吗?她记不住'格兰多拉',也想不起来'康乃馨'怎么说。她靠不住的,我亲爱的叔叔。这就是真相。"

鲍勃口中的那个"她"指的就是我。

但是,教父比鲍勃大三十岁,而且,他是一位出色的谈判家。他的教子只是一个活在自己世界里的毛头小子,能面不改色心不跳地站在堆满五天尸体的废墟上进行播报。鲍勃轻易地放弃了生者,主人却兴奋起来,他的手臂向我靠近,用他那骨节突出的手一把抓住正要躲开的我。"来,你的全名叫什么?"他问道,"安娜·玛丽亚·马沙多,让我们坦诚相见吧。你要知道,不用多时,人们就会像你一样忘记那些踏步声的意义。我知道,这一切对你来说是很久以前的事情了,在你出生前就发生了,在你的世界观和你的世界形成之前。即便如此,这事还是值得考虑的。因为整件事并非完美无缺。难道你没有发觉,痛苦的记忆持续的时间特别长,而那些美好的瞬间却总是转瞬即逝?"主人用一种似乎在回答某人问题的口吻问道:"你是否觉得人类的大脑被永久设置了忘记好事的模式?那些快乐天使下凡的瞬间、人类无休止的野蛮行径暂停的瞬间、人类的天使朋友露面的瞬间——他们用翅膀温柔地抚摸我们的脑袋,

---

① 歌曲完整的名字为《格兰多拉,棕色的小镇》,在葡萄牙常简称为《格兰多拉》。此处为老大使用不标准的葡萄牙语念出歌曲名字。"四二五革命"爆发当日,参与革命的军人哼唱着《格兰多拉》,手持枪管上插着康乃馨的步枪行进在里斯本街头。

邀请我们与他们同吃共饮。马沙多小姐,你觉得是不是这样?如果你不这么觉得,那就是你还没有准备好与你的天使合作,对吗?为什么呢?"

"抱歉,如果我给你施加了过多的压力。"

窗外的雪停了。

张开手臂的红橡木和冷杉已经消失在花园的一片白皑皑之中。隔壁房间传来熙熙攘攘的脚步声,宾客们已经开始离场了。我心想:怎么回事?这么早?聚会结束了?男侍从过来引路,主人向门口走去,鲍勃一路陪着他。二十位幽默的宾客向女主人告辞,一片喧嚣,笑声和说话声此起彼伏。老大使很快就回来了,好似并未离开,鲍勃像侍从一般紧随其后。我以为我们会像其他宾客一样,利用雪停的间隙匆匆告辞。可是,事实并非如此。我们依旧守在屋子里。主人从刚才被打断的地方继续说道:"对不起,马沙多小姐,跟你聊了如此鲜见的话题。我还想跟你说的是,发光的物体极少飞跃地球上空,一旦出现,旋即消失无踪,世界再次陷入黑暗,而我们便是这黑暗的一分子。我向你保证,我们只不过是黑暗中移动的轮廓。我在世界各地都感受到这一点,只有一处是例外。我对鲍勃也这么说。"

———◆———

鲍勃·彼得森坐了下来。

教父继续说道："马沙多小姐，您请随意。我已经说了所有能说的。就我个人而言，我是单纯地敬仰您家乡的人民。我每天从我在里斯本的住处窗口向外望去，观察那个国家的人民的一举一动。日复一日，我越发敬仰你们，你们葡萄牙人民。我知道，到了关键时刻，就像《纽约时报》记者说的那样，'里斯本过了癫狂的时候'，那里的人民会收起武器，彼此原谅。我知道，葡萄牙老百姓会忘却那些警察对他们造成的冒犯，就像这些警察会很快忘却那些起义者对他们造成的冒犯一样。双方很快便会重新坐在饭店和酒吧里，握手言和，一切归于平静。这就是你们历来的传统：像原谅自己一般原谅他人。这是发生在古代骑士之间的情景，如今看来是那么摩登。这样的故事，值得被好好讲述。我希望会有这么一天，因为鲍勃有能力还原那宝贵的鼓舞人心的时刻。他擅于使用古代猎人惯用的手法。他可是一位优秀的青年，曾经采访过那些参与了诺曼底登陆的幸存者，请他们一一讲述登陆时的情景。鲍勃还请那些当时在大街上贩卖商品的女摊贩回忆盟军士兵是如何进驻巴黎的。你知道的，你了解鲍勃做的所有工作。"这位接待我们的老大使露出一副劳苦功高的表情。"我觉得，可以这样，"他继续说道，"你先去做调研，之后他再带着整个团队过去，一帧一帧地拍摄，最后剪辑，出成品。很清楚，清楚极了。你调研一个月，他拍摄一个月，制作周期一共三个月。现在，你完全可以接受我的提议，准备出发了。当然了，你是知道的，我并不想给你施加压力。"

主人似乎为他的邀约画上了句号。从他的言语中，我听出了鲍勃的计划，而并非老大使所谓的办法。我知道，教父并没有关于这次报道的具体方案，这也不是他擅长的领域。可是，我从他的话语中听出了些许降调，一种将要结束谈话的语调。他加重的语气让我困惑，因为既可以被理解为面对我的不妥协而做出的让步，又可以被视为他坚信我最终会接受任务的"欲擒故纵"。我不知道该如何解读。就在这时,老大使说道:"马沙多小姐,咱们上楼吧?"

"走吧。"教子回答道。

于是,我也跟了上去。

鲍勃对这房子熟悉得就好像在自己家中,他径直往楼上走去。三个人默默地爬着台阶,一直到顶层,无人言语。走在这些台阶上时,我一度以为危险已经过去。鲍勃很清楚,我从一开始就对这个项目抵触,没有商量的余地。我一边爬台阶,一边思忖着:即便鲍勃坚持要做这个项目,现在看来他确实不打算放弃,解决的方法也很简单。若是他坚持要做,具体来说,只需要放弃我就行了。这部纪录片不是一共有四五集或是更多吗?为什么一定要纠结这第一集呢?为什么葡萄牙的题材要作为第一集呢?我们爬到了顶层,从天窗向外望去,其他客人离开得正是时候,因为白色的雪花已不像先前那样飞舞,飘在空中,而是如玻璃弹珠一般倾斜着掉落在地上,越积越多。

我们所处的半圆形区域其实是这房子里的书房,准确地说,是主人的私人办公室。那里的气氛依旧沉闷,就像是我们都已在安的列斯群岛①,而鲍勃的教父乘坐的航班却晚点了好几个小时才到。教父还穿着那件像是在旅行中的衣服,男侍从形影不离地跟随着他。书桌上放着好几摞纸和信封,一盏台灯的光照着它们。主人走近书桌,开始询问我。听上去他似乎将话题岔开了,实际上却是在拐弯抹角,不改初衷。他晃动着新酒杯里的液体,假装切换话题,

---

① 位于南美洲、北美洲两大陆之间。

问我:"马沙多小姐,在我向你展示我为你准备的东西之前,希望你能先提供一个信息给我。

"你知道卡瓦略还在世吗?"

老大使是用葡萄牙语提问的,迫使我再次将注意力转移到那件事上,因为他口中的"卡瓦略"可不是一种树①,而是一个姓氏,但是我完全不记得有谁是姓卡瓦略的。这一次,我没有假装忘记,我是真的忘了。但与在一楼时相反,这次我没有假装忘记,而是笃定地假装我还记得,回复他说是,我相信卡瓦略还活着。为什么不呢?主人帮我解了围。"我说的卡瓦略,是那位策划并从头到尾一丝不苟地实施了政变的人。一位天才。'葡萄牙的红橡树',你知道吗?也许是最高大的那一棵。听你这么一说,我也相信他还活着。可是那位安图内斯,已经过世了。关于他,我得到可靠信息,确定他已经去世了。着实可惜,他才智过人,善于思考和写作,尽管话有些多。比起雄辩,他更擅于思考,我们曾经很是聊得来。可惜,他已经不在了。至于洛伦索,他好像还在,而且身体不错。是不是?"

教父开始在办公室里放飞思绪。

"我说的人民是有特点的那一群人。洛伦索就是能够定义葡萄牙人民的那群人中的一位。我们在一起吃过几次饭。他还活着,葡萄牙人民还活着,卡瓦略还活着,安图内斯去世了,萨尔盖罗不在了。萨尔盖罗走了。关于他最终的归宿,你知道发生了什么。他是那么单纯,但不幸的是,四十七岁就英年早逝了。四十七岁,他就离开了我们。我的天啊,萨尔盖罗还是个孩子,就离我们而去。

---

① 葡萄牙语中,carvalho意为"栎树;橡树",该词也可作为姓氏,音译为"卡瓦略"。

这些逝去的精英,伟大的人民,还有那座令人着迷的城市,我在那里度过了人生中最美好的阶段,在那里完成了我一生中最重要的使命。我还有很多朋友在那里,他们都还活着,我的朋友们。有时候,我不相信他们中的某些人会离开人世。如果说他们中的有些人走了,那就意味着我也该走了,我不相信会有这么一天。"

教父靠在桌旁,距离鲍勃很近。刚才那番话,主要是对鲍勃说的,他不禁嘲笑起自己的喃喃自语。接着,他又念叨,若是他们中的某个人会死,那就意味着他自己也会面临死亡。他曾坚信自己能够长生不老,甚至挑选了那把水晶座椅,打算天长地久地坐下去。男主人一会儿询问这个,一会儿打听那个,得知这些善良的葡萄牙人还都健在,他的兴致愈发高昂起来。在听到其中好几个人名之后,他显得十分欣慰。我关注了那几个人名,但直到后来才明白为什么想不起他们是谁。那是因为在我家,这些人物从最初就以绰号而非本名被提及,这个惯例是由安东尼奥·马沙多的夫人开创的。伴随着老大使的娓娓道来,我的眼前闪现出一串昵称。一个个在我父亲家中被创造出来的绰号在我脑中浮现,我对它们太熟悉了,可是即便如此,我还是无法立即将它们与老大使所说的人物一一对号入座。不过,我也无需那么做,因为教父似乎明知故问。他很清楚谁还活着,谁已在弥留之际,谁已逝世。他和鲍勃为何还要在半圆形书房里肩并肩倚在书柜前将这场聚会延长呢?

教父手持酒杯,一副满足的模样。现在,我很清楚地看到他手中的威士忌确实不是别的饮料,因为侍从为我们三人斟的是同一个酒瓶里的液体。他并没有为自己添置一件外套,也没有提及下午的雪比预报的晚下了一个半小时。现在,暴风雪提前两个小时来临。问题是,这位"谈判者"在一场聚会中重操旧业,一项令他着迷的事业,为了它,他已经达到了忘我的境界。我则是他这项事业中的一颗棋子。于是，鲍勃·彼得森的教父觉得最好将聚会时间延长，直到暴风雪结束。

他说："请不要拘束，我和鲍勃下去走走。"

事实上，不管暴风雪提前或是推后，抑或是准点来临，主人都为"先知"的女儿准备了一份惊喜。"Et voilà.①"他用带拉丁语重音的法语说道。这是一件对他来说颇为重要的事情，虽然在别人眼中只不过是一段记忆，微不足道。但是，那是一段重要的记忆，源于那群粗鄙、贫穷、高尚、坚韧、不屈的人民，那个曾经叱咤海上的民族，东至日本，环游世界，如今，在历经沧桑之后，知道以协商的方式放下武器，遵守诺言，回到自己的角落。老大使说，他为曾与那个民族的人民共同生活而感到荣幸，为没有让那个民族的人民在1975年成为牺牲品而感到高兴，为阻止了"狮鬃"亨利将那个安静的民族变成欧洲的"疫苗接种地"而倍感欣慰。他说他没有让葡萄牙成为欧洲人民的反面教材。没有将葡萄牙变为另一个古巴，让伦敦和巴黎感受美国人民在家门口就要遭遇哈瓦那青年的不适。啊！是的，是的。1975年5月，"注射针筒"已经准备就绪，就要扎向葡萄牙人民的皮肤。"狮鬃"早将一切安排妥当。但是，老大使得以阻止这一切的发生，他看见了就要到来的变革，对于"牺牲者"的本质做出了研判，得出的结论是：那个温和、谦逊、不断对抗饥饿、寒冷与贫困，希望提升文化修养的民族，那些留着黑色小胡子、穿着硬军靴的人，不应该沦为"疫苗"的角色。"马沙多小姐，请告诉我，你接种过疫苗吗？你知道从医学的角度来说，疫苗是什么？你的胳膊或是腿上，有没有接种天花疫苗留下的印记？我看见你还保留着那个印记。葡萄牙在那时就差点遭遇了这样的情

---

① 意为"就这样"。

况。你的国家险些变成接种疫苗后皮肤上出现的那块褶皱了。你明白这样的后果是什么吧？是的，正是如此。"老大使在对自己当初发挥的作用做出一番总结后说道。也就是说，如果他在所谓的"葡萄牙抓痕之战"中没有坚持己见的话，欧洲大陆的发展道路可能自1975年开始便被改写，与如今大相径庭。肯定不会有一摞用质地考究的纸张书就的协议文件，其中的修改条款也不是那么轻而易举就达成的。万幸的是，事情没有向相反的方向发展，谢天谢地。

教父如此得意扬扬地谈论当初的胜利着实罕见。

赢了，是的，他赢了。可是，他特别强调欧洲不欠他什么，他的国家也不欠他什么，谁都不欠他什么，他只是在严格履行自己的职责。现在，他只想证明，自己这一生中至少做了一次对历史有益的事。至少有那么一次，当和平天使降临安东尼奥·马沙多女儿的国家，他在正确的时间出现在正确的地点，而这个故事值得被他教子的镜头记录下来。这个故事可能成为那部名为《永不沉睡的历史》的六集纪录片的开篇，老大使的教子也可能为纪录片另起他名，只要这个名称能映射出这样一个道理：有时候，一件美好的事物能成为冲破地球无边黑夜的一道闪电。主人用英语说道："抱歉，鲍勃，我光顾着和你的朋友说话了。"紧接着，他拍了拍桌上那几摞信封，将它们重新整理了一番，又挑出其中一摞，那一堆信封都用绳子捆着。我听见他说："这些是我想给你看的。你可以看到这个世界上有很多进程都值得记录，而这一部'剧本'最终以各大城市上空飘扬白旗结束，一个完美的结局。不过，决定权在你手里。"

"请坐在这里，马沙多小姐，这样。"主人说。他为我准备好椅子，将它挪到距离灯光较近的地方，让我坐下，确保物件已经与目标人物"绑定"。教父和教子准备下楼了。

"屋里温度正合适,有茶,有咖啡,马沙多小姐,您随意。"

危险就在那里。

一张堆满信封的书桌就是那个危险因素。我用了几分钟的时间分析形势和危险因素的性质,反复斟酌之后,觉得可能并不存在什么真正的危险,我只要不被情感错误地支配即可。你看,我读完这一堆信件中的四五页以后,教父就会来收拾了,鲍勃·彼得森会在楼下等我。于我而言,不过就是快速念一念几封旧时的信。在那个年代,人们依旧交换纸质信件。我最多就是把第一捆十来个信封里的四五封信粗读一遍,然后我们就可以离开了。鲍勃在花园里把他那辆已经被雪覆盖的汽车打理好,将车开到门口,然后送我回家。我们驱车经过杜邦环岛①,绕过黑狐酒吧,之后便抵达我在1917S街上的小公寓门口。这是我脑子里浮现出的一幕幕。没有一点危险,没有丝毫畏惧,不存在威胁,不存在死亡,荒漠距离我还十分遥远,在那个时候还完全看不到。我坐了下来,开始拆信封。我先打开了六七封,确信这将会是一场短暂的考试,极为短暂的考试。然而,事实并非如此。

两小时后,我已经读了三十、八十,甚至是一百封信?也许有一百五十封之多。慢慢地,我忘记了时间。

---

① 美国首都华盛顿的一个历史文化街区。

我从一个厚厚的信封捆包里打开的第一批信件看上去没有什么特别之处，甚至不像是值得被一位外交官私藏的物件。这些信的收件人地址都是私人地址，看上去跟大使馆没有任何关联。有一些是下午茶和晚宴的邀请信，中间还夹杂着一些只有家庭主妇们才会保存的小物件，诸如藏在柜子深处的肖像画、圣人的画像和一些随意的照片，它们都被莫名其妙地邮寄给了"尊敬的阁下"。类似这样的东西还不少。我对它们不感兴趣，于是将它们丢在一旁。下一摞信的信封上都没有写地址，意味着这些信都是由寄件人亲手交给老大使的。如果说第一摞信既有可能是在和平年代也有可能是在局势动荡不安之时书写寄出的，那么这第二摞信件，或者说，我凑巧已经打开的这些信件，都明显反映出政权更迭时期的种种动荡不安。这些信都是用葡萄牙语书写的，内容都涉及"康乃馨革命"，信中提到的人名也都是葡萄牙人。它们在波托马克河支流旁的这栋由木头和玻璃建成的房子里安静地待着，见证了三十年前发生的那场和平的政变。

我拆开的这些信封都是国内件，信函里描述的内容包括家庭内部的剑拔弩张、个人逃亡和被驱逐的经历、绝望的情绪、损失与破坏，还有非洲返葡人士的讲述，他们中的很多人失去了亲人的下落。比如有一位女士，回到葡萄牙后非但找不到自己的丈夫，还在女儿的腋下发现了一颗橘子大小的肿瘤。她该怎么办？该去哪所医院？还有医院可去吗？手足无措的她写下了这些文字。可是，令人好奇的是，没有一封信表达的是愤懑或是愤怒的情绪，字里行间充斥的唯有遗憾，那是有节奏的遗憾，也因此，这一大摞纸变成了向某个神，而不是某个人提交的集体请求。然而，这些故事是如此生动和详尽，有些是那么刺痛人心，以至于我好像看到了这些信的作者们呼之欲出，从很久前走来，站在桌前，直勾勾地盯着我，因为没有其他可指责的对象而用手指指向我。

我跳过了眼前的几封信，转而拆开了另外几个信封。

在那些信里，有人要钱，有人求护照，还有人求职，甚至有人想要得到免费的机票，是每个深陷困境的社会和国家里的人为挣脱困囿会找的托词。我很清楚乱世对人们会造成怎样的影响，以及分崩离析的生活给人们带来的局限与不合理。人们还在期待正常的人际关系，可是日子早已淹没在争吵声中。然而不寻常的是，在这摞有的用葡萄牙语、有的用英语书就的信件中，完全找不到任何控诉的口吻，好像写这些信的人生来就知道自己某一天会成为乞求者，而这一天终于到来了。那是一种约伯①信奉上帝的完全顺从。我也意识到一个超出我理解范围的谜一般的世界已经形成，它将吞噬我的那个周六的夜晚。谁能料到，那个几千公里外的安东尼奥·马沙多的国家会如此完整地展现在我面前，而我只不过是在一天结束之后出门参加一场酒会而已。为什么罗伯特·彼得森和他的教父为我准备了这样的围栏？为什么？

接下来一捆同样厚厚的信也折射出叛逆精神的缺失。这一捆里既有署了名的，也有匿名的，大部分是军官所写，看上去像是使用了油墨复写技术。三十年前，在那个还没有复印机的年代，这不失为一种有效的复写方式。这些信虽然是军人们写的，却在字里行间找不到任何"敌人"的踪影。即便存在，也只是抽象或是被疏忽的形象而已。这些军人高度关注葡萄牙局势，他们寄希望于外国势力

---

① 根据《圣经》记载，约伯是一个忠贞不渝的信徒。

的干预，因为得不到声名显赫之士的支持，只得转而投奔真正握有权力的人。其中一封信，区区两页纸，作者便对葡萄牙可能出现的抵抗力量进行了盘点，认为他们不堪一击，甚至"根本不存在"。这位高级军官没有隐瞒自己的姓名，不但落了款，还用下划线标记出来，可见1975年的葡萄牙部队里已经乱作一盘散沙，只需在特茹河河口燃爆一枚美国鱼雷，就能将整个国家掀翻。但这也正是他给老大使写信的原因，希望他能以耐心的方式影响他的同胞，让他们用葡萄牙人的耐心对待葡萄牙人。显而易见，需要无限的耐心。

还有一封信，是那一捆里页数最多的之一。我拆开信封，发现信里附着一份特殊的文件。那是一张A2大小的纸，被一折四，上面画有"卢济塔尼亚①大地"的详细草图，并用三个蓝色箭头标明当时仍在使用的弹药仓和武器库，以及对其实施抢劫的说明。作者特别提醒，若是行动迅速，整个过程不会超过两个小时，就能避免出现流血事件。"请一定不要造成血案"，蓝色箭头下用红笔写着这样一句话。作者甚至列出了一个金字塔式的提示，表明葡萄牙人的倾向：葡国人宁愿被美国或是北大西洋公约组织的军事力量打败，也不愿自己的国家成为另一个布鲁内特之战②的战场，因为那时的弗朗西斯科·佛朗哥③在蒙克洛亚宫已是奄奄一息。所谓"亲兄弟，明算账"。葡萄牙军人只会在万不得已时接受西班牙人的领导，为了避免落入勃列日涅夫的魔掌，避免被"北极熊"窥视。但是，这两封信里都找不到具体"敌人"的身影。没有人知道是谁。

---

① 传说英雄路苏斯随奥德修斯到达今天的葡萄牙，并将这个地方命名为卢济塔尼亚。
② 西班牙内战期间共和国军为阻止叛军围攻首都马德里而伤亡惨重的一次战役。
③ 弗朗西斯科·佛朗哥（1892—1975），西班牙前国家元首。1936年发动叛乱，1939年夺取政权，实行独裁统治，1975年逝世。

我该继续吗？

是的，我该继续，因为一个合理的疑问向我袭来。我不明白为什么老大使将我叫到他的家里来，是为了评估我参与他的项目的可能性，还是只为了对我进行一次认识自己祖国的教育？为了将我推进这个他认为我应该深爱的世界的中心？即便这个世界与众不同。又或者是为了让我重新深爱这个国家？这样我就能够为他的教子所用？还是因为其中藏有别的更深奥的缘由，某些无法触及且难以分辨的阴谋？有它自己的理由和原因？难以理解。截至目前，我读过的这些信还都只是表明了作者们的心理状态，并没有说明理由或者原因。教父对我步步紧逼，与此形成鲜明对比的是，我从这些信里看到的是淡定的灵魂，一种随遇而安的精神。

拆开下一摞信封，那些记录人们日常生活的内容也透露出同样的淡定。这些信的内容可谓是包罗万象，有国际和国家防卫警署①在逃情报人员名单，有借宿情报人员家中的住客名单，甚至包括借宿地点草图。各类信息通过非官方渠道汇集到老大使手中，但是，写信人的诉求都是希望美国能伸出援手，以和平的方式解决葡萄牙的问题，让所有人都能受益。一劳永逸，惠及四方。耐人寻味。其中一份名单的附件中记录了国际和国家防卫警署中的几位情报人员以及他们的家属在军营中接受庇护，只等骚乱过去，生活重归宁静。有些革命者也在自己家中接待叛变的情报人员的家属，给予他们食物和住所。附件中还列出了这些好心的革命者的姓名，便于大使了解。如此，美国参与葡萄牙重建之时可与他们联络。是的，这些人都参与了革命，可是，他们也都为他人的境遇感到无比忧心。

---

① 葡萄牙新国家体制时期设立的暴力机关，简称PIDE。

有一沓信里说的都是与住所相关的话题——被占据的、失去的、空无一人的住所。其中就有一封提到，为他人的境遇感到忧心忡忡是葡萄牙人民自遭遇政变以来表现出的最优秀的品质。我看了一眼搁在自己右手边那摞堆得越来越高的已读信件，推断出这深深的忧虑应该是那个时期弥漫在整个葡萄牙的一种革命情绪，这种情绪吞噬弱者，激励强者。忧虑。从这些信里，我似乎看到一个"忧虑共和国"正在形成。

当然，并非每页信纸都被这种被动的忧虑情绪所占据，我在字里行间还能找到低声下气的隐忍。正如这个世界上没有两个相同的人，没有两封相同的信，也没有两种相同的忧虑。在另一封信里，一位不那么懦弱的作者诅咒能有一道闪电击中那些策划政变的人的脑袋。他们的姓名是用大写字母书就的，十分显眼。可是，作者又在之后祈求对他们宽容。如此看来，已经不是忧心的问题，而是道义和良心的问题。还有一封信，信中一位高级教士主动请缨，想要策划发动一场捍卫真理的运动，让人不禁联想起那场席卷全国、波及葡萄牙前殖民地和岛屿的运动。然而，这位教士所说的"运动"，不过是在种着棕榈树的大街上举着耶稣像进行圣像游行而已。这些铺在老大使书桌上的信里充斥着与宗教相关的内容，没半点血腥暴力。我推测，那些暴动者在这些写信人的眼中确实代表了邪恶，但是他们并非罪恶之源，所以也难以谴责他们。在这些原本写给大使、如今却落入我手的信里，那些暴动者被认为确实对国家作了恶，但他们本人却并非恶人。他们是受人指使的。如果说罪恶鬼鬼祟祟而又令人难以捉摸，那么为了对付它而采取的措施也需要沉浸于一种阴暗且神秘的氛围中。正因为如此，那些向大使提出的请求都如出一辙。所以，如何行动？还是索性以不变应万变？

如何才能在不流血的情况下让一切归于平静？如何在神不知鬼

不觉的情况下快刀斩乱麻？如何神出鬼没一般抹去这段记忆？又或者，如何在任何一方都不受伤的情况下，在没有所谓的"肇事者"与"受害者"的情况下，达到这些目的？其中的一封信里说，"看看那些肇事者"。如何抹掉他们的过去、现在，尤其是将来？但愿他们能够无声无息地消失，就像被某个空中不明飞行物捕获，一道蓝光便将他们带走了。也许美国中央情报局无法做到这点，无法令这一过程没有痛苦，没有恶意，对任何人都不造成伤害。这些微妙的请求。能看得出，这些信是被悄悄地压在大使用餐的餐盘下，或是被塞在他的那些从洗衣房送回的衣服兜里的。大使似乎没有回复这些信件，因为其中有内容重复的副本，言语中饱含哀怨。大使的沉默反而令这些要求变得愈发强烈，因为在这捆由"沉默者"书就的信件中，我读到了一封大约在1977年年中寄出的信，其内容甚是大胆。

这位作者是一位慈悲的女士。不幸的是，她的家就在里斯本大区军事指挥部旁。她和她的家人无法忍受革命军人身居要职，担心红色势力会愈发壮大，请求美国人能派一架飞机将他们送去公海。这样的事虽说从未公开，但也并非无人知晓。报告显示曾经有过多起类似的案例，当事人被送到南美洲的某些地方。大使对此十分了解，整个过程其实很简单，也值得一搏。当事人只需在黑夜中的航班上将身心交给上帝，这不但不费吹灰之力，还能净化心灵，因为一切都是在飞翔的状态下发生的。即便这样丢了性命，也犹如初生，因为当事人不会察觉过多的痛苦。共有625人在这封信上签名，那些姓名占据了一页又一页，这信也就成为那一摞里最厚的一封。他们都是普通民众，只是希望能将自己的孩子送去学校，能在自己的国家过上祥和的生活。据他们所说，他们"把请愿书交到了大使的手中"。而在下一封信里，作者抱怨说自己的上一封信随着一箱桃送到了大使官邸，但却连一句"谢谢您送的水果"都没有收到。接下来的几封信里都充斥了这样满含苦涩的抱怨。我不敢再继续拆那一沓信封了，因为那里面传达的忧虑，那深深的忧虑，已经逐渐形成新的风格，开始向负面转变。

我拆开了另一捆信封，拆得正是时候。

这些信中，有些的写作年代已经十分久远，甚至比我的出生年份还早。对我来说，它们的研究价值有限。但在那样的情境下，我对它们仍保留着兴趣和好奇。后面几封信里空想家们写的内容终于为读者带来一丝欢乐，尽管他们的本意并非如此。这些信来得恰逢其时，因为它们的作者都竭尽幻想之能在其中对未来进行了描述。而他们想象中的未来与之后发生的事实形成鲜明的对比，使得那些信的内容变成了一出又一出喜剧，在幽默剧和戏剧之间切换。此外，从信纸的折痕可以看出，这些信已经被翻阅过无数回，折痕处几近断裂，还有两封的信纸上能一眼瞧见因为手汗造成的污渍痕迹。一连串的指印。也许大使已经翻阅了太多次，或是有人替他翻看了太多次。我读着读着，外面天色逐渐变暗。每封信都有自己的特点。有些悲观主义者基于令人不安的现实状况，想象欧洲被苏联发起的针对西方世界的一场化学战摧毁，那是已受致命打击的斯拉夫民族最后的苟延残喘。而在他们假想的这场红蓝对抗的战争中，北大西洋的人们、陆地上的动物、天上的飞鸟，甚至是海里的鱼都被划分为两派。然而时间最终给出了截然不同的答案，他们的假想错了，令人忍俊不禁。不但如此，这些信中，那些乐观的、具有煽动性的、欲言又止的内容也令人发笑，而那些悲喜交加的部分就更加令人捧腹了。预料未来的部分总是能带来欢乐。这些信中预测安东尼奥·马沙多的祖国的未来的内容将二十九年后的读者逗乐了。压抑的我已经很久没有这么笑过了。这一夜对我来说是如此短暂，寄给这位一心想要修复历史记忆的大使的信无穷无尽。我拆开一封又一封，意识到自己无法将这刚刚温热的火苗扑灭。这才是危险所在。

毫无防备，也非心甘情愿，我被迫面对久远的过去，接收从一个遥远国度传来的讯息。那是一个我已经遗忘了的国家，我甚至一度怀疑它的存在，更不用说它的过去了。现在，这个国家就像一只从地洞里爬出来的蜥蜴，扭动着身体，在书房里活灵活现起来，让许久闷闷不乐的我笑得前仰后合。事实上，老大使精心准备了那一捆又一捆的信件，没有一封是被随意安排的。他有他的方法，甚至进行过一套具有策略的演习。想用一夜时间读完那些信是不可能的。就在某一刻，我看见另一张书桌上摆放着一台复印机，眼神顿时变得炙热。我开始复印。在那个安静的屋子里，复印机发出的噪声听上去就像是毛毛虫在啃树叶。

还得复印多少封信？我坐在椅子上，看见一束白光从天窗射进屋里。这一切都太不真实，太不可思议了。谁说不是呢？原本，我来教父家只是为了用母语跟他闲聊而已，结果这场聚会变成了大雪天里的一场"说服行动"。教父一整晚都在忙着说服这位葡萄牙女记者，直到天色已蒙蒙亮。那些堆积如山的信件引发强迫性阅读，我根本无法将它们放下。这才是他们找我来的原因。正是因为这些信，老大使才匆匆送客，他的妻子才慌忙招呼客人们离开。而大使自己连换衣服的时间都没有，始终穿着那一身丝绸外套。这一切似乎是谎言，但却是真的。于是，我想到了罗伯特·彼得森。

"鲍勃？"我在书房门口叫道。

我下了楼，看见鲍勃正拿着铁锹在走廊里徘徊。他说大雪把门都堵住了，通往华盛顿的公路交通瘫痪了，我们因此被困在了他的教父家中。一场记忆中从未有过的秋天的暴雪把大使的家包围了。而那时已经不是上午，比我预想的晚，时间已经到了下午。我们在老大使家中的厨房吃了午饭。那把铁锹在角落里立着，鲍勃要用它除冰，这意味着我还有时间把读过的信再看一遍，甚至还能再读一些没读的。就这样，与我先前预料的相反，我将周日的后半段都贡献给了来自我祖国的这些信。我听着写信人的讲述，他们就像从信中活了过来一般跃然纸上，来来往往，穿梭于那间屋子的窗户内外。似乎，过去就是当下，当下也即过去，而未来就在其中。过去与未来已模糊了界限。而教父所说的，算是一个例外？去吧，马沙多小姐，去吧，去寻找吧，看看在碎石缝隙里是否还能找到插着鲜花的枪管。教父的声音在我耳边一遍遍回响。去吧，带些好的、纯净的东西回来，带一个值得人们反思的动人的故事回来。这些信的主人们告诉我的却是完全相反的事实。可是，比事实更重要的是动人，动人是最高级别的事实。别忘了。

　　我敢肯定，那杯威士忌里的某些成分能提高人设圈套的本领。

以上种种发生于2003年11月底。
玻璃屋
布鲁克蒙特
波托马克河位于马里兰州境内的流域。

奔赴神话中心之旅

一

2月中旬，我回到了安东尼奥·马沙多的家。与我这五年来设想的不同，回家的感觉还不错。那个只有火车停靠站规模的机场对我来说格外亲切，我熟悉它的每一个角落。黑色车身、绿色车顶的出租车里坐着一位聋人司机，但是没有让我觉得不适。光秃秃的树木在街道两旁排成排欢迎我回家。这些年来，我深信宁静只不过就是和谐的一种小表象，回来后这突如其来的宁静还是让我感到意想不到的舒服。聋人司机收了我的钱，并没有瞧我一眼，我与他道别后便下了出租车。我正在输入公寓大门的密码，聋人咿咿呀呀地跑了过来，把我落在车后座的照相机交给了我。那时，我正身处半岛战争街的最高处。可是，与出租车司机的再度相遇才让我意识到自己这个"回头浪女"到家了。

我向四周望了望，那座拱门还在，还是原来的颜色。

大门的密码也没有变，出了电梯，我用老钥匙打开了家门。

进门处,那个用来放包的黑箱子还在原处。我把双肩包放在了上面。一个老烟枪长期居住的房子的气息扑面而来。我确信老烟枪不在家,那是一个星期三。我在房门外窥探了一番,确认他的确不在家。卷轴书桌后面,空无一人。虽然书房里充斥着浓重的烟味,但是并没有"云雾缭绕"。我定睛望向书桌。父亲为了迎接我回家,在那个石制高脚杯里插上了几朵花。书桌上的其他摆设都犹如从前。可是,有一样我寻找的东西不见了。有些物件被挪动了地方。

我在安东尼奥·马沙多的家中溜达起来。

那张已经能看出因为地板突起而有折痕的大地毯还在原地,摆放着果盘的长条桌也在那里。桌子的角落里搁着几个怒目圆瞪的人物小雕像,父亲认为它们具有文化遗产价值。墙壁上的书上积满了灰尘,昆虫和蜘蛛网也随处可见,一切都与我离开时一样。矮柜上摆放的如装饰物一般的一排烟斗也与我走时留在记忆中的相同。那些用于清洗、吹风,还有别的用途的家电也都如故,就连它们在家中摆放的位置都没有改变。还有那些各式各样的烟草盒,其中以登喜路和荷兰卷烟的铁皮罐最为显眼,它们也许已经不是从前的那些,但是看上去还和过去一样。除此以外,整个家中都弥漫着那股熟悉的烟味。家里的主色调还是黄色,天花板上是被尼古丁熏黑的块块斑渍。这个家,自上到下,都还是老样子。安东尼奥·马沙多的智慧充斥着这间屋子,它的厚重,它的古老,还有它的权威,都没有变化。如果不是因为有在沙漠城市工作的经历,这些细节也许不会变得如此重要。因为那些经历,我明白了事物的表象会掩盖安排这些表象的人们的格局。很多人说,正是因为善于通过事物的表象去摸索本质,我才得以成为一名成功的记者。是的。而此刻的我将手中的项目都暂且放下，回到了父亲的家中。即便如此，这也不是坏事。可是，我此行一心寻找的那样东西并没有出现在我的视野里。我发誓，在我离开这个家之前，它就在书柜里，在与安东尼奥·马沙多的书桌同高处。父亲就在那里抽烟。就在这时，他吸烟的模样跃入我眼帘。

我熟悉他吸烟的每一个环节。

一切从点燃火柴开始。最初，一丝微弱的亮光出现在他的双手之间，随着一口吮吸便被吞噬于烟斗之中，之后，一缕烟飘散出来，好似画了弯弯曲曲的一笔。之后，便出现了一团团烟雾。在这些一股股盘旋升起的烟中，父亲的脸逐渐模糊，最终消失，随之而去的还有他的卷轴桌、石制高脚杯、成堆的书籍和他的烟斗。对于父亲而言，预见未来和抽烟向来是并行的两件事情，因为自打我记事起，他便一直在灰色烟雾之中进行评论和专栏的创作。用罗茜·马沙多的话说，他的那些不起眼的文字无法令人发家致富，但却解释了世界的混乱。我像了解自己的呼吸一样熟悉他吸烟的整个流程。

有了那根烟斗木杆，那些铸就未来的一页又一页文字才能被书写出来。只要父亲没有完成写作，整个家就会被凝重的气氛包围着。父亲写作的时候，若是在夏天，罗茜就光着脚；若是在冬天，她便用脚尖走路，还把一根手指放在双唇前面。他们的女儿当时还太小，不明白为什么要这样做。而对于罗茜来说，父亲写作的时候，她需要保证家里每一处都安安静静。不许跑，不许敲门，不许在有烟雾的房间制造任何噪声，这些都是她对我下的命令。她很了解父亲。他坐在他的座位上一边吞云吐雾，一边进行创作的时候，罗茜都会把我抱在怀里，陪我画长着三颗脑袋、舌头分岔的狗，嘴里念念有词:"小马沙多,我要防止你去打扰你的爸爸。就像这样,不能越过围栏哦。"罗茜的丈夫回到家,放下公文包,脱下外套,径直穿过玻璃门便藏身于烟雾之中了。那扇玻璃门在那时对于我来说还太沉,我的小手没法推开它,哪怕是推开一厘米都做不到。只要父亲在写作,这扇玻璃门就一直紧闭,我不能推它,或是动它,也不能敲它,我唯一可做的就是用舌头在透明的表面留下黏糊糊的印子。罗茜·奥诺雷·马沙多会赶紧用沾水的海绵洗涤块和亚麻布将玻璃擦干净。不过到如今,这些都不重要了。这扇门大开着,我出入自由。我把最后一个旅行袋搁在地上,摘下遮阳帽,整个人还沉浸于有关发生在伊拉克提克里特[①]和纳杰夫[②]的冲突报道的余热中。况且,我在8月刚去了和平谷。我在别人的土地上是客,一位能够以得体的方式报道别人不幸的外人。我是那么得体和高效,以至于我觉得自己像一名胜利者。有时候我会觉得沮丧,但我仍是一名胜利者。鲍勃·彼得森将我的日常打乱了,我一度以为这会令我的生活变得糟糕,很糟糕。然而,让我感到惊讶的是,当我站在父亲的书桌前,除了"糟糕"以外,任何词语都可以用来形容我的感受。如果一切如故,那么"忆往昔"餐厅的那张照片也应该还在。

我需要好好找寻一番。

因为是周三,理事会开会日,父亲定会晚回家,我可以安心地将行李放在木箱上,把帽子搁在行李上,不用担心有人窥探或者询问包里装了些什么。这挺好。我还可以在父亲家中随意走动。鲍

[①] 伊拉克萨拉赫拉丁省首府。
[②] 伊拉克中部城市,是伊拉克境内伊斯兰教什叶派著名圣地之一。

勃·彼得森已经下过指示。如果真像安东尼奥·马沙多的女儿所说的,他的家就是一座关于整个事件的"博物馆",为什么不从那里开始调研呢?为什么不利用好家中的资料呢?有时候,我们会做出"骑驴找驴"的事情来。利用好家中的资源。"别光顾着看天上的星星,答案就在你的眼前。"他说。2003年11月的那场大雪后的几天里,鲍勃就是这样说服了我。而且,就在我身处位于波托马克河畔的布鲁克蒙特的老大使家中,面对那一大堆信且不时为《永不沉睡的历史》发愁时,在"忆往昔"餐厅里拍摄的那张照片已经跳入了我的脑海。我想象的画面:里斯本,我父亲的家中,在他那间与鲍勃教父的书房形成鲜明对比的书房里,那张于1975年8月的一次晚餐期间拍摄的照片和那些信混在一起,作为一个具有纪念意义的场景出现。不过现在,需要有一点耐心,因为有些物件被移动了位置,不再一眼望去就能找到了。

确实,书房里还摆放了一些革命时期拍摄的照片。坦克、贝雷帽、父亲与士兵们拥抱着、父亲展示他创办的报纸的第一期、报社阳台、人群、一名老记者手握话筒站在坦克上、爬满人的树……这些照片作为装饰占据了墙壁的一小块地方,还有一些被放在父亲的书籍前。可是,我看了又看,这些照片基本都没有什么大用。还有一张是安东尼奥·马沙多和罗茜·奥诺雷的合影。照片是在后革命时代拍的,她穿着花衬衫,他戴着厚框眼镜,用罗茜的话说,像一只"充满智慧的乌龟"。还有一些照片,都是彩色的了:安东尼奥·马沙多在爱丽舍宫、梵蒂冈,或是唐宁街开会。还有他在瑞典和克里姆林宫前的留影:他戴着毛皮帽,只露出眼镜和耳朵。这些照片被分装在不同的相框里,而这些相框似乎并非因为其本身的功能或是里面的内容而被安置于此,它们是用来防止书籍滑落的。那把为了方便取书的木梯也在那里,罗茜·马沙多曾将其称为"雅各的梯子"①。书柜里的书也都还是原来的那些。在我的印象里,安东尼奥·马沙多的新书与旧书没有差别。书柜的最上层,还有一些照片。我爬上"雅各的梯子",整理那些被父亲,或是别人,从书柜最显眼处挪走的书。果不其然,那个装着我在寻找的一众人等合影的相框就在那里,在快靠近天花板的地方。

我把玻璃和相框上堆积的灰尘拂去,在"雅各的梯子"的第一层台阶坐下。这是一次美好的重逢。照片上,安东尼奥·马沙多在近景左起第一的位置,罗茜·奥诺雷则坐在桌子的最右端。他们俩就这样被长桌分隔两端。我还记得他们常说的话。我们是他们的泉眼,她说。不,他们的泉眼是那两位诗人,他说。我对这张照片可谓是烂熟于心,自认为能够精确地复述出它的每一个细节,可是事实证明,我的记忆也有不完整之处。照片上有一些并非人脸的污渍,我对那张桌子也完全没有印象。再看这张照片,令我感到惊讶的是那些清晰的人物轮廓。那一张张脸庞在强光的作用下透过玻璃浮现出来。强烈的黑白对比凸显出人物与光影,这是我过去未曾留意的。整个画面因人物布局而体现出的灵动感令我感到吃惊。我不记得这些人是如此充满活力,虽然我知道这张照片出自与父亲相熟的摄影师蒂昂·多洛雷斯之手,是他负责调焦并设置了自动拍摄模式。我仔细打量了照片上的每个人。这是一张完美的照片。鲍勃曾在2020M街上对我说,如果能找到一张汇集了"康乃馨革命"主要

---

① 出自《圣经》中的篇章《创世记》。雅各梦见一把梯子立在地上,梯子的头顶着天,有神的使者在梯子上上下下来去。

幕后策划者的照片，而照片又恰恰是在革命爆发那天拍摄的，那将十分利于纪录片拍摄制作。这也证明，教子熟知《格兰多拉》，但对当时的实际情况并不了解。据我所知，根本不存在这样的照片，主要策划者们甚至未曾同框过。不过，我手中的这张照片算是能呈现其中几位的样貌，并且，他们的状态极佳。

我认识照片里的大部分革命策划人，知道这张宽20厘米、长30厘米的照片背面有罗茜·奥诺雷的亲笔记录，虽然我已经不记得具体内容是什么。我还知道她记录了照片中人物的具体信息，包括他们的姓名和外号，用她的话说，"昵称"。现在，这些模糊的记忆都得到了印证。这很有趣。出差沙漠地区时人们会发现，一切事物都有它存在的意义，每个物体都拥有它的灵魂。但是，我手中的这个物体不仅能为自己发声，它还拥有"解说词"，一份详细的"解说词"。这是我在"雅各的梯子"上想到的。照片上有"青铜长官"，鲍勃的教父将他定义为"来自人民且为人民而生"的典范，还有那位英年早逝的"查理8"，以及被教父形容为"葡萄牙最高大的红橡树"的"熙德①"。笔记的落款是"罗茜·奥诺雷"，我猜测，母亲那时还没有使用夫姓。她为照片中的每个人物都创作了一幅简笔画，随附的文字中还能找到一些葡语的拼写错误。"1975年8月21日，'忆往昔'餐厅晚餐留念，摄影：蒂昂·多洛雷斯。大家都很高兴，我们都在场。"那是罗茜·奥诺雷的字迹，字母圆溜溜的。自左往右，是罗茜为避免透露真人真事而使用的绰号及歇后语，并且都用数字进行了标注。安东尼奥·马沙多曾说过，罗茜·奥诺雷并非活在人生的剧场里，而是活在剧场的世界里。她生

---

① 熙德为西班牙卡斯蒂利亚军事领袖和民族英雄，英勇善战。罗茜·奥诺雷借其名作为卡瓦略的外号。

来如此，无需搭建舞台。确实，罗茜就是为剧场而生的。

然而，最重要的是，照片里的人物没有一位穿着正装。照片展示的是这些官方人士在享受片刻的闲暇。《永不沉睡的历史》。"查理8"坐着，身体后缩，似乎他的左半边身子被萨拉米达的胳膊推搡着。他的手中握着一个瓶子，似乎是在把它递给他前面的某个距离他很近的人。他好像在说："看，我变成了一个普通人，与其他任何人一样，在和朋友痛饮。"身后，在他的头顶上方，有三个留着胡须、头发蓬乱的年轻人，其中两人手举酒杯，第三位，胡须较少的那位，手里拿着枪，对准任何望向他脸的人。他是奎。在"雅各的梯子"上，我努力回忆罗茜·马沙多是如何描述奎手中挥舞的武器的。她发誓这件武器不具备攻击性，只是一把玩具手枪，一个会发出咔嗒声且让人发笑的塑料物体，一把狂欢节手枪，并不像某些人形容的那样危险。照片的另一边是"忆往昔"餐厅的厨师，他身着白色厨师服，手握三齿鱼叉，是后排最显眼的人物。厨师站在摄影师蒂昂和"熙德"，也就是教父所说的那棵"最高大的红橡树"之间。没错，就是我记忆中的那群人。于是，我从梯子上下来，把梯子收好，整理好我的行装，迅速钻进了自己的房间。好了。就这样了，我找到它了，可以告诉鲍勃了。

我关上房门。这是我的房间，屋里摆放的书柜依旧，墙上挂的还是那幅烟花海报，还有那张山毛榉桌子。

毫无疑问，我打算使用在"忆往昔"餐厅里拍摄的这张照片，我确信我已经找到了需要的东西。不仅照片本身质量很好，而且罗茜·奥诺雷的人物画和照片说明证实了它的艺术价值，在许多方面都是罕见的。据安东尼奥·马沙多所说，这张照片从未被复制过。我还是个孩子的时候就知道照片是别人赠予父亲的，用以纪念那个难忘的夜晚。有时候，父亲会把照片拿给朋友们看，他们会共同回忆一起度过的那段时光。此外，罗茜·奥诺雷就是因为那些天才才决定继续定居里斯本的。由于他们从未正式结婚，那张照片就是他们的结婚照。也许这个家庭因素掩盖了它所涵盖的其他含义，但是它作为见证历史时刻的物件才是它最有价值的部分，也是我唯一感兴趣的方面。我记得罗茜·奥诺雷和安东尼奥·马沙多捧着这张照片，评论那些散落在桌子上的物体，好像它们是可以离开框架并在屋子里走动的活生生的人物。事实上，这些物体无法走动，但至少照片中的一部分人曾是这个家中的座上宾。我记得他们坐在这里或是那里的身影。有时候碰巧看到这张照片时，他们会争论或是陷入沉思。"查理8"的酒瓶、奎挥舞的手枪、摆在各种盘子里的鲜美多汁的龙虾，还有萨拉米达胸前的大把手盖碗，都是能唤起记忆的元素。他们虔诚地盯着龙虾和盖着盖子的汤碗。我将照片从相框里取出来细细欣赏。就我个人而言，我对合影中的那些男士和另外两位女士更感兴趣。

除了罗茜，还有一位女士，即诗人英格丽德。奇怪的是，在照片背面，女诗人的绰号未曾被提及。事实上，她不但拥有绰号，而且那是一个令人印象深刻的名字。在我们家，她被称为"魔杖"。她的爱人庞泰斯在照片背面也没有以绰号被标注，只用了他的本名"弗朗西斯科·庞泰斯"。努内斯也仅以"努内斯大厨"来称呼。但是，我们在公园遛狗时认识的一位少校出现在合影的最边上，他看着一块毛巾大笑，在照片背面被用绰号标注为"伞形花少校"。我列了一张清单，想在某个场合不计前嫌，咨询父亲有关照片的问题。我会把从相框里拿出来的照片放在客厅的桌子上，当面与他对话，完成我此行的任务。安东尼奥·马沙多可以很好地为我补充我所需要的信息。我最初的想法是保护自己的发现，可是此时我却想将它展示给父亲并请求他的协助。很快，我就打消了这个念头。一切不劳而获的信息都失去了自主性和权威性。

我很了解我的父亲。即便是关于此事最微小的信息，只要我提出问题，他都会把两书柜的书摊在客厅的桌子上，再给我一大堆笔记，拿来满满一盒照片，为它们加上说明，彻夜忙碌，然后再给我提供如山的推荐、联系方式和邮政地址，之后询问我是否有空去拜访、能不能去，如果有必要，他会亲自开车把我送到目的地。用不了一会儿，安东尼奥·马沙多就会用与他朋友会面的各种假设将他的女儿淹没，再牵扯出那些如今能对事件进行解释分析的人物。他的知识和经验会像乌云一样笼罩着我的工作，主导一切，他会完全按照他的节奏来创作背景音乐。我有必要放弃幻想。安东尼奥·马沙多永远无法掩饰他自带的证人和作者身份。过多的投入让他总是站在那些遭受挫折的人那边。就在我面前，墙上挂着的阿尔及利亚诗人塔哈尔·贾乌特的具有预见性的"大放厥词"似乎已经变成了一种信条。然而，那个阿尔及利亚人最终被谋杀了。尽管父亲过着平静的生活，可以自由地发表自己的所思所想，这种野蛮行径还是迫使他保持警惕。阿尔及利亚诗人的遗言被父亲视为格言，他将其一字不差地翻译成葡萄牙语，还加上了"我们也是"。

沉默意味着死亡
如果你闭嘴
你终将死去，我们也是
如果你说出来

你终将死去，我们也是
那么，请你说出来
再死去。我们也是。

不，我还是不去咨询父亲了。

幸好我是在星期三到达的，我找到了在"忆往昔"餐厅里拍摄的照片，并把它收好，这样我就可以在接下来的几天里自由地处置它。出乎我意料的是，一种胜利的感觉涌上心头。那是一种和谐的感觉，就像我在做报道时所感受到的一样：他们为我找到合适的翻译，那个男孩只会一百个英语单词，却能把我带去合适的地方与合适的人交谈。事物有与生俱来的愚蠢的一面，也有智慧的一面，这种两极现实时而向我们展示这一面，时而向我们展示另一面。我回到父亲家后找到的"忆往昔"餐厅合影向我展示了它清楚明了的一面，所以我甚至不会和安东尼奥·马沙多谈及这张照片。我会收好它，他甚至不会注意到少了这张照片，毕竟它被束之高阁，淹没在其他照片之中。它靠近天花板，被从醒目的位置清除，丢弃在无人问津的地方。我甚至可以通过我用面巾纸和外套袖子清除的灰尘的厚度来估算出父亲和其他任何人不碰它的日子有多长。我不得不抖了抖衣袖。也许有五年，也许有十年？还是从罗茜·奥诺雷·马沙多永远离开的那个初夏开始？我把时间弄混了？那样的话，就是十六年了。我在沙漠地区生活的日子里学到一句话：整本书都写在尘土中。有一天，在去纳杰夫的路上，一位阿拉伯老人通过我们的翻译告诉我们，过去和未来都在尘土中。至少那个一路跟着我们的小伙子是这么翻译给我们听的，他的翻译费是以金子支付的。不过，我不想肆意诠释我在父亲家中发现的灰尘。已经是晚上十点了，也许安东尼奥·马沙多很快就会下班回家。

我在客厅的沙发上坐下，打起瞌睡来。

当我醒来时，父亲已经站在我面前，就在几步之外。他手里拿着公文包，还没有脱外套。我发誓他在看着我。直到快速拥抱他魁梧的身体后，我才注意到他的脸颊通红，还有点湿漉漉的。我指了指他那塞满文件的圆形文件夹。很多工作，不是吗？世界不停地转，不停地转，太讨厌了。我说了他常对我说的话。是的，是有点工作。父亲微笑着点了点头，看起来他刚刚努力完成一项艰巨的任务，肯定是一篇让他筋疲力尽的稿子。"真的很烦人！他们就是不让我歇歇。"父亲说。"我听说你已经到了，就赶紧回来见你。好久不见了，不是吗？"他沉默了片刻，接着又说："安娜·玛丽亚，你想待多久都可以，把这里当作自己的家，你知道的。"父亲一边说，一边抚摸着他灰白的胡须。他的言外之意是："现在的我是单身。"又或者是："知道你要来，我就把与我一起住在这里的人送走了，我不在乎那个人。"我了解父亲，能听出他话中的弦外之音，我很清楚他的房客会是怎样的人。

然而，安东尼奥·马沙多没有问我为什么回来，也没有问我要待多久，更没有问我怎么回来的或是下一站去哪里。他只是要么盯着我看，要么望向墙上的画，我意识到我们之间可以达成某种"休战协议"。或者更确切地说，在那一刻，我们被一种可以被称为"相互渴望"的感觉连接在一起，这种感觉可以一劳永逸地建立起一种"无声的谅解"。我们坐在那里，漫无目的地聊着，笑声不绝于耳，被一种祥和的气氛笼罩着。那一天是2004年2月15日。

与父亲的那次见面距今已有六年时间。

二

  第二天下午,我出门时已经随身带上了照片。还是那条街,或者至少我希望是。半岛战争街依旧车水马龙,路中间屹立的还是那座石灰石纪念碑,顶端那只老鹰背向一把剑振翅高飞。路尽头的电影院咖啡厅依旧如故,我原本以为要在那里等一会儿,我的大学同学才会出现。不过事情并非如此。当我快走到咖啡厅时,发现他们都已经到了,并起身迎接我。我们互相拥抱了一番。马加里达·洛塔和米盖尔·安热洛一点都没变,还是原来的样子。我们总是喜欢制造差异,我们以为自己长大了,认为彼此变得更强大、更积极了。一时间,重逢的喜悦让我们陷入兴奋和喧嚣之中。咖啡厅里坐得满满的,我们却对此毫不在意,大声地谈论分别的这些日子里彼此都在做什么,生活有哪些不同,类似一种为了增进互相了解而进行的必要的介绍。我们讨论了哪种方式适合彼此,如何集中资源,还有如何驾驶米盖尔·安热洛的吉普车。我们天南海北地聊着。

  "两个月,对吗?非常感谢你还记得我们。"

  "你负责安排日程。你已经进行到哪里了?"

  可是,我看着他们俩,心中却在感慨他们的生命力在这些年里是如何被消磨殆尽的。

我想起五年前我们分别时，他们两人对未来充满迷惘，而我准备去CBS实习。我记得有人说参加新闻大赛的不是我，而是安东尼奥·马沙多的女儿小马沙多。他们喜欢用我的乳名，试图将我置于父亲的影响范围之内，即使毫无根据，他们也有权质疑。如今坐在我对面的马加里达·洛塔是当年我们班里学习最好的学生，远远超过排名第二的米盖尔·安热洛，我在班里排名第三。尽管学习成绩排名有差异，我们三人仍是志同道合的朋友。我们都是浪漫主义者，都梦想成为战地记者。只要有一点风吹草动，我们三人就穿越大街小巷，幻想着能报道重大冲突。七月二十四日大道。哪里发生了枪击？有人投石攻击？持械抢劫？那时，从科索沃、中东和阿富汗传来的画面令我们兴奋，去这些地方是我们的目标。关于这些战争，马加里达·洛塔，美丽又善变的马加里达·洛塔啊——她因为美丽而善变被我们称为"银莲花"，每每在课堂上说起那些战争情节，都会被自己的描述打动。一些她提及的悲惨细节连老师都不了解。米盖尔·安热洛则擅长理论和阐释，有时候他的大胆前瞻几乎达到了安东尼奥·马沙多在每周一发表的个人专栏文章的水准。讽刺的是，我最终超越了他们，但更讽刺的是，他们将我取得的成绩归于我父亲的庇护，而我迄今所做的一切实际上都违背了父亲的意愿。他认为我的第二语言应该是法语，但是我拒绝将已经离开的母亲的母语作为第二语言，拒绝学习比利时人说的语言，并依靠铁一般的自律考进了美国的一所学院。对于我来说，走得越远越好，国家的差异越大越好。我不想去英国，而选择了美国。我事事都与他对着干。他想让我去媒体工作，因为那是充满智慧的行业。我却因为制作了一系列关于斗牛犬的视频报道为自己争取到了赴美学习的奖学金。在我发送给学校的视频中，整个报道都是从孩子的角度出发，自始至终没有出现一位成人。就这样，我依靠斗牛犬的报道获得了奖学金。然而，对于我们三个似乎在面对观众热烈攀谈的老同学来说，差别只是源于我们各自所选取的视频报道对象不同，而那根本没有好坏之分，只是天时地利的问题。寒暄结束了，我坐了下来。运气好坏才是我们之间的差别。我跟着鲍勃·彼得森实习，接下来的一切就自然而然地发生了。而这五年来，他们除了报道婚礼、出生、洗礼和各种装腔作势的聚会以外，几乎一事无成。他们完成的唯一超越这些哗众取宠的报道的工作是一部关于青少年殉情的五集纪录片，但是这部片子给他们招惹了麻烦。这部纪录片的报道是严肃的，故事也都是真实的，但是最终他们二人被起诉，输了官司。自打这次事故以后，他们又开始报道与婚礼和宴会相关的各种琐事。洛塔和安热洛，两个好搭档。她和他都为此感到羞愧。他们在电话里对我说，谢谢我还记得他们。现在，我们已经商量好下一步怎么做，也为久别重逢感到无比欣喜。只是，我请求他们再也别管我叫"小马沙多"了。

"你不用说，我们早就知道了。"

洛塔用她那"银莲花"的眼神望着我。

米盖尔·安热洛则幽默地说："你看，我现在不能这么叫你了。没有谁的名字能比我自己的更有知名度了。任何对它的修改都会拉低它的水准。"

他自嘲起来。

不过，我的老同学已经适应了环境。正如他所说，他已经变了，但并非堕落。凭借自己在身高上的优势，他干起了摄像的行当，并且感觉不错，他觉得自己的肩上扛着一个带着魔眼的移动设备，乐在其中。他说他喜欢通过他所操控的"眼睛"看世界，将一切事物变成他自己想要的样子。他说自己在操弄那个大玩具时心无旁骛。他以自己的方式选择这个和那个角度，俨然一位大师。世界以某种方式呈现在他面前，他可以选择拒绝接受，尝试自己想要的方式，从而超越现实。新娘们尤其欣赏他的工作，她们显得更漂亮了，母亲们显得更年轻了，父亲们臃肿的肚子变小了，有时甚至连那些遍地垃圾的场地也变得梦幻了。"你要相信我。"米盖尔·安热洛说，"安娜·玛丽亚，你能拥有你想要的一切。只要有那个神器，一切皆有可能。你给我一个英雄，我还你一个怪物，或是反过来。"

"我既不要英雄也不要怪物。你只需要中立地记录，这是他们聘用你的唯一目的，没有其他要求。"

"这是你说的。放心吧，没有人只想要一面镜子，包括你在内。你别想忽悠我。"

就在这时，我将杯子挪开，拆开随身携带的包裹，把相框放在桌子上。这一连串的动作过后，我的同学们用缺乏安全感的考场新生般的认真劲儿俯下身，我什么都没说，他们已经开始一一辨认照片上的人物。那上面有他们熟悉的面孔。尽管马加里达所掌握的关于这一事件的信息都是近期的，但是她还是认出了其中一些面孔。米盖尔·安热洛知道一些情节，但这个主题对他来说太过遥远，这是一个关于过去的主题，很难激发他的热情。不过，他们俩都努力地回忆，将姓名和人物对号入座。他们将相框翻了过来，看到了照片说明，互相讨论这个或是那个细节。"什么都别说，我们要自己查清楚。"马加里达·洛塔说，俨然已经进入角色。我的两位老同学正俯身在桌上进行他们的"入学考试"。

我没有料到他们的反应会如此积极。

毕竟那个时候，他们没能走进他们父母身后的神圣大门，没能像去动物园和天文馆那样成群结队地去那些掉落康乃馨花瓣的地方，没有在子弹穿孔的大门附近进行巡游，也没有注意到那些树枝：当年，人们攀爬上去围观一个维持了半个世纪的政权垮台。那个政权就在一个下雨的下午分崩离析。每年4月底，我的老同学们并不像那些从农村进城的人那样走在自由大道上，他们头戴草帽，口中叫喊着相同的口号，手握成拳，似乎要用它们打开天堂的大门。他们的父母没有在他们的发间插上康乃馨花瓣，没有把这样打扮的孩子交给路过的摄影师，以便他们将葡萄牙人欢天喜地的模样拍照并发送给外国新闻机构。而我的父亲是这么做的。庆祝"四二五革命"①胜利的那几天，他将我扛在肩上，把我举过头顶，让我看到大街上的人山人海，叫我永远不会忘记我曾经是那群人中的一分子，曾经的我们是一帮奴隶。我清楚地记得骑在父亲肩上行走的那些情景，但我知道我的同学们并不拥有类似的记忆。我了解他们的生活，知道他们没有经历只有少部分人经历过的"朝圣之旅"。即使是现在，马加里达·洛塔和米盖尔·安热洛在研究这张照片时也无法辨认出被称为"蒂昂·多洛雷斯"的摄影师塞巴斯蒂昂·阿尔维斯，更别说诗人英格丽德和弗朗西斯科·庞泰斯夫妇。尽管马加里达·洛塔已经拥有大部分文献资料，但她并不知道，只要她从自己的座位站起来，直视前方，就能看到"查理8"指挥的纵队在那个特别的黎明咆哮行进的大道，直至商业广场。老同学们听了我的话，顿时安静下来。"他们那天早上从这里经过？"洛塔问道。她站起身，一动不动，难以置信地看着共和国大

---

① 即"康乃馨革命"。

道。他们当然从这里经过了，他们必须步行从这里经过，因为车队不可能从空中飞过。说这话的是米盖尔·安热洛，他没有从椅子上起身去看一条他一直熟悉的大道，只是因为他从来没有费心去想象那天夜里革命军走过的各种路线。但是马加里达这么做了，"银莲花"看着对面楼房的屋顶，仿佛平生第一次看到它们。它们中的许多在那天早上都见证了代号为"查理8"的纵队经过。然而，洛塔发现，照片说明中，"查理8"是指挥官的外号。她同时研究起这些男人的相貌特征，在她看来，他们与库尔德人和阿富汗人的相貌十分相似。他们的脸是那么苍老。很明显，米盖尔·安热洛和马加里达·洛塔对这个世界知之甚少。

但是，这没有关系。

我的老同学们能成为合适的人选，正是因为他们对"四二五革命"了解不多。根据鲍勃·彼得森的想法，他们扮演的是我们预想的"接受者"的角色。将"接受者"的天真无辜纳入还原情节的阐述是我们此次拍摄的一个重要步骤。在报道时，或是在制作纪录片时，利用某种无知是获得真相的轮廓，甚至是真相本身不可或缺的要素之一。这次的情况就是这样。他们二人身处事件发生地，却对发生的事情几乎一无所知。他们被眼前的大道迷住了，想象看到军车沉重的车轮滚滚向前的情景。他们更为"忆往昔"餐厅的照片着迷，尽管洛塔和安热洛以不同的方式表达了自己对于事件的态度，但那些真实的"演员"的图像在他们手中不停传递。他们认出了"熙德""青铜长官""查理8""伞形花少校"和安东尼奥·马沙多，以及坐在桌子另一边的罗茜·奥诺雷。而对于头戴发光高帽的厨师、向左侧张开手臂的萨拉米达，或是三个留着胡须、头发蓬乱的年轻人,其中一位还拿着手枪,他们则完全没有线索,不知道这些人是谁,也没有必要知道。至于英格丽德和弗朗西斯科·庞泰斯,他们连听都没有听过。最引发他们二人兴趣的是拿着手枪的那位年轻人。他在威胁谁?当时,照相机应该就在他的面前?哦!那是怎样的时代,那是多么有意思的时代。于是,我认为是时候告诉他们这张照片将如何成为我们叙事的起点,也许也是我们的终点。这是我们需要遵循的基本概念。用鲍勃的话说:故事的开头,一定要有一颗闪亮的种子。而那些独特的面孔就是那颗种子。

我的老同学们迅速地将照片翻过来,检查了罗茜·奥诺雷在背面亲手写下的与照片中出现的人物一一对应的说明。完美。下午时段的电影院咖啡馆里熙熙攘攘,马加里达·洛塔却目无旁人,继续说着。完美。她能够通过罗茜创造出的"镜像"在脑海中想象出照片呈现出的最终的模样。在面孔和"镜像"之间随意切换。我的这位女同学不仅善变,还是班上最优秀的学生,她想知道那四个问题是什么。于是,我将问题放在了桌子上。

您当时在哪里?
当时是什么感受?
三十年后的今天,您如何评价那段经历?
对所发生的一切,您印象最深刻的部分是什么?

马加里达·洛塔把四个问题都记了下来,米盖尔·安热洛则提醒说:"不要再提类似的问题了。这种问题,我们已经听过上千次了。这样基本的问题,无须来自美国。"他还假装恐吓我说:"况且，还少一个采访这类人应该问的主要问题，那就是：'而你自己从中收获了多少？'也就是说，应该是五个问题，而不是四个。"

还好是这样。我们缺乏男同学——这位曾经在学习上排名第二、如今在操控声音和图像的摄像师，善于做方案B的精神。鲍勃说过，这对搭档会很完美，因为在摄制纪录片时，必须有人在一旁做参谋，哪怕是提意见也好。我们必须在外界的"清扫车"抵达前就在我们的工作体系中引入"喷子"和"扫帚"，去芜存菁。罗伯特·彼得森就是这样教导我们的。事实上，似乎扮演了鲍勃的理想化人物——"喷子"和"扫帚"——之一的米盖尔·安热洛还评论道："此外，据我所知，在这座城市里，从来没有一家名为'忆往昔'的餐厅。这一切难道没有可能都是假的吗？"摄像师看上去似乎赢得了一场战役。他因为职业的原因知道世界其他地方有众多名为"忆往昔"的餐厅，它们分布在亚洲至南美，但他确信里斯本从来没有一家叫这个名字的餐厅，这也是他用怀疑的眼光看着我的原因。

有必要说的是，对于那辈人来说，确实有一家他们称之为"忆往昔"的餐厅，我小时候去过好几次，那时，一些人仍然那样称呼那家餐厅，我解释说。即使是现在，我也可以闭着眼睛就找到那里。我将照片放在先前用来包裹它的布里，再将物件放进袋子里，并提醒我的老同学，在我们一起拍摄的过程中，我将从未去过"忆往昔"餐厅，也不认识照片中的任何人，我不是小马沙多，不是安东尼奥·马沙多的女儿，我只是团队中的第三个人，仅此而已。我请他们明确我所说的这些。他们照做了。可是我们三人谁都不愿起身。咖啡馆外，夜幕早早降临了。天黑前亮起的灯光给街道带来了一种祥和的节日气氛，我们也因此延长了聚会。面对我们分别如此之久的尴尬以及重聚时的兴奋,米盖尔·安热洛很实际,他让我再次打开照片,在桌上铺好一张白纸,并简略复制了罗茜在照片背面的纸板上所作的素描。他临摹了线条和每一个微小的字母,并发表了过于个人化的评论。他这么做是为了将临摹作品交给马加里达·洛塔,以免她在未来的两个月内迷失在她正在进行的搜索中。

只是为了给她行个方便。

他勾勒出这些人物在照片中的布局,为他们命名,并在一旁列出完整的人员名单,同时注明拍摄场合是1975年8月21日在"忆往昔"餐厅的一次晚餐,还添加了罗茜·奥诺雷的个人信息。"大家都很高兴,我们都在场。"坐在这张桌子边的人们亦是如此。

三

我行走在通往"忆往昔"餐厅的街道上。

还是那个公园,还是那片草地,还是那座侯爵牵狮的雕像,高高地伫立在那根石柱上。走在自由大道上,一种莫名的喜悦伴随着我。林荫下,我感觉自己仿佛要与多年来一直毫无道理地回避的双胞胎姊妹见面。某种愧疚感驱使我加快步伐,沿着大道下坡,一直下坡,然后左转,直到我发现自己已置身于老餐厅所在的狭窄街道中。我没走错。同样的窗户、同样的大门和同样的水箱,水箱里装着从海里打捞出的海产,它们像植物一样缓慢地移动着触角。还是相同的收款台,相同的挡板,尽管颜色不同,掌柜变了,服务生也变了。我想见见努内斯大厨,碰巧当时餐厅还未开始营业,但是一听说是出品《60分钟》的CBS,我便只需等待即可。努内斯大厨很快就来。

他来了。

努内斯大厨来了,还是我认识的那一位。起初他还有一丝认得我,眯着眼睛打量了我一番,好像记起了什么似的,但是很快,这疑惑就消失了。根据我递给他的名片,站在他面前的只是一位来自遥远国度的名叫罗伯特·彼得森的人的助手。他怎么可能认出我来呢?努内斯坐下,我也坐下。我确认了他的身份。努内斯即将退休，但他知道如何在日常饮食中免受工作影响，依旧保持着清瘦的身材。他最大的变化体现在发量。二十八年前，拍摄那张照片的时候，他戴着厨师帽，而现在，没有高帽的保护，厨师的脑袋已经秃了。至于其他方面，他还保持着同样的笑容，同样的深色瞳孔，还有他在照片上把厨房三齿鱼叉当成剑使的那股坏坏的劲儿。当我告诉他，他看起来太年轻，不像是要退休的人时，大厨突然说，他不抱怨他的外表发生了变化，不抱怨他的同事，也不抱怨他的老板，他的生活已无遗憾。"我是一个幸运的人。许多和我同龄的厨师都抱怨，随着年龄的增长，他们的接替者会通过安排他们削洋葱和土豆皮的方式来羞辱他们。这样的事情没有发生在我身上。在这里，在这家餐厅，我一直被有尊严地对待……"努内斯大厨似乎很乐意表现出对生活的满意，他说他们将烹饪蜘蛛蟹的"特权"留给了他，甚至称他为"蜘蛛蟹之王"，他也烹制各种口味的大螯虾和龙虾。他还吹嘘自己经手过绝大部分海产。如果在另一个世界有一位名叫尼普顿①的海神负责清算这些杀戮，那么他死后肯定会在海洋地狱被判处无期徒刑。努内斯大厨谈起鱼和甲壳类动物时可谓津津乐道，从它们被打捞上岸一直到被端上餐桌，中途经过他的鱼叉和他的平底锅，他侃侃而谈。突然，他谈论起顾客在这个过程中所起的作用。那么客户呢？啊！有的顾客有些病态的喜好，他们乐意想象在水箱里看到的活生生的动物几分钟后就躺在他们的盘子里。他们会来到水箱旁边，说："我要那个。"然后等着最后将它们送入嘴中。还有一些其他类似的细节。因为时候尚早，餐厅还空无一人，努内斯大厨可以娓娓道来。于是，我问他是否察觉革命前后客人有所变化。

---

① 古罗马神话中的海神。

努内斯大厨一脸错愕。

"没有什么不同。对于我们来说，没有所谓的革命前后。只是客人的面孔换了而已。有些客人永远地消失了，有些客人是第一次光顾，但不管是谁，我们的工作都完全相同。就和现在一样，还是那几种情况。有些人喜欢几乎生的食材，不加任何调味料，有些人则喜欢全熟并用酱汁精心浇盖的菜品。除了这一区别以外，客人们都差不多，支付账单的钱来自不同的钱包而已。我们知道每个人钱包里的钱都来路不同。不过，我得打住了，我并不掌握具体的数据，我只是一个厨师。"

"不过，曾经有人把这家餐馆叫作'忆往昔'餐厅，对吗？"

"是的，是有人这么叫。这个名字是一个代号。"大厨兴奋地说，"一切始于1972年开始的谋划，并且一直持续了下去。革命发生后的很多年里，那些人仍然把这里称为'忆往昔'餐厅，直到大家都已经在纸上或者墙上写下他们想说的，有时甚至是非常普通的一句话，那些人还表现得像在躲避警察一般。他们已经习惯了使用密码、首字母缩略词和暗语。他们来到柜台，说，大厨，今天如果有人在白天来这里说晚安，就回答说：'是的，我们准备开剪了。'还有其他类似的表达方式，通常都是押韵的语句，比如：剪羊毛、抓鸡仔。那是一个大时代，一个大时代。"他还像以前一样快乐、健谈和消瘦。

"但是对你来说，这个大时代指的是什么时候？是革命之前、革命之后，还是不分革命前后？"

餐厅里依旧空空如也，员工们安静地望着一动不动的门。努内斯大厨露出惊讶的表情。"怎么能这么说呢？我的意思是，对于餐厅来说是一样的，我并没有提到我的具体情况。啊！对，大时代，是的，一个大时代。"努内斯变得紧张起来，或者更确切地说，他变得兴奋起来。"我的意思是，对于这家餐馆来说，即便是那一天，也只是普通的一天，它甚至没有停业，但是对我来说不是。"大厨稍作停顿，他光秃秃的脑袋锃亮。他想解释那一天对他来说意味着什么，也许又不确定是否应该在一个陌生人面前这么做，毕竟这位陌生人向他展示的名片来自遥远的地方：CBS，2020M街，华盛顿。但是最终他还是下定了决心，好像屈服于某种恶习或是会导致他进入过度兴奋状态的某种癫狂。

"好吧，我来说说。"

努内斯大厨搓了搓手。

"那天，我几乎一大早就赶去下城区，打算买些上班穿的衣服。我在奥古斯塔街上的商店进进出出，看见军队方阵朝着罗西乌广场进发。那是一个特殊的时刻。当我看到部队在商店之间行进时，我知道发生了什么，我忘记了一切，大喊道：'伙计们，带上我，把我的脑袋从我身上扯下来，把它当作子弹……'我欣喜若狂，看了看奥古斯塔街拱门，那支队伍应该是根据那上面的时钟显示的时间出发的。'他们的时间就是我的时间'，正如诗人庞泰斯第二天所写的那样。之后的一整天时间里我都追随着他们，直到夜里。我看着他们在卡尔莫广场国民警卫队司令部门口卸下装备，然后被装甲车拉走，但我仍紧随其后。我和其他人一样高兴地叫喊。里斯本变成了欢乐的海洋，正如诗人所说，城里好多处地方都挤得水泄不通。远远望去，我觉得自己的身体被不断复制，那当然是我的感官幻觉。所以，那是我一生中最快乐的一天，我发誓，即使在我儿子出生那天我也没有那么快乐过。他知道这点，但是他很随和，不介意我这么说。"努内斯说。他重新放松下来，随意而又开心地看着水箱，那里面的龙虾都被用橡皮筋绑着钳子，小小的眼睛，两根触须从漆黑的外壳中伸出，打量未知的世界。这场景和我小时候见到的一模一样。于是，我将相框搁在桌上，里面镶嵌着那张照片。大厨沉默了片刻，似乎感到胃一阵抽搐，之后他朝柜台招了招手。餐厅还没有客人，一些员工凑了过来。

他们凑了过来，在照片周围围成一圈，但是一言不发。

努内斯大厨惊讶极了，好像被人拳打脚踢了一番。是的，他还记得拍照时的情景，包括拍摄年份和月份，但是回忆不起来具体日期了。感慨之余，他开始逐个辨认照片里的人。然而，年轻的员工没有认出其中的任何一个。大厨不但认得，而且与照片里的所有人物都有直接接触且相熟。"为了向他们证明我没有说谎，看，我刚刚提到的庞泰斯就在那里。"而当小伙子们也认出萨拉米达时，他们变得兴奋起来。"哦！哦！萨拉米达博士，他的双臂张开着，就像他每次见到我们时那样，还有那一头长发。"其中一个小伙子说道。另一个说："这个人时不时来这里，午餐时间坐在柜台前，但却从不吃饭，只要一份小杯的……"由于不认识其他人，他们只觉得有趣的是努内斯大厨一点变化都没有，只需要给他戴上厨师帽就够了。有一个小伙子正准备去取努内斯的帽子，幸运的是，就在这时，几位客人走进餐厅，员工们便散了，只剩下我们俩。于是，我开始试图完成我此行的任务，请他告诉我那天晚上发生了什么。那一刻，大厨变成了梦想家。他意味深长地笑了笑，说是的，他记得很清楚。努内斯大厨又笑了笑，说："那是一段独有的时光。再也不会，再也不会回来了。"

他说那是一个值得铭记的夜晚。

街道上，气氛看似平静，但那只是表象。实际上，整座城市陷入一片混乱。那几天，每天都有重要的文件在军营中、宫殿里或是群众面前被签署。仅在那天晚上就有三个敌对的团体，每个都持有自己的文件。但是，依照照片中的这对诗人夫妇写下的优美诗歌所言，"一切都结束得刚刚好"，大厨说。努内斯大厨用手臂示意道："他们就在那里，就在那后面。就在那里，我们把桌子拼在一起，他们在那里一直待到早上六点。他们离开时，太阳已经照耀着了。问题主要出现在晚饭前。晚餐时，我为他们准备了多汁的龙虾，他们很喜欢。我记得，当时为电台撰稿的萨拉米达博士为龙虾做了祷告，但是他措辞不当。正是因为他的措辞不当，这里发生了小小的混乱。好斗的奎举起了自己的武器，其他人也是。不过，萨拉米达博士最终妥协了，诗人夫妇吟起诗来，一帮人也就化干戈为玉帛了。我把盖碗拿进了厨房，因为问题就出在碗里盛的东西。一帮调皮的小子。那时候，里斯本人的生活充满了狂欢节的气氛，时时刻刻都在上演恶作剧。不过这很正常。我们为他们准备了晚餐和夜宵。如果他们再多待一会儿，就差点儿连早餐都准备了。但是他们离开了这里，回家休息了几个小时。我们都没睡，连续四十个小时保持清醒，却一点也不觉得累。"

努内斯钦佩地看着照片，试图忆起当初的每一个拍摄细节。摄影师蒂昂把相机架在了水箱上面。就在那里。接着，他打量了一番桌上的食物，又数了数酒瓶和未揭开盖的碗的数量，确认照片是在夜宵时间拍摄的。那是些带把手的盖碗。早些时候的晚餐时间，蒂昂·多洛雷斯和安东尼奥·马沙多未在餐桌旁，但却将他叫了出来。他们是好哥们儿。于是，努内斯戴着厨师帽，手握三齿鱼叉，一直待在了那里。努内斯沉浸在美好的回忆中。

我请求努内斯大厨先暂停他的讲述，并告诉他两天后会有两个人来采访他，到时候我也会来，我非常希望他把刚刚讲给我听的这些故事也都告诉他们。我请他首先复述有关"忆往昔"餐厅和那个梦幻般的夜晚的部分,若他能讲述他追随部队从奥古斯塔街一路行进的那一段就再好不过了。对于这一段路程的描述是最重要的。我告诉努内斯大厨,CBS正在拍摄一部名叫《永不沉睡的历史》的纪录片,他将是我们的第一位受访者,在片子开始时介绍"忆往昔"餐厅。我们希望他能讲述他刚刚告诉我的有关密码和首字母缩略词的内容。重要的是,回忆那一段持续了很长时间的,人们无法享受自由的时期。太好了,努内斯先生,非常好。我一边说,一边打开自己的笔记本,对要点做一些记录,完全没有察觉努内斯已经起身离开了他的椅子。我们的小桌子摇晃起来。我请他坐下。怎么了,努内斯先生?

"抱歉,我不能接受采访。这是一个非常敏感的话题。"厨师说。

"为什么非常敏感?"

"请听我说。我可以说餐厅、人们的用餐习惯、鱼、烹饪、菜谱和带鱼纹的瓷盘,就在那里,还有这些年来光临这里的外国客人,这让我感到很荣幸。我可以谈论所有这些,但是关于那些神圣的话题,比如在这里举行的会议和当时来到这里的人,我不能说。我不公开谈论这些问题。对不起,如果我误导了你。"

看来有必要劝说努内斯大厨了。我告诉他,他并没有误导我。我让他明白,他关于在奥古斯塔街上遥望到武装部队的陈述是多么重要,我告诉他,这是旨在展示在葡萄牙发生的革命是一个例外的关键场景。我坚持说道:"努内斯先生,您知道葡萄牙的革命是一个例外吗?那场革命有困难的时刻,但从长远看,鲜花才是最引人注目的。一场有鲜花的革命,努内斯先生……"

"姑娘,我永远、永远无法在公共场合讲述我生命中如此具有决定意义的经历。有些经历是无法言说的。我得站在电视摄像机前说我看见了,我围观了,我在现场,我目睹了。我是以一个外人的身份向别人讲述,成千上万的人比我更有资格,因为他们参与其中,冒着风险,而我没有,我只是希望它发生,在一旁围观,跟在部队后面,鼓了鼓掌。不然我就说一说心里的感受,但是我无法表达我的灵魂所经历的一切。看到坦克向我驶来并意识到正在发生的事情,这是一种非常震撼的经历,很难用言语表达。那是一种强烈的情感。如果需要,我在那一刻可以呈上自己的脑袋,只要结局能是好的。"

努内斯大厨站了起来。有几个瞬间,他似乎就要认出我来了,我将脸转了过去,因为重聚会使我希望的单纯提供口述变得复杂,会出现无用的"杂音"。不过,厨师没有认出我。他起身,带着善意,那种当我们想要摆脱某人时的过度的善意,为这个问题画上了句号:"我已经决定了。还是让其他人与CBS谈论此事吧,让那些还活着的人接受采访。有些人已经无法张嘴了。这位,在圣塔伦①写专栏的,他去世时,他们谈到他,许多人在公共场合流下了鳄鱼的眼泪,其实是吞噬他的喜悦。但是,至少有一个告别仪式。而同时期去世的洛雷纳却无人问津。我听闻他的凶信是因为他以前经常光顾餐厅,后来他的妻子告诉我们他去世的消息。我去参加了葬礼,有零星几个人出现,除此之外,几乎没有别的人到场。我甚至感觉不到我们在埋葬一个人,感觉就像是在埋葬一只鸟。洛雷纳参与了对里斯本军区司令部的袭击。可是平日里,他静如处子,你知道吗?我在想,闭嘴,闭嘴,朋友。对不起,我不说了。如果我谈论我自己没有做的事情,我就把我的脸涂成龙虾色。至于他们的地

---

① 葡萄牙中部城镇,圣塔伦区首府,古代军事要塞。

址,你如果想知道,尽管来找我。看,我的口袋里常备萨拉米达博士的名片。想看吗?"他把手伸进白大褂的口袋里,掏出一张卡片。那是萨拉米达的名片。

"这家伙一辈子都在给我塞卡片。一辈子都在。我可以进去再找几张其他人的出来。"

努内斯大厨带着一些碎纸片回来了,上面记录了各类地址。他负责口述,我负责记录。他说着说着就平静下来,恢复了自然放松的状态,开朗而又健谈,显然已经忘记了我们先前的对话。他用原来那活泼的语气向我解释为什么他们用强力橡皮筋绑住蓝鳌虾的钳子。这种凶狠的海洋生物拥有强大的防御武器,每只钳子都是武器,它能在你猝不及防之时敲打和击碎玻璃。这畜生就是这样。你可以把损失降到最低,但你无法改变动物的本性。客人们成群结队地进入餐厅,兴奋地挑选座位。努内斯大厨要去厨房了,我也不想误了他的工作。他走到一半,还转头回来问我是否还需要别的。不过他依旧没有认出我来。我离开饭店,回了家。

与努内斯大厨的见面触动了我。

不仅仅是因为我去见了一个我打小就喜欢的人,还因为我察觉努内斯仍然像过去那样倔强和正直。是的,这次见面触动了我,但这是一种很好的感觉,确定某人身上的某些东西没有改变。努内斯决心不接受采访,以及他保持沉默的理由让我感动,出乎我意料的是,我感到能遇到努内斯这样的人真是太好了。于是,我想到了安东尼奥·马沙多。我的父亲也没有变。

他还是拎着那个沉重的公文包很晚才到家,仿佛存档的手段从未改进。和以前一样,父亲的生活被纸张包围着,他身陷其中,仿佛那就是他呼吸的空气，是他生存的要素，与他融为一体。我只要想到父亲，眼前就会出现一个纸人。如果必须用具象来代表他，我会用几页纸，用纸将他包裹起来。他的过去是由纸组成的，他的理念也是由纸组成的。不过，这样很好，他一贯如此。父亲继续预见未来，对将会发生的事情做出判断，如果不听从他的建议，他便能预见到有可能发生的可怕的事情。他的建议也一如既往，与从前一样。正义、公平，还是正义，能使局面天翻地覆。这种从未改变过的夸张也很好。父亲继续抽着马车大小的烟斗，并且像过去一样，继续自底层发表自己的观点，他呼出的烟雾呈螺旋状上升，并不停地清喉咙。这很好，但我不会告诉他。安东尼奥·马沙多搭乘电梯回家，我赶紧把"忆往昔"餐厅的照片藏进我的房间里，不告诉他我的计划，这也很好。我也不会告诉他，我不打算在纪录片里使用照片副本，而是计划用原版照片，就是我找到的装在相框里的那张。我想让照片上的人亲手去摸一摸照片，让他们感觉到它是如此真实，以至于他们甚至不会询问这照片属于谁，或者它是如何落入我手中的。这正是努内斯大厨所经历的。关于照片里的人物的生活轨迹，他甚至没有提出任何问题。他看着照片，评论了一番，仿佛注定将忆起并纪念那个夜晚，无法逃避。就我个人而言，我情愿将原版照片放在包里。这会令采访更有效率。我只需要多出些力气而已。

　　的确，"忆往昔"餐厅的照片与比利时人罗茜·奥诺雷的故事有关，她最终与安东尼奥·马沙多共同生活了十三年，但这不是主要的方面。他们的女儿长期以来一直拒绝回顾这个与自己过于密切的事实。她现在也不应该这样做，这事情依旧与她无关。我就在这里写一写吧。政变后的几个月里，罗茜·奥诺雷与其他欧洲青年一起涌入里斯本，这座城市鼓舞了华沙和布拉格所有幻想破灭的人，即便他们中的很多人还不知道幻想为何物。罗茜证明了幻想有不幻灭的可能。据说，她与一群小伙伴沿路以路边发现的水果为食，还有那些向任何人都敞开大门的餐馆，向它们讨要一些干粮和几张照片。罗茜说法语，但是没有关系，在那个年代，说什么语言都一样，全靠打手势沟通。但是，她要在1975年8月回到布鲁塞尔的伯恩哈特剧院。她无法延长在里斯本逗留的时间，因为她要回去扮演哑女卡特琳①。这个角色非常简单，强大又令人印象深刻，可是她一直推迟回国。为什么？因为她与安东尼奥·马沙多恋爱了。我知道这段故事。我也知道，罗茜·奥诺雷和安东尼奥·马沙多在里斯本的大街小巷约会了一年多，而刚刚摆脱审查制度的报界非常宽容，没人介意她坐在编辑室里等他。编辑们大声喊叫着处理与报纸相关的各项事务，好像她并不存在一样。她身处的并非编辑室，而是键盘演绎敲击声的演讲堂。这样的状态持续了六个月，但在8月21日左右，她必须离开了。事实上，据我所知，罗茜·奥诺雷一直在道别，一直在说"以后见，很快再见"，许诺下一次重逢会很快来临。她许诺在演完了卡特琳拯救哈雷城百姓后回来，他们会再次见面。安东尼奥·马沙多常常将这段故事挂在嘴边。他说，罗茜终于在8月的第二个星期买了票，准备好银行卡，把它们保存在那个时期流行的小挎包里。20日，也许是安东尼奥·马沙多所说的21日，报社关门已是夜里十点以后，他们在街上散步、道别。一对不同国籍、居住在相距遥远的两座城市的恋人，穿过下城区的街道，与他们的约会地点告别，因为罗茜第二天一早就要启程。后来，他们进入了他们称之为"忆往昔"的餐厅，遇见了已经在那里就餐的一群人，对于他们来说，那张桌子太长了。

---

① 德国作家贝托尔特·布莱希特创作的著名反战戏剧《大胆妈妈和她的孩子们》中的角色。

餐桌边的客人都是安东尼奥·马沙多的朋友。有几个位置空着，那是因为有人还没到，还有几位已经吃完，着急离开了。他们都有任务在身。据说有反革命分子在街上游荡，他们将萨拉查①的照片对折，与人的毛发和角质齐整地包裹在一块布里，再将东西塞在衣服口袋里，图谋不轨。因此，需要派人去街上巡视，仔细排查里斯本窝藏那个帮派成员的据点。也因为此，只有参与讨论紧急文件的关键人物才留在了餐厅。安东尼奥·马沙多和他的比利时女友受到了欢迎，欢迎他们参与起草有关文件的讨论，直到有大致的结论。蒂昂·多洛雷斯在寻求将几个文件的内容合并。之后的晚餐并不平静，一些参与者上演的一幕幕是如此感人、如此激烈和如此戏剧化，罗茜爱上了那个夜晚，爱上了那次晚餐，那个喧闹、充满争议和令人难忘的场景，令她想起伊丽莎白时代剧院中一些最不寻常的时刻。离开餐馆时，她的想法已经发生了巨大的变化。"忆往昔"餐厅里的人们以为他们俩的关系即将结束。他们俩手挽着手，比其他人先行离开饭店，不知如何安置他们的热情。罗茜不想回自己的家，想在街上闲逛到天亮。就在某一时刻，他们掉头朝安东尼奥·马沙多的公寓走去。

怎么会这样？他的屋子里简直一片狼藉，而那个女人就在他身边。多少次，他邀请她来；多少次，他请仆人将屋子收拾成两间房间，他甚至在被褥上喷了自己的香水，但却什么都没有发生。罗茜从未爬上这冷僻的五楼。她总在一楼的门口停住，不愿进门。但就在那天晚上，安东尼奥·马沙多的公寓凌乱不堪，衣服散落一地，锅碗瓢盆都堆在灶台上，硬面包残留在桌子上，罗茜不但上了楼，

---

① 萨拉查（1889—1970），1932年至1968年任葡萄牙总理，实行独裁统治。

还睡到了安东尼奥·马沙多的床上。多年以后，他仍能忆起电梯将他们放置在楼梯平台上的撞击声。他的公寓位于通往特茹河的一条街道上，是一处简陋的蜗居，将将够住。安东尼奥·马沙多常常回忆说："我们在黎明时分进入我的公寓，两个小时后就该搭乘出租车，取上罗茜的行李箱前往机场。可是罗茜没有按计划这样仓促地离开，而是撕掉了机票，将碎纸片扔出窗外，说她不回布鲁塞尔了。一个人可以一生都在等待这样的时刻来临，"安东尼奥·马沙多说，"我没有这样要求她，也从未这样建议，我只是希望结局是这样，但我没有说出口过。我希望我可怜的灵魂能够爆发所有的热情。那时，人们已经说我是一个傲慢的能够预见未来的人。其实，我什么都没有预见，我只是下结论而已，而后来发生的事实与我所说的恰巧吻合。我有什么错呢？""但是，那天晚上发生在我身上的事，是我始料未及的。"安东尼奥·马沙多有时会这么说。她也是。事实上，罗茜的故事后来广为人知，成了一段佳话。圈子里的每个人都知道一位比利时女演员在和一个葡萄牙男人共度良宵后撕毁了回程的机票，还把碎纸片撒到了街对面。每个人的脑海里都想象着从窗户飘出的白色纸片。那是1975年8月21日的夜晚。为什么不呢？时间飞逝。四年后，蒂昂·多洛雷斯在自己的工作室中找到了仅存的那张在"忆往昔"餐厅中拍摄的照片，并把它交给了安东尼奥和罗茜。那是在1979年的9月。那是一份遗产。仅此一张。它被安放在书桌上，挨着那扇玻璃门。我就是在那里发现了它。那时，它还没有被装裱在如今这个烤漆的相框里。那时，照片的背面还没有写上"摄影：蒂昂·多洛雷斯。大家都很高兴，我们都在场"。

不过，这不是我所关心的。我唯一的目的就是为《永不沉睡的历史》第一集搜集素材。至于其他的，都不重要。

我已将照片嵌回相框，放进旅行包里，并用密码上了锁。这时，父亲进门，放下公文包，大声说道："你在家吗，安娜·玛丽亚？"我走进客厅，他看了看手表。我问："报社的事情这么多？总有一天你要吃不消的。"

他挪动着沉重的身躯向我靠近。这五年来，他的身体聚集了过多的有机物，或者说，他的身型原本没有现在这般臃肿。但他忍住没有亲我。表现得很好，安东尼奥·马沙多。他说："是的，很多工作，越来越多的工作，世界不仅不停歇，还在加速。现在，开启了喜剧的时代，到处都是为了自娱自乐而群魔乱舞的喜剧。可是，没有葬礼合唱团参与的时代，无法被称为一个时代。这是普遍的规律，安娜·玛丽亚，这是规律，我不知道会发展成什么样子。"他说道。然后，他像往常一般前往他的"王座"区域，他的"地盘"，在那里待到夜深。我在客厅的另一端，记着笔记，准备与"忆往昔"餐厅晚餐参与者们的第一次见面。

四

直到一周以后，我才与照片中的人物第一次见面，与我会面的是被罗茜称为"青铜长官"的那位。那是一个星期一，2月25日。那天，里斯本似乎位于地球之外。街道上不冷不热，一丝风也没有，阳光照在建筑物的外墙上，仿佛初夏。我的两位同学走在前面，他们的影子跟随着他们的脚步，清晰可见。跟在他们后面很好。我们提前了一个小时抵达，这次会面将开启"忆往昔"餐厅照片的主题之旅，一切都恰到好处。我把照片夹在胳膊下，确信那是我们的"指导文件"。米盖尔·安热洛大步流星地走在前面，他扛着设备，全套设备，好像要去拍摄某个王室的国王加冕典礼。但是马加里达·洛塔的步履节奏才真正体现出庄重，我对她钦佩不已。

就在一个月前，我在位于2020M街的办公室与她交谈时，她还分不清叛乱、起义和暴动这几个词的差别，但在报刊保管室里待了半个月后、在通读了有关"四二五革命"的报道后，她便对那类词烂熟于心了，似乎她生来就是为了解读这段历史，甚至是生活在这段历史之中。她沉浸于不同现实的能力依旧。最近几天，她发现了那天夜里发生的运动与城市某些街道之间的具体联系，并受到启发，动身前往这些地方。她沿着瑠什滨河大街和军械库大街漫步，踏足那些三十年前军人们边举枪指着自己额头边果断行进的道路，重构他们在期待与沉默之间穿越、理解和领悟的行程。那些军人手握手榴弹，下定决心如有必要，便将一切阻挡他们前进道路的障碍炸得粉碎，哪怕牺牲自己也在所不惜。我的大学老同学拿着报纸头版复印件在那些事件发生地徘徊，她说她时常觉得激动不已，因为照片上参与那场斗争的一些人，比我们年轻，不如我们富有，他们拥有的自由度和受教育程度也都比我们低。他们只不过是一些大男孩。她说她回到家的时候往往因为一直徒步行走而累得筋疲力尽，她是有意为之，为了努力让自己达到前人的高度。是的，那些大男孩活了下来，因为他们值得活下来。"只有活下来，才配活下去。"她在几分钟前对我们说。现在，马加里达走在这条街上，眼前的物体和那些士兵的行动都被放大了，一个口袋里的手榴弹在她看来变成了好多个。通过在报刊保管室翻阅资料，她从个人行为中看到了人类的高尚。她随身携带着那些旧报纸，面对报纸上一众旧面孔，马加里达·洛塔说她不知究竟爱上了谁，而她自己，在爱上这些遥远人物的同时也感受到了被爱。

现在，我们正走在《世界报》报社旧址所在的大街上，准备与首个接受我们采访的人物"青铜长官"见面。他很爽快地答应了我们的请求。当我们终于找到嵌在门框上的门铃时，马加里达按下了按钮，也是她推开了门、按下了电梯按钮，径直朝我们应该等待的客厅走去。我们提前了二十分钟到达，有足够的时间用来环顾四周并安静地等待，将自己融入这个陌生的环境中。马加里达·洛塔小心翼翼地走到屋外，说道："我们像是在一个教堂里。万籁俱寂。"

她有些夸张，但也不过分。

事实上，我们环顾四周，发现这间屋子里充满了寓言画和象征物：剑刃、微型炮、旗帜、白鸽，还有精力充沛的画家所创作的画作，笔触欢快轻盈，飞扬的康乃馨花瓣和破碎的枷锁。有些物体我们无法辨别，也许是超越平民甚至是军人理解范围的对于现实的隐喻。米盖尔·安热洛悉数观察每个物体，想要捕捉一些可能会被用到的镜头。他一边看，一边指指点点，还俯下身，安静地将设备准备好，尽管并没有人要求他这么做。马加里达·洛塔看了看手表。军人，或者因为她受雇于一流媒体而被她称为"名人"的人，也就是那个她即将采访的人，肯定不会迟到。"据说他是避免内战爆发的功臣之一。"她一边翻阅与"青铜长官"相关的档案，一边低声说道。然后她开始倒计时：五分钟、四分钟、三、二、一，之后便是电梯的声音，接着是地板上的脚步声，转而是地毯上的脚步声，最后是一个女人在低声回答一个根本听不见声音的问题："是的，当然。他们已经在那里等了一会儿了。"

　　一件宽松的大衣和一个沉重的公文包塞满了整个门口，这情景持续了几秒钟。马加里达·洛塔低声道："他阻止了一场内战。"即便这位军人脱下外套，坐在桌前，并把公文包放在了桌子上，她和米盖尔·安热洛也未曾移动半步。他们做好了准备，在认真地对待自己的工作。如果不知道他们对此事极度热情，我会以为他们是被吓坏了，而这显然毫无必要。罗茜口中的那位"青铜长官"仍然是我之前与他们含糊提及的那个简单的人。只要看看他现在光秃秃的前额，曾经那里也被浓密的头发遮挡，就足以意识到此人的本质并没有改变。正如我告诉他们的，我们要见的是一位务实主义者。"青铜长官"是那种在决定和行动之间绝不拖泥带水的人。要么做，要么不做。决定了，便采取行动。如果出现了任何困难，他会当即克服它。

他说，CBS对葡萄牙"四二五革命"感兴趣令他十分钦佩，因为葡萄牙革命已经无法引发任何人的关注，甚至包括葡萄牙人在内。不过，这只是"青铜长官"的客套话而已，马加里达·洛塔简单的一句话就令他暴露了。她说："实际上，上校先生，历史具有一种削减效应。这种效应……"军官盯着马加里达·洛塔，挪动了一下桌上的文件夹，打断她道："啊！我的女士，我的女士，历史的削减效应，您在说这种可怕的效应。"然后，他改变了语气，"来吧，看看你们想从我这里得到什么。来吧。"

就在这时，我为军官找了一把椅子，让他坐在马加里达·洛塔面前，米盖尔·安热洛则将无线麦克风别在他的套衫边缘。就在这一系列动作进行的同时，我将"忆往昔"餐厅的照片展示给了"青铜长官"，并询问他是否认出自己、认出其他人，以及看到照片后是否想说些什么。军官接过相框后，仿佛对照片上的人物进行身份识别是世界上最自然不过的事情，看到玻璃上有尘土，相框上也脏兮兮的，便机械地用他钴蓝色套衫的袖子擦了擦。他是一个务实的人。

"让我看看。"他说。

"青铜长官"开始端详这张照片。他像是在查验一张地籍图一般，有他自己的方法、顺序和停顿，先认出在照片中间的自己，然后是他身旁的其他人。他的左右两边都是他最亲密的战友——革命策划者，还有一些发挥了决定性作用的特工。他用对待兄妹一般的亲密将他们的名字一一道来。这是努内斯，努内斯大厨，一位出色的厨子，虽然彼时他还没有那么优秀，不过这不重要，他是永远的努内斯，伟大的努内斯。摄影师蒂昂·多洛雷斯在最后一刻加入了合影的队伍，他是跑着进入画面的，在这里。还有安东尼奥·马沙多，另一边是后来成为他妻子的姑娘，她后来离开了葡萄牙。还有这个、那个……他将照片里的所有人都指认了一番，包括那些隐退的，比如诗人夫妇，还有那些已经不幸离开这个世界的人。他的左边是萨拉米达，这个纯正、诙谐的葡萄牙人是那个晚上的"巫医"，差点给他们制造了不必要的麻烦。他正在抓全局，舍弃无用的细节，有条不紊地进行指认，可惜米盖尔·安热洛直到"名人"认出晚餐地点时才开始拍摄。他们用"忆往昔"指代那个餐厅，并且将这个习惯保留了很久，直到进入自由时代以后的很多年。看，他说。

事实上，军官不仅认出了地点，甚至还可以确定照片拍摄的日期。虽然以前从未见过这张照片，他还是根据某些信息还原了当时的情况。例如，照片上的盖碗为他提供了确凿的线索。"我敢肯定，这张照片是在1975年8月21日拍摄的。我用我的右手打赌。"军官说，"为什么？因为三方会议在8月21日才举行。但是请注意，从前一天晚上开始，温和派的文件就在我的口袋里了。您可以将镜头靠近一些拍摄。看。请注意，我的衬衫口袋里有一张被折起来的纸。这是一份至关重要的文件。如果在8月21日的晚上，大家都签了这份协议，那么这个国家的进程就会完全不同了，甚至是世界的进程也会大不一样。看。我可以告诉你们，有一段历史就在我的口袋里。在这里，在我的衬衫口袋里。看看自由主义的文稿是如何从这个口袋里蹦出来的。我向你们保证，那是一个非凡的夜晚。我记得一切，我知道一切，我能识别出最微小的细节。"

马加里达·洛塔有备而来，她没有错过这个机会。"那么，您认为您是记忆的守护者？如果谁有疑问或是对某些事情不清楚，应该向您求助？"

军官点了点头。

"是的，确实是，我的脑子里记录了所有。我的记性是我所知道的最可靠的记性之一。但我常说它不会永远这样。在为时已晚之前请听我说。时光飞逝，时光飞逝啊，我的朋友们。我准备好了。把你们的问题抛给我吧，我有一个小时的时间。不能再多了。"

一个小时，就一个小时？

我们向军官"扑"了过去。事实上，他的记性非常好。我们没有给他看照片的背面，那上面标注的日期就是他所说的。他回忆起的人名与照片上的人物一一对应，他所提及的事件也与后来发生的事件一一对应。我们在聆听历史的自述，那些陈年往事在同为历史解说员和亲历者的军官的指尖跳跃。那一刻，我们是他忠实的倾听者。马加里达·洛塔加快了提问的速度，她问"名人"，为什么照片背面为他标注的是"青铜长官"，为什么当时人们要这样称呼他，以及他的看法。米盖尔·安热洛将镜头靠近军官的手，扫过他的面部，最后固定在他的视线处。"青铜长官"微笑起来，马加里达·洛塔继续问道："您不是'金'，不是'银'，为什么只是'铜'呢？这不是有点不公平吗？"军官只是先把鼓鼓囊囊的公文包放到他的右边，然后又拿到身后，摸了摸它，最后表示他不同意马加里达的说法。

"我认为这很公平，让我告诉你我对拥有这个绰号感到多么荣幸。青铜是铜和锡的混合物，一种非常高贵的材料，这种合金改变了人类生活。虽然后来出现了铁和钢，但是伟大的一步是从青铜迈出的。我再说一遍，我感到无比荣幸、无比公平。而且，这个绰号完全源于能叫得出名儿的原因和事件，它们都是公开的，根本不值一提。事实上，在命运的暴击下，我在1974年正确的时间点站在了错误的地方，受到了惩罚并被流放。生活就是这样。金和银的荣誉是别人的。当之无愧。一切都是偶然。我是一个与历史的诞生联系在一起的人，所以我很清楚，很大一部分功劳不是我们贡献的，而是历史偶然给予的。历史的偶然。历史要我排在第三位，我的职责就是尊重这一点。这就是我该做的。"

"青铜长官"将与他相关的一切偶然都铭记在心。因为在整个过程中，他扮演的角色坚硬而粗糙，但却牢不可破，犹如青铜铸成。他并不在乎。其实在那个时期，人们给他起的绰号太多了，想记住都难，更别说解释它们的含义了。顺便说一下，其中一些相当无理取闹，他说。这时，马加里达应当停止讨论绰号，因为她还有四个问题要问，但是她没有这么做。相反，她坚持道："上校先生，您还想多说几个吗？"

"青铜长官"笑了笑，靠在椅背上。

"哦！是的，有许多不同的绰号，但我不想说。我要把这留到以后，这样有一天我可以告诉我的孙儿们，然后和他们一起开怀大笑。"

"不过，上校先生，与您所说的相反，您的那些绰号几乎没有无理取闹的。"马加里达继续说道，"我们已经得知，我们知道，上校，比如，'拿破仑'就是您的一个绰号。我们也知道他们第一次这样称呼您是在1975年5月1日，您在您家乡的体育场演讲，人们都在为您欢呼，他们还为您拍了照。第二天，这张照片就出现在各大报纸上。您的模样与拿破仑·波拿巴十分接近，实际上，与达维特为拿破仑一世所作的画像也有些许相似之处。我们估计您觉得十分受宠若惊，尤其是将您与法国皇帝在杜伊勒里宫书房那幅画像做比较。"

马加里达在等待"青铜长官"的回应，可是说着说着，他却伤感起来。他若有所思地笑了笑道："哦不，不！不要被这种相似性所迷惑，我承认，我的长相是与拿破仑有几分相似，但这并非总是褒义。在一场革命中，所有重要的词都至少有两种含义，而且它们常常是截然相反的。我本人付出了代价才明白了这一点。我在体育场里的那张照片刊登后，每当我驾车经过自由大道时，我的支持者们就会尖叫欢呼。即便强大如庞巴尔、俾斯麦，或是伟大的拿破仑，选票才是左右一切的，而非钢铁城墙。钢铁城墙，向下，再向下。两个街区之外，另一帮人也在叫嚷。去吧，滚去奥威尔的动物庄园，'拿破仑'，你在那里会很好的，抚摸抚摸其他动物，你只不过是一堵钢铁城墙而已。这样的对比说明了一切。非常令人伤心。所有的革命都是大喜与大悲交织在一起。但是这已经不重要了。过去的已经过去，改变不了现在。由于多数人的贫瘠，几乎所有推动现实的因素都与我有些瓜葛。在某些时候，除了我和少数一些人以外，其他人并没有任何感觉。"

军官将照片归还给我们，他已没有兴致继续谈论8月21日那个夜晚。没有关系。正式的问题还原封不动地在马加里达·洛塔的膝盖上放着。"银莲花"提出了第一个问题："上校先生，咱们说说自由的第一天吧。虽然您当时不在行动现场，虽然已经过去了这么久，您如何评价那天？"

"青铜长官"想要寻找一个合适的词语。

虽然花了一段时间，但能看出他终于找到了这个词，也能看出他感到难以启齿。那个词在他的嘴里打转，最后他终于将其说出口。"奇迹。"他说,"我把它认定为一个奇迹,我的女士。"军官重复了一遍,勇敢地面对写在脸上的局促。

"奇迹,是的。作为一个不可知论者,我想使用一个更平和一些的词语,但是我没有找到。为什么是奇迹?因为在同一时间恰巧发生了那么多意想不到的事。来,请在为时已晚之前记下我所说的这些。第一,当时已经明确的是,一名少尉应当在他的战车炮塔前向站在他面前的上尉及其带领的所有人发射火箭筒,但是出乎所有人的意料,那名少尉没有服从指令,未曾下令开火。第二,一艘停泊在特茹河上的轻型护卫舰应该向一座广场发射炸弹,但是,每个炮口都哑火了。至今仍有人试图解释这一事件,但知之者甚少。总之,那是一个奇迹。第三,一个在里斯本大耶稣像里驻扎的旅即将击沉一艘在其监视范围内的护卫舰,尽管对舰船指挥不了解,但监视它的那些武器最终没有鸣响。第四,一名上尉下令在军营前开火,可是与他同在一辆车内的战友没有照做。就在那一刻,当一场大屠杀可能开始之时,那位军官的耳朵里没有戴听筒。你如何解释这一点?第五,躲在国民警卫队司令部里的国家元首下令向城市开火,必要时开火,对准前面的广场开火。曾经忠于元首的国民警卫队司令却没有执行命令。这难道不是一件非凡无比的事吗?第六,司令部内,就在有人终于要下达屠杀令时,走廊里出现了一群逃跑的孩子,这个画面阻止了屠杀令的执行。有人认为,成千上万的人会像这些孩子一样死去。没有了弹片发出的噪声,司令部内感受到完全的寂静,只听到窃窃细语,直到宣布投降,司令部外传来欢呼声。之后出现了第七个和第八个奇迹。就这样,从一个奇迹到另一个奇迹,直到取得最后的胜利,已是在夜幕降临之时。然而,这些还都不是最大的那个奇迹。"

"您的意思是还有一个?"

"是的。而且，最大的奇迹性质不同。它发生在政变的几天后。我与其他人一起总结这场革命时，还几乎不知道有五千人参与其中，他们都做了他们应该做的事情，在取得胜利和街头欢呼之后，所有人都只想默默无闻地回到自己的岗位，做个无名英雄。"

"所有人？"马加里达钦佩地问道。

"是的，从列兵到少校，每个人都自愿隐姓埋名。我发誓就是这样。起决定性作用的人物都聚集在那里，所有的武装代表，而大家的感受都是一样的。我们发了誓。我们发誓，从那时起，'我''你''他''我们''你们'这些词都将消失，大家只使用表示集体的第三人称'他们'。我是这个决定的见证者，一切都记录在案。我们谁也不希望自己的个人行为被记录，大家的记忆将永远是完整的，那是属于五千人的记忆，所有人都只说'他们'。就是这样。我们中的一个人曾在会上说：'同志们，你们今后谈论起机场劫案的时候，都不要再提我个人。一旦得手，将对手五花大绑，我们的目的就达到了，我的名字也随即消失。我作为事件主角就已死去。从今往后，是谁在25日晚上抢劫了里斯本机场，在整个行动中封锁了领空？所有人，也就是五千士兵。是谁控制了广播电视台？五千士兵。如果既不是"你"，也不是"他"或"我"，那么是谁占领了里斯本军区司令部？是"他们"，五千士兵。是谁计划并指挥了自蓬蒂尼亚①出发的游行？不是"我"，不是"他"，不是"我们"，也不是"你"，是"他们"，五千士兵。'我们一致同意这么做。于是，就在那里，我们起草了一份文书，大家都在上面签了名，直到整张纸都写满了人名，不得不附上新的纸张。如果出现任何问题，大家都自愿放弃成为这场革命的主角的机会，这在人类历

---

① 里斯本的一个教区。

史上从未有过。这太感人了。""青铜长官"回忆说。他动容了。

"不是感人,是感人至极,上校。"

我走近军官,擦拭他额头上的汗珠。

"是的,感人至极,女士。"

"非常感人。"我的同学重复道。

"嗯,是的,很感人,很了不起,但那个匿名誓言没有得以维持一个月。"军官说。他的额头已经恢复正常。很快,新的汗滴又流了下来。那个刻有暗纹的光秃秃的表面,二十九年前曾在体育场迎着风的额头再次油光发亮起来。擦汗并不管用,无法掩盖军官额头上浮现的灵魂的碎片。

"没有得以维持一个月?"马加里达·洛塔很好地表达了任何人在听到这句话时所能感受到的惊愕,"连一个月都没有,上校?怎么会这样?"

"是的。我可以用文件证明,协议签署的三周后,事情开始向相反的方向发展,许多人忘记了他们的誓言,每个人都想在他们出生地的房子门口竖一座自己的雕像,四处炫耀。就是这样,我的朋友们。""青铜长官"说毕,将注意力转向我们,"不过我现在说的这些都不能公开。请你们在为 CBS 制作的报道中忽略这段内容。"

"我们会忽略这段内容的。"马加里达·洛塔保证道。

"正如我对你们所说的,请不要公开以下内容。可以肯定的是,很不幸,还不到六个月的时间,所有人都败给了那个可恶的词语,那个可恶的宣誓功劳归属的'我'字。坦率地说,我也参与其中,我后来也常把'我'挂在嘴边。我很遗憾,万分遗憾。虽然我也屈服于'我'这个词,但我逐渐意识到,必须为那些在这场让我们分崩离析的可怕斗争中消逝的人做些什么。可怕。我可以告诉你们，一些人在公共广场上慢慢被民众认定为英雄，而大多数在这场政变中发挥决定性作用的策划者却变成了一群无名战士。这是我所不能允许的。""青铜长官"说道。

马加里达·洛塔瞪大的眼睛里充满了钦佩和悲伤。

"我不允许这样，我的女士。我是一个言出必行的人，一个有抱负的人。一天早上，我站在镜子前，看着自己的脸对自己说，我要一直工作到底，让每一个人的记忆在时间的流逝中得以保存，让他们都成为有名有姓的士兵。换句话说，既然我们违背了当初的承诺，那么我希望所有的参与者，每一个人，都成为不仅是被认同和认识的士兵，而且是被国家认可的战士。五千名战士。我只是其中的一员。我与他们无异。我感到自己是五千人中的一员。"说完，他的额头已不是因为汗滴而发亮，而是因为荣耀而闪光。

"青铜长官"从裤兜里取出一块手帕，擤了擤鼻子。他似乎已经想结束采访，将手帕收了起来。但是"银莲花"没有想结束的意思，继续提问。

"上校先生，请向我们解释一下您的记忆守护任务是如何执行的。您是如何行动的？如何进行的？"

"青铜长官"无比耐心。

他看了看手表。

"我来解释给你听。我保存了我能找到的所有文件，事先不对它们进行真实性筛选。许多专家都参与了鉴定工作，因为需要研究的元素非常多。回忆、讲述、物品、照片、电影……一大堆令人难忘的物件，但是一切都经过了去伪存真的考证。别忘了，当初有五千名士兵，有些证据显而易见，有些则是冒牌货。工作量很大。

例如……"军官自右侧俯下身，拿起鼓鼓囊囊的公文包，并对准米盖尔·安热洛的镜头将其打开。当摄像机镜头拉近文件夹时，受访者开始从中取出文件、信件、照片、报告、老录音带、会议记录和各种纸张。这一切努力都是为了能让那些在商业广场发生的政变中发挥至关重要的作用，但却还未能被正名的三方人士摆脱"无名氏"的头衔。"青铜长官"解释道："也就是我刚才提到的，当骑兵七团团长在瑙什滨河大街下令袭击上尉时，那个少尉拒绝服从命令，并拿枪指着自己的脑袋。他是一位长着黑眼睛，留着浓密胡须且脸型消瘦的年轻人。人们知道他，但他所做出的贡献还未被承认。从来没有人对他说过'谢谢'。他的待遇不及那些跟随其后进行抵抗的士兵。从小队长到第一个士兵、第二个士兵、第三个士兵，包括瞄准手，都拒绝执行命令，可谓是那天之中最果敢的动作。然而，这些战士并不为人所知，更别说得到什么褒奖。所以，我希望他们早日被认识和认可。"军官在解释的过程中一直将公文包放在自己的膝盖上。

于是，马加里达将其他问题先搁置一旁，她想知道为什么，为什么在那么多人都宣称自己有多么重要的时候，这些士兵却从未公开自己的身份。"青铜长官"笑了笑。他的脸上没有太多表情，无法解释他为什么在那一刻笑起来，但是他的讲述清晰、客观、科学，既不炫耀也不苦涩。他说："女士们，你们触及了我工作的很多敏感点。问题是，我们每个人都不一样，我们的深层动机也不同，即使是现在，当我们想要还原真相时，困难依旧存在。因为当时有些人极力夸大其行为的价值，他们跳上看台，捶胸如擂鼓，直到所有人都认为他们是革命的主要策划者。其他一些人，在同样的情况下，只是选择让时间流逝。还有的则相反，他们对自己的所作所为感到后悔，不愿承认自己的慷慨作为，宁愿躲藏起来，甚至消失，离开了葡萄牙。还有更甚者，否认自己的所作所为，将自己的行为归咎于他人，害怕与那些希望什么事情都没有发生的人交恶。他们在家中收到信，上面写着：'叛徒，你为什么不在4月的早晨用子弹解决自己？是的，那样我们会感谢你的。现在，如果被我们抓到，你可能都想象不出自己会在我们的鞭子下如何快活。告诉我们你把妻子和孩子藏在哪里，我们要活捉了他们。'诸如此类的威胁令很多人闻风丧胆，避之不及。有段时间，我们四处寻找，希望能公开他们的身份，为他们颁发奖章，但却找不到他们的下落。你们能明白的，这为我们的调查带来很多不确定因素。要勾勒出历史的真实轮廓，需要有艺术地去挖掘，大量地挖掘。有些人至今仍然隐姓埋名，甚至做了整形手术，以免被认为参与了'康乃馨革命'。难以置信？但这就是真相，是不该被CBS节目报道的真相。这段内容不可公开，请尊重我的意愿。"

马加里达·洛塔看了看手表，抛出了最后一个问题："最后一个问题，拜托了，就只有一个问题，然后就结束了。请告诉我们，您个人具体的收获是什么？也就是说，革命给您带来了什么好处和回报？毕竟做这件事的风险很大，工作量也很大。您觉得自己现在拥有优越的物质条件吗？"尽管这不是我们事先准备好的问题，马加里达·洛塔还是问出了口，并且很快意识到自己表述不当。只不过，"青铜长官"还是以前的那个"青铜长官"，从未改变。他不但没有受到影响，还向她表示了感谢。他在镜头前挺起他藏于钴蓝色套衫下的胸膛，好像我们给予了他某个回报一样。

他说："这是一个性质不同的问题，而且非常有趣。很高兴你能提出这个问题，我的女士。我的收入可以晒在希亚多①的橱窗

---

① 里斯本的一个重要历史文化街区，位于上城区和下城区之间。

里，简直比洗完澡的孩子的脸还干净。我的财务状况可谓一清二白。你们给我看的照片中的同志们也是如此。"他一边说一边打开了被掏空的文件夹，面对镜头，将文件、磁带、照片和会议记录又塞了回去，阵势浩大。"CBS如能报道以下内容，我将十分感激。请将这段公开：我本人没有得到任何好处。我是一个变形金刚，真正的变形金刚从不为自己谋利，他努力为别人谋好处，如果可能的话，为所有人谋好处。我只在这个角度上是获利的。我之所以受益，是因为我是成千上万，甚至是千万人中的一员，他们因为自由改善了生活。"军官说完，取下能将他的声音传送到CBS工作室的无线麦克风，然后和我道别，和米盖尔·安热洛道别，和马加里达·洛塔道别。军官的最后一句话给她留下了深刻的印象。时间到了。军官穿上外套，看了看手表，提起公文包，用脚跟站定后转过身去。那个披着深蓝色羊毛外套的宽阔后背随即消失在门口。那是一部逐渐消失的魔幻电影。我们再次沉浸于教堂般的寂静中，过了好一会儿才开始张口说话。

难以启齿。

米盖尔·安热洛把吉普车停在了歌剧院附近，我们朝那个方向走去，一路沉默。现实以一种令人惊讶的方式出现在我们面前，而且比我们想象的要复杂得多。结束了第一场会面，我的老同学们全神贯注，如坠梦中，好像刚刚经历了一场大事件，还无法从中抽离。虽然米盖尔·安热洛只提及那些涉及基本问题的部分，但是如何处理这种类型和这样长度的采访？如何从将近一个小时的对话中只截取二十分钟，而最后的成品总共不超过五分钟？如何省略被"青铜长官"视为奇迹的在巧合下发生的一连串事实？难道只用一句话带过？那些不能公开的珍贵资料又如何处理呢？难，非常难。但如果这是鲍勃的方法，猎人的方法，那他成功了，只是让人觉得他浪费了太多弹药，而大部分"猎物"都不得不扔掉。马加里达·洛塔应该除了那四个问题，其他一概不问。

走在安谢塔路上，米盖尔·安热洛直言不讳道："再说'青铜长官'，他的所作所为以及他所说的有关五千人的部分听着是很有趣。但是他所作的努力都是徒劳的。无论他做什么，迟早都会被所有人遗忘。向来如此，永远如此。那个人受骗了。万物皆有限，记忆亦然，尤其是记忆。更何况，我们所有人都会被遗忘。"我们走到了吉普车旁，它在冬日的阳光下闪耀着夏天的光芒。马加里达·洛塔不同意搭档的说法，她伤感地看着她的搭档说："不是这样的，米盖尔·安热洛。你认为每个人都最终会被遗忘，但是我持相反的观点。总有一天，每个人都会被记住。即便是我们，一辈子没有做出什么特别的事迹，也会被记住。如果不是这样，生命还有什么意义？我绝对相信，未来没有人会被遗忘。一定有一个地方可以让我们记住一切和每一个人，包括那些颇有建树和那些一事无成的人。"马加里达上了车。她也无法轻易地从第一次会面中抽离出来。

阳光温暖了车厢。奇怪的是，我同意米盖尔·安热洛的想法，很明显，他说得有道理，但是我没有勇气大声地将这样的想法说出口。事实上，我们所做的只是试图对抗遗忘，无可救药地对抗。但是，如果需要大声说出口，我还是会说出马加里达刚刚说的那番话，即便我心里想的和米盖尔·安热洛所想的一致。我会这么做，因为只有洛塔的幻想才具有创造力。我不相信她所相信的，但是我信任她这个人。

其实，我最佩服上校的一点是，他在努力实现一种不可能实现的公平，即便如此，他依旧在尝试。毕竟，他寻求达成的与我们正在做的事情性质类似，但更加纯粹。我们是同一类人。如果说抱有这一雄心壮志的我们中的任何一个人是可笑的，那么我们就都是可笑的，鲍勃也非例外，世界上所有试图通过讲述来延长记忆的人都是可笑的。被嘲笑的感觉有时让我犹豫不决。在采访上校的过程中，我想起了那个下雪的夜晚，有那么一瞬间我后悔自己妥协了，并不是因为自己没有选择埋头干自己的事情，而是因为我意识到要将碎石路缝里的枪管挖出来有多么困难。实在是太难了。之后，我想到了《奥德赛》里的那些英雄，为了能留在伊塔卡岛而装疯卖傻，疲惫不堪，还有那位奉劝奥德修斯远离女巫瑟茜装有药水的酒杯的船员。①于是，我感到自己的畏难情绪是多么荒谬。这事情一点都不复杂，也没有什么难度，相反，信息收集会非常快，非常简单，完全忠于鲍勃的脚本。类似的脚本，他也交给了我的同事索丽娜·库扎、比尔·布赫纳、詹姆斯·费伦茨，还有大卫·切赫，他们都带着同样的使命前往他们父母的祖国，在灾难性的历史进程中寻找积极的、正面的讲述和一些例外。就我而言，并不存在什么困难。更何况，还有马加里达·洛塔呢。她是整个计划中不可或缺的部分。当车行驶到丰特斯·佩雷拉·德梅洛大街时，我大声说道："我完全同意你的说法，马加里达。未来，总有一天，每一个人，是的，每一个人，都会被记住。否则，人们为何要等待？也许在过去，我们早在存在之前就已经被铭记。"马加里达想得更多，她说："谢谢你，安娜·玛丽亚。我要是真的不相信这一点，请米盖尔·安热洛把我带到桥顶，再将我从上面扔下去。"我们沿着大道飞驰，我对米盖尔说："靠边停车，现在。"米盖尔正全神贯注地

---

① 出自《荷马史诗》，讲述希腊西部伊塔卡王奥德修斯在特洛伊战争结束之后，历经十年漂泊，返回家园的故事。

驾驶着他的维特拉①，完全没有听到我的请求。

最后，他把吉普车停了下来，我下了车。我们道了别。

夕阳照亮了金属、镜子和玻璃。我开始穿行坎波佩克诺广场，而这不是幻觉：在广场北翼，几棵梧桐树下，围栏旁边，停靠着父亲的银色轿车。很高兴看到安东尼奥·马沙多的车在傍晚时分闪闪发光，一个铝制物体在落日的余晖下闪闪发光。一个也掺了一些银的物体。结束了与"青铜长官"的会面后，这次"偶遇"是那个下午给我的一个特别馈赠。

我经过父亲的车，慢慢地走了过去，但很快，我又加快了步伐。我要务实和高效，直接切入主题，正如鲍勃·彼得森向我们建议的那样：请快点。照他的话来说，没有什么比混淆足迹与路径更有害的了。前进，前进。父亲的车被我甩在身后。下一次会面将是与拍摄"忆往昔"餐厅照片的摄影师蒂昂·多洛雷斯。

---

① 日本铃木公司和美国通用汽车公司共同开发的一款越野车。

五

我背包里的那张照片中，蒂昂·多洛雷斯只不过是夹在安东尼奥的脸和厨师的三齿鱼叉之间的一个脑袋，"熙德"站在他的身后。"熙德"双臂交叉在胸前，目视远方，他的视线穿过大门，穿过街道，穿过大西洋，也许望向哈瓦那，甚至也可能不是哈瓦那，而是的黎波里①。因为照片是在1975年8月拍摄的，他可能正望向那座城市的郊区立起的大帐篷，贝都因人在那里，盘坐于绣花毯上，创作出那本小小的伟大的《绿皮书》②，宣布在马格里布③实行救赎的社会主义制度。"熙德"也可能在看向瑞典。不重要了。不管照片中的他看向何处，这位被鲍勃的教父称为"最高大的红橡树"的人确是在向很远的地方眺望。

与他相比，蒂昂·多洛雷斯的视线落脚点就太近了。

摄影师设置好角度，调整好三脚架，检查了定时器，跑到一群人中间，闪光灯便亮了。这就是为什么蒂昂·多洛雷斯是照片中

---

① 利比亚首都。
② 利比亚前最高领导人卡扎菲的治国理念论著。他是贝都因人。
③ 非洲西北部地区，包括摩洛哥、阿尔及利亚和突尼斯。

唯一保留了快照印记的人物，他睁大眼睛，一直在等待闪光灯亮起。他是唯一没有因为保持某个姿势的时间过长而导致视觉产生幻觉的人物。我不记得小时候是否见过他，但我知道摄影师从他父亲那里继承了"多洛雷斯"的名字，他的父亲是一名婚庆摄影师，他通常不会让拍摄对象说"cheese①"或是"pomme②"，而是让他们直呼自己的名字"多洛雷斯"，如果人们照做，那么在这样重要的场合，他们的嘴唇会变得丰满圆润，每个人都似乎同时在亲吻着什么。具体到在"忆往昔"餐厅中拍摄的那张照片，我也知道，那天晚上的某一刻，萨拉米达因为模仿《最后的晚餐》中的场景而造成了大家的不愉快，蒂昂·多洛雷斯则利用这个机会记录了和解的过程。一幅祥和的"全家福"。努内斯被从厨房拽了出来，人到齐后，在场的每一位都摆好了姿势，有的甚至还拿着手头的东西，等待闪光灯亮起。结果，照片中唯一姿势即兴的人就是摄影师，他的脑袋卡在众人中间，不知所措地望着相机。

将近三十年后的2月27日，我们根据鲍勃·彼得森的指导，想要寻找的就是这个伸着脖子的男人，这名摄影师。他的指导方法包括粗略的信息收集，对信息进行研究和删减，最后迅速重新组合那些被遗漏或仍然不完美的内容。在CBS，他们最初将这种大刀阔斧的做法称为"猎人之道"。继"青铜长官"之后，我们准备与蒂昂·多洛雷斯一起"打猎"。我与米盖尔·安热洛约好，他在坎波佩克诺广场接我。我沿着大道往下走，还是那个斗牛场，还是那个红色圆顶，还是那些掉了叶子的梧桐树，可是父亲的车没有停在栅栏旁。那是两天前的事了。需要说明的是，我两天前又去了那里。

---

① 英语，意为"奶酪"。
② 法语，意为"苹果"。

父亲的车不在栅栏旁，而是停在了对面，靠近人行道，在另一棵梧桐树下。我在父亲的车旁驻足了片刻。与往常一样，安东尼奥·马沙多正致力于他的研究工作。那个时间段，他应该坐在咖啡馆里，与某个人肩并肩，或是坐在公园的某张长椅上，或是在某个安全的角落，免得在那些露天的地方，被喷泉溅一身水，还不知是谁干的好事。他过去时常这么说。我了解父亲。我坐上维特拉后仍在回头看。很高兴能看到他全身心投入工作，把一切安排得井井有条。他曾说过，我们的工作是我们与世界唯一的正面联系。几小时前，我们在一起吃了一顿安静的早餐。我想说父亲在接近六十岁时终于变得平和起来。我为什么不敢再肯定一些？当我们互相道别或是聊上两句时，他让我感到他不仅已功成名就，而且仍充满挑战精神。下午两点，我们下车时，我的思绪还停留在那辆银色轿车上。

每一次相聚都会在我们之间重新燃起一种大学时代的快乐。那天，我们三人漫步在坎普利迪，和往常一样兴奋，完全没有在意之后等待我们的会是什么。我的背包里装着"忆往昔"餐厅的照片，米盖尔·安热洛扛着他的家伙什儿，而在大师路上敲门的还是马加里达·洛塔。

我们预料到这次见面不会容易。一周的尝试都化作徒劳之后，蒂昂·多洛雷斯的继子向我们保证，他的继父会在家等候我们的到来，即便我们觉得基本上希望不大。我们没有注意到有人在家，连门铃都坏了。我们耐心十足，按了四十五分钟的门铃，但无人应答。当我们已经准备放弃、马加里达正要往地毯下塞留言条时，门被打开了，蒂昂·多洛雷斯裹着一件很短的晨衣出现在我们眼前。摄影师手里拿着的似乎是一袋垃圾。他绕过仍然弯着腰的马加里达，把垃圾袋放在出口处。再次进家门时，他说道："你们就是来自CBS的？进来坐吧。"

于是，我们进了门。

可是，蒂昂·多洛雷斯应该早些说"进来，请坐，请等上将近一个小时"。我们至少等了那么长时间。在一间只摆放了一张白色沙发的四面全白的房间里，我们对于摄影师的无礼略感尴尬。那些坊间流传的关于他的故事中没有这部分，但可以肯定的是，蒂昂·多洛雷斯此时在我们眼里已经变成了一名无赖。当我们占据了整个沙发在白色房间里干等时，我们开始发笑，笑那个让我们迷失在这座废弃房屋空荡荡的房间里的人。事实上，我们面前的墙壁上有一些小洞，应该是钉钉子留下的。墙上还有一些棕色污迹，应该是镜框框架留下的，也许是摄影师的镜子。另外，还有一直延伸到天花板的方形痕迹，肯定是书柜留下的。可是，我们笑的是那件"短袍"，米盖尔·安热洛正低声讲笑话给我们听。屋子另一边的淋浴用水在不停地流。终于，蒂昂·多洛雷斯出现在房间里，他的头发湿漉漉的，身上的衣服看上去像女人穿的宽松针织衫，从肩膀一直垂到膝盖，像一条长长的卷起的围巾。

"我家中一般不接待客人。"他说，"我去拿一把椅子，很快回来。"

他这一去，又过了好久才回来，似乎去下城区的一家商店现找了一把椅子，还遇到了堵车。当他终于推着一把椅子出现时，这位似乎从去年就没吃过东西的摄影师又邀请我们吃些羽扇豆。他吃了两三颗，还将豆壳吐在了自己右手的手掌中。他一边嚼豆子，一边问道:"所以,你们带什么来看望'三块骨头'①了?"

我们望着说话者,忍俊不禁。

"三块骨头?"马加里达一头雾水地问道。

我们根据与摄影师继子的约定,下午两点左右到达摄影师的家中,现在已经四点多了,我们甚至还没有开始问准备好的第一个问题。蒂昂·多洛雷斯似乎以贬低自己为乐。他蜷缩着身子,伸出手,把碗递给我们,道:"尝尝。你们为什么来找'三块骨头'?"

"啊!'三块骨头'!"马加里达·洛塔被摄影师的玩笑话逗乐了,我们三人因为蒂昂·多洛雷斯的怪诞笑出声来。不过,"银莲花"没有忘记她的任务。她富有洞察力,顺着摄影师的话说道:"不,蒂昂先生,我们不是来探望'三块骨头'的,我们是来探望一位天才的,他的二百零六块骨头似乎都完好无损。他可是鼎鼎有名。"蒂昂·多洛雷斯继续咀嚼着,没有任何反应。她继续说道:"蒂昂先生,我们都知道,有您署名的照片最完整地记录下了那天发生的事情。从艺术的角度来说,那些照片堪称完美。它们是抒情的、史诗般的,它们充满活力,并且与人融合在一起。"蒂昂·多洛雷斯继续轻松地嚼着羽扇豆,将豆壳吐在左手手心里,仿佛马加里达说的与他一点关系都没有。马加里达继续道:"因为您捕捉到了政变的决定性时刻、那些充满勇气的瞬间,还有投降的画面,以及民众的关键行动。可以说,当士兵们朝着正确的方向前进时,或者说,当他们将武器对准最重要的目标时,您找到了正确的角度,捕捉到决定性的瞬间。在正确的时间点,您出现在了那里。"咀嚼、吐壳,摄影师似乎不为所动。"您知道吗,蒂昂先生?我们熟悉您的摄影作品。我们觉得所有那些武器和设备,从主战坦克到发

---

① 蒂昂·多洛雷斯为自己取的绰号,用以自嘲。

出最后通牒的扩音器，都沉浸在令人难以置信的光照中，等待您按下快门的那一刻。"马加里达没有放弃，她充满自信，层层深入，"蒂昂先生，当我们说世界是由摄影师创造的时候，这是承认摄影师是我们所希望看到的世界的最理想诠释者。您捕捉到的那个在被罢免的总理面前面露尴尬的卫兵的镜头，用美感打动了我们，蒂昂先生。还有那张照片所透露出的人性，蒂昂先生……"

"忆往昔"餐厅照片的摄影师把装有最后几颗豆子的碗递给我们，他甚至把碗交到了米盖尔·安热洛手中，我一度觉得我们面临着一个无法解决的问题。看着摄影师对马加里达·洛塔的慷慨陈词漠不关心，消瘦的下巴只管上下移动，看到那双三十年前定格在照片上的眼睛，当初是那么炯炯有神，如今却变得冷冰冰的，越过我们，望向远处，我担心摄影师会将洛塔的话语当成是一种虚假的奉承，起身离开，再也不会回来了。但是，他没有。蒂昂·多洛雷斯把碗搁在地上，用脚踢去一旁，终于开口回应了。

"你们已经说了很多。我最初以为你们找我是另有原因。有趣的是，光阴似箭，岁月如梭，每年都有人出现，说他们还年轻，可再过一年就说自己不再年轻，但当他们出现时，总是聊到同一个话题，就好像是同一个人似的，包括你们。不过，我想你们有道理，也许确实没有其他话题可聊。所以，咱们挑重要的说吧。"

蒂昂·多洛雷斯的头发慢慢干了，开始变得卷曲，飘扬起来，他的脑袋依稀有些像"忆往昔"餐厅照片中的那个脑袋。摄影师叹了一口气，就像在为完成一次伟大的穿越海峡的游泳做准备。他解开围巾，一切准备就绪。"那么，让我们从还原真相开始吧。"他说，"说我最完整地记录下了那天发生的事情是不准确的。众人皆知，我错过了那次游行的最初几个小时。既然你们找到了我，那么你们应该知道这一点。我的记录并不完整。"

摄影师突然中断了他的讲话，将注意力转移到他的杂物上，他又开始就羽扇豆喋喋不休起来："这豆子很好吃。应该腌制以后在调料里浸泡一个多月，味道才好，它可以防癌。在肿瘤界，这豆子被称为最好的战士……"摄影师用脚重新挪动了装有豆子的碗，从中又拿起一颗，用那双黑色的眼睛盯着它。照片上那双惊愕的眼睛此时半闭着，他对着豆子吟唱起来："硬硬的小豆子，皮肤坚硬，你转过身去保护自己，直到被抓住，被咬碎，被吃掉……"我们被羽扇豆的故事逗乐了，实际上，我们连一颗豆都没有吃。而那个充满荣光的日子里的伟大摄影师此时正穿着女人的衣服，骨瘦如柴地拿羽扇豆开玩笑。"听着，"他说，"我会对你们很坦诚，真的。我可以开始了吗？干活儿。就像数百万葡萄牙人一样，那是我一生中最快乐的一天。"

蒂昂·多洛雷斯将脸对准镜头。

"听我说，年轻人。那天早上，我醒来时就觉得怪怪的。我睡得太晚，却起得很早。我拿起徕卡相机，打算上街喝一杯咖啡，想伸出手指按下快门，但那时的里斯本没有什么值得进入那台机器的。前一天夜里，我在萨瑟兰①的演唱会上激情澎湃，演唱会结束后，我就只剩下一卷胶卷了。我想我最好沿着自由大道往下走，世界对我来说似乎是灰色的，没有任何东西值得被记录进我的相机。所以我一直走啊，走啊，直到几周前我订购摄影材料的商店门前。我看了看橱窗，除了应该一直在那里的东西，什么新鲜玩意儿也没有，橱窗后面也是，就像前一天晚上音乐厅里什么都没有发生过一样。面对尖叫声的萨瑟兰、一部《茶花女》、震耳欲聋的掌声——里斯本观众的鼓掌声……好像都没有发生过一般。也许她应该面对

---

① 琼·萨瑟兰（1926—2010），澳大利亚女高音歌唱家。

一屋子反应迟钝的人演唱《茶花女》,如果有人为她鼓掌,她可以进行七次道谢,然后就好像什么都没有发生过一样。我走进商店,拿了几卷胶卷,付了钱,感觉这辈子的一切都没什么意义。但是,当我漫无目的地在孔塞桑街上漫步时,突然看到一支军事纵队出现在远处,向罗西乌前进,我停下了脚步。一开始,那队人马看起来还模模糊糊的,要么就是我不敢相信究竟发生了什么。而后,当我看到坦克在商店之间行进,并确认发生了什么时,我变得忘乎所以,甚至忘记了自己的徕卡相机。我忘记了自己是一名摄影师,张开双臂向他们走去。我大喊着:哎!从我身上走过,把我当成你们的地毯吧。我开始追赶他们,我解开自己衣服的扣子,露出胸膛,说我父亲死在佛得角①的集中营里,我咆哮着讲述我的生活,亲身感受周遭发生的种种,而不是用相机将它们记录下来。奇怪的是,那天早上一只比我年长的野兽附在我身上,当我意识到自己跟随人群走向加雷特街时,我才拿起了相机,我周围的人们和我一样情绪高昂。请从我身上走过,把我当成你们的地毯吧。你们的红地毯,有些人说。直到看到同事们在拍照,我才如梦初醒。我差点晕了。也就是说,我错过了在奥古斯塔街上的拍摄机会,错过了在罗西乌的拍摄机会,错过了在卡尔莫街和加雷特街的拍摄机会。从那开始,我才拍摄了趴在树上的人群,那些挂满了腿的树枝,还有窗台上的群众、卡尔莫广场的正面和地面、人们的步伐、载着士兵的装甲车,以及那天发生的其他种种。那一晚,我一夜无眠。接下来的几天,我几乎没有沾过椅子。里斯本变成了一座没有围墙的城市,我感觉自己能同时出现在几个地方,无须走路,而我的身体在不停地自我复制。当我看不见发生了什么的时候,我的徕卡相机会吱吱

---

① 佛得角共和国,西非沿海国家,曾为葡萄牙殖民地,1975年独立。官方语言为葡萄牙语。

作响，自行运作起来。只有当我进入胶片冲洗室时，是的，只有在那个时候，我才意识到它为我承担了多少工作。但是，政变发生后的最关键的几个小时，也就是最初的那几个小时，我因为亲身体验了过程而没有将它们记录下来。我时常在想，自己是否会成为一名真正的摄影师。我不是，不是，因为太年轻。如果我是一名真正的摄影师，当我在奥古斯塔街上看到那些士兵时，我的第一反应应该是去按相机快门，咔嚓，咔嚓，就是这样。"

摄影师坐在椅子上，目光扫过光秃秃的墙壁。他看起来像一个被废黜的国王。

马加里达·洛塔说："您又贬低自己了。您没有提到国民警卫队司令部里发生的一连串事情。据我们所知，只有您，蒂昂·多洛雷斯，可以进入那里。关键时刻，只有您在司令部里。在司令部内部拍摄的照片一共有七张，是一组。我们三人研究了这组照片。正如您所见，我们是有备而来的。"

摄影师的头发干了，变得卷曲不听话，在他的头上形成一圈发环。蒂昂·多洛雷斯笑了。"的确如此。亡羊补牢，为时不晚。有人对我说，进来吧，你将是'沙皇[①]'最后一位摄影师。我需要做的就是走进去。"

"'沙皇'就在那里。"

"是的。那个房间里有两张床、一把椅子、一幅油画和一个衣柜。总理站在那里，双手搭在椅背上，他就在那里。我先拍了第一张照片。当文质彬彬的情报处主任走进房间时，总理说道：'佩德

[①] 指时任葡萄牙总理马尔塞洛·卡埃塔诺。

罗，佩德罗，我们说到哪儿了？'我跪在总理面前，低角度拍下了第二张照片。总理看上去十分儒雅。'总理先生，我不是告诉过您了吗？您的府邸周围发生了大骚乱。现在，总理先生，至少现在，我在这里确保您的人身安全。'佩德罗文质彬彬地说道，然后他们开始窃窃私语。我拍下了第三张照片，是他们俩的合影，脑袋紧挨着。之后，两人便分开了。'不，佩德罗，我绝不这样做。我要自己走出去，我从哪个门进来就从哪个门出去。我曾坐在石头上，想着从屋顶上跳下去。他们甚至为我准备了消防梯。但是当他们告诉我……'我又拍下了总理的正面，再来一张，伟大的人物。'他们告诉我，有四位部长在商业广场钻墙洞逃跑，而那个悲伤的画面立刻传遍了全世界的新闻编辑室。我意识到自己如果也那么做将会冒怎样的风险，于是，我回到了原位。太可怕了，佩德罗，太可怕了。'我再次按下相机快门。'但是，群众都聚集在那里，总理先生，总理先生，您是否评估过您去那里的风险？'我又拍了一张正面照和一张背面照。'别让我失望，佩德罗。现在正是我最需要勇气的时候。'我抓拍了一张侧面照，紧接着是一张低角度照。'此话怎讲？总理先生，在如此戏剧化的历史时刻，我有责任提醒您，人民是天生嗜血的。众所周知，一个只骑过毛驴的人想要改骑马，为了能适应变化，可是什么都做得出来的。'咔嚓。'什么都做得出来？'咔嚓。这时，总理和佩德罗走进了另一间房间，部长们正在那里抱头痛哭。文质彬彬的情报处主任用手挡住了我的相机镜头，我便放下了徕卡相机。佩德罗情绪激动地对我说：'等等，小子，"安东诺夫–奥弗申柯①"还没到，我们也不是在目睹对冬宫酒窖的袭击。这里不是圣彼得堡。不要让我后悔带你来见证这一刻。

---

① 安东诺夫–奥弗申柯（1884—1938），苏联军事家、外交家。

不要逼我……'我回答：'我已经把相机收起来了。'于是，我将镜头对准了走廊，开始自己漫长的'假期'。如果有什么大事发生，不管是伴随司令部外叛乱者的尖叫声出现，还是就在司令部里上演，我都不承担任何责任，因为历史就是那样发展演变的。事实是，我在现场什么也做不了，'假期'的最后，我看见海军上将腾雷罗倒退着移动到厨房的一侧，想要寻找藏身之处。咔嚓。一个孩子跑过来说道：'妈妈，妈妈，海军上将躲在储藏室里。来吧，妈妈，我们去那里吧。'我放过了那个孩子、孩子的母亲，还有孩子着急想推走的婴儿车。于是我将相机朝向与他们相反的方向，随即我便看到一个裹着军用披风的男人走来，我惊讶于他的右眼上架着一副带把手的眼镜，手里握着一根长鞭。咔嚓。军事处主任跑来，说道：'那个手握长鞭进来的家伙眼睛上戴着一块镜片，他完全可以把它挂在胸前的装饰之间，因为他可不是眼科毕业的。这证明事情行不通。权力的转移不会有任何结果。'咔嚓。我的徕卡相机还没有抽风，但它的快门已经开始不停地咔嚓作响，频率越来越高。我努力避开我本不应该看的东西，但相机在我的手中扭动，任意摆布我。我就是这样拍下了将军说出以下这些言语的那一刻：'总理先生，您看，我与那些在外面吵嚷着要政变的人没有任何关系。我永远不会发动政变。我只是接受他们委托给我的任务，确保权力不会落入街头，政府不会交给那些在广场上号叫的群众。还有你，不要对着我拍照，听到了吗？谁让你进来的？'我们向出口退去。总理一步一步地走下石阶，走向被流放之路，那是他在葡萄牙的石头上行走的最后几步。但是，任凭他们慷慨陈词，我将相机镜头移开了，因为我感兴趣的是临时帐篷下那些国民警卫队士兵的脸，他们手持长枪和剑，在值最后一班岗。咔嚓、咔嚓、咔嚓。其中一张脸脸色阴沉，另一张脸上洋溢着幸福，还有一张脸上流淌着泪水，那泪水流向石坊。咔嚓、咔嚓。之后，室内的会议结束了。我的相机镜头重新对准了街头。因为拍摄老百姓，特别是欢庆的群众，一直是我的专长。"

马加里达又惊又喜，我与她的感受相同。"多么神奇的经历！"我的女同学说，"您在司令部里拍摄的系列照片，我们只知道其中的七张，包括两位文质彬彬的中介人面带笑容、手持装有协议的文件夹走进走廊的画面，还有哭泣的士兵们的侧脸。"马加里达对蒂昂·多洛雷斯说："现在，我们了解到，这个系列的照片数量应该超过了五十张，而且，您还还原了那些场景。蒂昂先生，这是一部电影，而且，是一部有声电影。"

摄影师笑了，我们也笑了。他笑到直呼"哎"，才停了下来。我们也是。

虽然我们都笑到前仰后合，但是没有忘记此行的任务。我取出相框，把集体照递给摄影师，这是他于1975年8月21日晚在"忆往昔"餐厅中亲手拍摄的。蒂昂·多洛雷斯盯着照片看了很久，然后将它翻面，看了照片说明，把写在照片背面的名字、昵称和日期都大声读了出来，没有进行任何评论。碗还在他的脚边，里面还剩六颗羽扇豆。我们都很欢乐，充满了喜悦，因为这个男人瘦得像竹竿，说起话来头头是道，他独特的形象营造出一种原始的氛围，他流利的言语，还有那略带克制的夸张。太棒了。脚边的碗把摄影师衬托得像一只鸡，一只公鸡。马加里达·洛塔问了我们准备的问题，但是并无用处，蒂昂·多洛雷斯压根儿没有回答那些问题，只做侧面回应。他说他已经说了，够了，我们不能对记忆的还原歇斯底里，如果我们想重构历史，应该去找历史学家，他们甚至知道每个士兵在军事行动前吃了什么。幸好24日到25日的晚上，葡萄牙各个军营里每个食堂提供的饭食都是一样的，否则那些无聊的人会玩儿命描述每个人的伙食，涉及的人数更是超过五千。所以，历史学家们总是活得很轻松。蒂昂·多洛雷斯将照片还给了我，没有再评论什么。最后，他说道："跟我来，带上摄像机。"

"特别要带上摄像机，为咱们的后代做好记录。"

我们跟着他，穿行于工作室的六个房间之间。这是一套二十世纪五十年代的房子，每个房间都很小，完全没有家具。摄影师手里拿着碗，领着我们参观。可是，那些隔间里什么都没有，墙壁光秃秃的，我们什么也没有看到。我太年轻了。如果我是一个更成熟一些的女人，或是仅仅年长一些，年长到明白心脏会在墙壁内跳动，倾听砖瓦和砂浆的节奏就能知道谁曾住在这里，那么也许我会看到我们这时看不到的东西。我曾游走于沙漠地区报道战争冲突，每天生活在其中，学会了通过沉默预判血雨腥风的降临，通过刀光剑影嗅出血腥味，但在这种家庭氛围下，我只能看到眼前所见。我和同事不禁感慨，岁月真是一把刀，它把人们变瘦或是变胖，消耗他们，将一个伟大的摄影师变成一个怪胎，将一个创造者变为一个异常固执的悲情人物。摄影的愤怒被转化为嘲讽的愤怒。当我们离开时，摄影师拎着两个原本藏在厨房里的绿色塑料袋跟在我们后面。这令我们捧腹大笑。走到走廊时，塑料袋破了，我们还帮忙收拾掉落了一地的聚苯乙烯碎片、胶卷、纸、胶带和破碎的太阳镜。摄影师并没有感谢我们。他身穿的那件女装外套一直拖到膝盖。我与他告别，他居然说："好吧。你们在CBS想怎么报道就怎么报道，我都无所谓。"

那天是2月27日。

外面既没有刮风,也没有下雨,天气不冷也不热。我们沿着大师路步行。马加里达·洛塔和我一路笑到胃疼。我们走进一家奶店,却没法儿点饮料喝。笑得厉害。这个世界好像变成了一个可爱的笑话。躲起来的太阳,棕色的云彩。我们周围的一切都在笑。天空,火辣辣的。那些羽扇豆,湿漉漉的。摄影师与我们告别时还说道:"这些豆子的味道会很好,特别是用灰和盐腌制至少十五天以后。"我们三人都还没到三十岁。那个与时空完全脱节的男人,一副饿死鬼投胎的模样,一会儿手里端着一碗豆子,一会儿脚下搁一碗豆子,对于一个严肃节目来说,实在是太滑稽了。而鲍勃·彼得森的"猎人之道"要求很高。不过,我们并没有白白浪费我们的时间。我们不再抱怨。"跟我来。"米盖尔·安热洛说,"我敢打赌,我们能有至少五分钟精彩的采访内容。也许是七分钟,也许是十分钟,甚至更多,拭目以待吧。"

我们去了位于王子街区的工作室。确实,蒂昂的采访中至少有十二分钟的内容极为精彩。

摄影师转过身,在空荡荡的房子里游荡,之后坐下,脚边放着装有几颗羽扇豆的碗。他望着在"忆往昔"餐厅里拍摄的那张照片,那张表情惊愕的脸从照片中跃出,变成一张眯着双眼的脸,紧接着是他关于那天早上、那次会议和那一天的叙述,有关4月25日一整天的叙述,包括他描述自己如何举着徕卡相机在人群中自我复制。我们还使用了一些经蒂昂·多洛雷斯同意的档案照片来说明他一开始讲述的那段内容。那是回到起点的时刻,是从平凡到辉煌的一段时光的倒带,那是历史沉寂从而让位于奇迹的时刻。光辉的时刻。他说:"我可以开始了吗?干活儿。就像数百万葡萄牙人一样,那是我一生中最快乐的一天。"之后,是他回忆看到坦克的那段:"从我身上走过,把我当成你们的地毯吧。"考虑到我们有一些坦克的照片作为素材,我们得出的结论是:蒂昂的话语力量不只是很大,而会是无穷大。

那真是美好的一天。

回家的路上,我的同学们按原路返回,我在庞巴尔侯爵广场下了车,沿着丰特斯·佩雷拉·德梅洛大街北上,绕过广场,走进下一条大道。一路步行,我体会到一种得到回报的胜利者的滋味,因为即便身处疯狂,我们在试图找寻碎石路缝中的枪管的过程中还是挖到了钻石。鲍勃的教父说得有道理。那三十年前的枪管,一旦触碰,哪怕只是轻轻一下,插在上面的鲜花都会绽放。也许革命的康乃馨不仅仅是康乃馨,也许是康乃馨模样的坚韧的复活草。天哪,我想。我想到了鲍勃·彼得森——我在2020M街的保护者。虽然不愿提及他的名字,我还是想到了安东尼奥·马沙多。

我想到了我的父亲。

午饭时间,他把车挪去了广场上标示的水平四边形里。现在,他的车肯定已经不在那里了。奇怪的是,一辆和他的车相仿的轿车停在那棵法国梧桐树下。

也是一辆银色轿车。不过,我刚刚与蒂昂·多洛雷斯见过面,我需要提防我的眼神儿。那肯定不是我父亲的车，也许是同款。那车的镀铬磨损得更厉害，车身上还有一层细小的灰尘，这种灰尘会不停地覆盖在某些类型的汽车上，实际上，它们是跟随车主光环的一种灰尘。两辆相仿的车，两位相似的车主。并不完全相同。我朝那辆车走去，好吧，我没有看错。据我所知，没有两辆车的车牌号会是相同的。在与蒂昂·多洛雷斯会面后，发现一辆挂着父亲车牌的汽车可不是什么有趣的事情。在与汽车还有一段距离的地方，我确认了，那确实是安东尼奥·马沙多的车。然后我想到父亲把车停在那个广场上，远离报社，是为了能够多走几步路，背着与"青铜长官"同款的、鼓鼓囊囊的公文包。他们的包里都塞满了补充材料、文件和卷纸。它们在我父亲的手中变成了一个精密的组织。用罗茜·奥诺雷的话说，那是"你父亲神圣的编号"。我设想了一下父亲的行程路线。安东尼奥·马沙多在上午十一点左右乘车离开，将车停在环形交叉路口附近，拿上公文包，慢慢南下，沿着大道一路步行三十分钟，一路吞云吐雾，完成他每天一半的锻炼量。一天结束时，也就是在他上完夜班后，他再走一段相反的路线，在烟雾中完成他的健身计划。这就是为什么安东尼奥·马沙多总是那么晚才到家的原因。因为公文包很沉，他的一个肩胛骨比另一个要突出得多。他会坐上他的宝座，那是他的烤炉，充满灵魂的能量，奋力敲击键盘。我正要接近汽车，想到他的能量，便打了退堂鼓。车里面，父亲正坐在方向盘前抽烟。他打开驾驶座一侧的窗户，全神贯注，直视前方。我了解那个善于串联事实并预知命运的人。如果他已经在那里徘徊了好几天，那表明他在酝酿什么重要的想法。我又想了一下，也许并没有什么健身计划，那不是他生活的一部分。无论如何，和衣冠不整的蒂昂·多洛雷斯不同，我的父亲是在展望未来，他有尊严，才华横溢，在树下酝酿、思考。我有一股冲动，想跑到车前，坐到他身边，向他提出我的问题。两个、三个、好几个问题。我差点儿就这么做了，但我还是克制住了。对于不该问父亲的问题，我必须非常小心。

六

更确切地说，我想用指关节敲敲玻璃，给父亲一个惊喜。我想跳上车，坐在父亲旁边的座位上，将我的问题一股脑儿抛出。那些问题在我脑中盘旋，它们不仅仅是出于好奇心，更对我的思想产生了冲击。可是，我非但没有继续靠近，反而慢慢走开，与共和国大道渐行渐远，我匆忙的脚步与我的愿望背道而驰。我的左边，车水马龙，我的背包里装着在"忆往昔"餐厅拍摄的那张照片，我能感到相框和玻璃的重量。我快步行走，告诉自己不可以因为一个短暂和偶然的小插曲打破我建立了超过十五年的沉默策略。小心，我要格外小心。不是提防父亲，而是要提防我自己。

我知道如果我走上前会发生什么。

如果我转头回去问他去哪儿了，他会如实回答我，因为原则上他不会撒谎，但他很快就会以公平原则来反问我："你呢，今天下午你在哪里，安娜·玛丽亚？"如果我问他报社的工作进展如何，他会用足足一刻钟的时间解释他那低调的职业的复杂性，既困难重重又不可或缺，他会说到使命。快结束时，他会稍做沉默，然后询问我的工作进展如何。我脚步急促，大脑却在缓慢地思考。他就是那样的。对于可能提供给我的每一个细节，他都希望得到回报，而他想知道的不是关于我的工作的细节，而是它们的基础、目的和前景，甚至是我遥远未来的规划，困扰着我的最黑暗的幽灵和我最清醒的梦想。他回到家，我若是说"父亲，您回来得这么晚"，他会想知道我那天为什么回来得这么早。我若是黎明才到家，他会问我去了哪里，跟谁在一起，告诫我要注意安全，不要再这样做了。所以，在那种情况下，如果我问他为什么会在晚上八点半坐在坎波佩克诺广场的梧桐树下的车里抽烟，父亲会告诉我确切的原因，诸如他何时抵达、何时离开，甚至为什么前几天他一直将车停在同样的地方。在这种情况下，父亲会说是因为一次采访和一位受访者，或是需要靠某些可怕的秘密来源进行某些复杂的数据收集，他们需要在指定时间在梧桐树下交接秘密文件。但是，不要期待什么不好的结果，安娜·玛丽亚。之后，随着一声叹息和一股堪比旧蒸汽火车喷出的烟雾，父亲马上就想知道，我从华盛顿回来以后都在做什么。

此时，我正站在半岛战争战士纪念碑前。我停下了脚步。

———·———

我若是往回走呢？我若是给他看我从他那里偷来的照片并将那些围攻我的问题抛给他呢？如果都是些个人问题，而不是其他问题呢？其他问题是为照片上的其他人准备的，那些我可以采访的人，安东尼奥·马沙多和奥诺雷夫人除外，因为在一部理应严谨——如果有可能，还应具备科学性的纪录片中，私生活和公民生活不应混淆不清。绝不应该。但是，如果我那么做了，就犹如打开了"潘多拉的盒子"，父亲对我自2020M街开始的生活的好奇心会由此被激发。

啊！如果我打开一扇关于华盛顿的门。啊！如果我告诉他"猎人之道"。啊！如果我告诉他我们在里斯本寻找插着鲜花的枪管。啊！如果我告诉他，我把在"忆往昔"餐厅拍摄的照片作为纪录片的开场。啊！如果我一再这样尝试，安东尼奥·马沙多怎会不描述那张照片、照片上的人物、那些昵称、那些歇后语，还有那些绰号？那会立即唤起我从小就熟知的大部分内容，还会新增其他我不知道的部分。他会很乐意讲述那个争吵之夜、和解之夜。当然，他不会提及他自己，在照片左边坐着的安东尼奥·马沙多，戴着粗框眼镜，露出四分之三张脸。但是在他的左侧，是容光焕发的诗人，他的同志们，他必定会对他们大加赞赏。更不用说那个后来成为他妻子的罗茜·奥诺雷，在她左边的是已故英雄"查理8"，另外两个人则在照片中看不清面孔，其中一个拿着手枪，其他人虽未持械，但是他们的眼神看上去就像是在弹药工厂。他当然会谈到"熙德""青铜长官"和"伞形花少校"。照片中间，萨拉米达的脸被他那"圣母的头发"遮住了，他正对着盖碗祷告。萨拉米达的随性差点毁掉一切。一定是因为"忆往昔"餐厅里存在的风险越来越大，罗茜·奥诺雷才会离开那里，走上里斯本的街道，而这座城市已变成了一座开放的舞台。可是，罗茜的行为是发生在前一天、当天还是后一天？其实，要是女儿真的将疑问都抛出，他说不定会谈起那些从五楼散落的碎纸片。那张被撕碎的机票、纸条和其他碎片，都从窗户飞了出去。是的，如果女儿告诉他，她从书架上拿走了那张照片，现在每天要么背着它，要么夹在胳膊肘里，与另外两名大学同学从一个采访到另一个采访都带着它，上述一切假设就都成立了。抱歉，我知道这是滥用，但我有这个想法，鲍勃·彼得森也完全同意。大卫·切赫在布拉格，比尔·布赫纳在柏林，詹姆斯·费伦茨在布达佩斯，索丽娜·库扎在布加勒斯特①。这就是《永不沉睡的历史》。如果是这样，也许我们会在车里度过2月27日的夜晚，因为有太多要说的了。不过，我永远不会这样做。

我只是想象以上那些场景，因为我和父亲喜欢上演灾难剧剧情，这样我们俩不会因为想象的废墟与现实脱节而感到紧张。"那将是你的最终策略。"我想。想象一下那些糟糕的场景，因为没有坐在父亲的身旁，你反而获得一种合理的安全感。最重要的是，为了能够得出明确的结论，你就不应该问父亲任何事情。简而言之，如果你，安娜·玛丽亚·马沙多，不提任何问题，你的父亲就不用做出回答，他也就不会反问你任何问题。既然你的父亲没有问题，你就不用回答。这就形成一个闭环。在这个闭环里，完全沉默即可。你会感到某种好奇，想知道是什么让那个可以遇见未来的人，时而在周五，时而在周六，连续几日在晚餐时间将车停在坎波佩克诺广场北翼的梧桐树下，但你不会去询问。你不能打开那扇门，一旦被强行打开，你不知道它会把你带入什么样的空间。是的，我必须非常小心对待父亲的好奇心。

我开始继续沿着半岛战争大道北上。

因为他会一直这样，我想。我们的好奇心可能是暂时的，也可能不是，但是他的好奇心一直非常强烈。他无法将我们视为男人

---

① 罗马尼亚的首都。

或女人、专业人士、记者，包括战地记者。他总是把我们看成是体重不超过十公斤的生物，在世界各地游走，蹒跚学步，会突然点燃火柴，站到窗边，弄翻大理石祭台，掉进泳池池底并像一个淹死的布娃娃一样永远待在那里。我的父亲就是这样。安东尼奥·马沙多，我的父亲。他会发疯似地想知道鲍勃·彼得森是谁，为什么不结婚，有没有孩子，为什么如此痴迷葡萄牙的近代史。特别是，为什么这件事会牵扯到美国驻葡萄牙大使，这位亲历那段历史的人。而这又是什么，"猎人之道"？你来回往复在做什么？为什么要冒那么大风险跟着他去伊拉克？为什么？为什么要去巴士拉①、纳杰夫、卡尔巴拉②？为什么？不过父亲不会这么追问了，原因很简单：我根本不会向他提出我的问题。最重要的是，我不会向他提出他极其渴望听到的问题。你有罗茜·奥诺雷的消息吗？她和她的爱人怎样了？那个取代了你的虐待狂导演。还有她的子女们，怎么样了？她为了他们而抛弃了你我。你有没有那只将卵产在其它鸟的巢里的布谷鸟妈妈③的消息？那位在1975年放弃饰演《大胆妈妈和她的孩子们》中卡特琳的角色、在黎明时分将机票撕碎的革命者，十三年后又将这些小纸片一张一张地收集起来，回到了布鲁塞尔那由木头拼接起来的舞台上。我那时只有十二岁？革命者？不。我一个问题都不会问。所以我们相处得很好，很融洽。我们彼此微笑，甚至互相拥抱，非常亲密，互道早安、午安，就像天气预报里报的一样：即将到来的3月将会非常炎热，几天之内，整个里斯本城里的人都会赤裸涌上海滩。

---

① 伊拉克第一大港和第二大城市。
② 伊拉克中部城市，历史古城，伊斯兰教什叶派圣地之一。
③ 布谷鸟属孵卵寄生动物，从不筑巢，而是将卵产在其它鸟的巢里。此处暗讽罗茜。

这些都是事实。

我回到了家中，还是同样的矮桌，同样的沙发，同样播放着节目的电视机。我们拜访蒂昂·多洛雷斯的那天，安东尼奥·马沙多到家时已是午夜时分。他一如既往地抽着烟，自世界伊始，自我的世界伊始，他便一直如此。我们俩属于不同的物种，不是因为年龄差距，三十六岁的年龄差不足以造就不同的物种，是因为性格的对立，才造成人与人之间的不同。我属于"游牧民族"，他则是一个"宅男"。那天，在我想要远走高飞的前一天，他用他变态的方式严厉地警告我，就像他用来宣告他想象的未来有可能发生的混乱一样，用他的食指指着我说："小心，安娜·玛丽亚，很多'宅'人的思想是漫无边际游走的，也有很多永远在路上的人脑袋反而麻木不仁，这些人自欺欺人，以为他们用脚丈量了所到之处，他们就了解了全世界。实际上，他们才是最糟糕的。有时候，他们就像桩子一般。你千万别跟他们一样。"啊！我很清楚父亲要说什么。但是我告诉他，在风平浪静的地方做"游牧民族"是不可能的，在经历多事之秋的地方"宅"着也是不可能的。我和他不同，我想去那些经历多事之秋的地方，满世界跑，只是为了亲历那些混乱。只有目睹了、亲眼看见了、报道了，我才有发言的权利。我不像他，坐在自己的宝座上，窝在自己的屋子里，谋划策反。赤裸裸的阴谋。几个坐在鸡舍里的伯爵伙同一帮坐在鸡舍木杆上的记者琢磨出来的阴谋。只想捡天上掉下的馅饼。你是认真的吗？我？捡天上掉下的馅饼？你再说一遍，安娜·玛丽亚。我清楚地记得我们五年前的那场对话，我们就在那里，那张桌子旁，桌上也摆放着那盏台灯，地上铺的还是那张地毯，只不过现在有些磨损而已。我连一句道别的话都没有就匆匆往机场去，而他也没有告诉我，他其实追到了电梯口，脸颊有些红，有些肿。这种扭曲的关系迫使我逃离。我奔赴世界中心的中心——华盛顿，将世界的边缘、外围的外围抛在身后。不起眼的葡萄牙。我要征服更大的世界。距离和沉默，所有这一切，都被征服了。然而，就在几个小时前，我差一点儿就屈服了，我差一点儿爬上他的车向他敞开心扉，好像他未曾当过奥诺雷的丈夫。有时候，我会因为这个身份怪罪于他。我差一点儿就原谅了他曾是罗茜·奥诺雷·马沙多的帮凶。

让我们来听听吧。

咳嗽声传来，公文包被放在了木箱上，外套也已经挂好，他从门口看着我。我起身拥抱他，他亲吻我，像小时候一样在我脑门上敲了几下。接着他走进厨房，站着吃了点东西，刚吃完就回来打开文件夹——一个用来装纸的容器。他研究文件，我则在琢磨未来几天与少将会面的细节，他在照片中名叫"伞形花少校"。很好。如此，我感觉很好。在沉默中，我感觉自己优于安东尼奥·马沙多。从某种程度上说，我没有刻意欺骗父亲，我将他的私生活用于我的工作，只是什么都没有告诉他。我想，我离他远远的，比他优越，不是为了胜过他，而是为了逃避他，为了不用避开火柴盒、大理石祭台或是泳池。我只想自己决定什么时候要避开它们。毕竟，我也许想要自焚，我也许想被大理石祭台压垮，我也许想淹死在蓝色的水池里，这与别人没有任何关系，我的生命属于我自己。即使是在这样的夜里，我是我，父亲是父亲。十二点整。电视机锁定国际频道，我们谈论着西方世界在中东地区的进展，以及以自杀式爆炸袭击为主要形式的报复行为正愈演愈烈，局势不断恶化。鲍勃·彼得森的电视台以专业的视角报道了这些事件。那天是2004年2月27日。我们二人坐在沙发上，眼前的世界像我们戴在各自脖子上的小饰品一样旋转，互不干涉。"啊！这世界很小。"我没话找话地对安东尼奥·马沙多说道。父亲表示同意，然后问道："已经两点多了，安娜·玛丽亚。你不打算去睡觉吗？"但是看到电视上播放的地震画面时，父亲无法保持沉默，他说："是的，这将是一场无休止的战争。"他的声音有些颤抖，就像是一首民谣的开始。我们彼此理解，通过来自世界各地的坏消息相互沟通。凌晨三点。这就对了。父亲和我彼此爱得深沉，不需要用语言来沟通。就关键要素而言，我们了解彼此的一切。正因为如此，我们不交谈。我们之间的沟通靠的不是动词，而是那份理解。他温暖的肩膀，就是那个我依着睡着的地方，比任何一个动词都重要。所有繁文缛节都是多余的。

这也是那天我们采访蒂昂·多洛雷斯的主要心得。

然而，我来里斯本并不是为了酝酿个人想法，而是为《永不沉睡的历史》系列片的第一集故事收集素材。这部纪录片以葡萄牙发生的革命为开场，之后是在欧洲发生的另外四个惊人的历史时刻，最后它们波及世界的其他地方。因此，我要做的是遵守鲍勃·彼得森制定的计划，没必要因看到安东尼奥·马沙多在梧桐树下的车里吸烟而浮想联翩。

七

下一位被采访人是"伞形花少校"。

8月21日晚餐时坐在"青铜长官"旁边的那位现在是一名少将,尽管不确定他的具体职务是什么。每次与他通话,电话那头传来的声音都带着青少年的音色,有时候听上去还有些踌躇,我一度以为是他的孙子在替他接电话。不过,犹豫的态度仅限于声音,若说到立场,少将拒绝采访的决心与努内斯大厨不相上下。他们提出的理由都似乎是在表明一种庄严的姿态,抑或纯粹的冷漠。我与他软磨硬泡了一个多星期,我搬出了鲍勃·彼得森的名字,说如果缺了少将,有关葡萄牙的部分就会失色不少,但那个在照片中露着牙齿、眼睛几乎笑成了两条缝的男人,那个与"青铜长官"形成鲜明对比、俨然一副手无寸铁的架势的男人,要么在电话那头含糊其词,要么索性断然拒绝。

"您为什么拒绝呢,将军?"

"因为别人做得比我更好。"

要是那样就太可惜了。"伞形花少校"是4月25日夜里占领俱乐部电台①的八名"叛乱者"之一,如果缺少对他的采访,那么我

---

① 葡萄牙新国家体制时期最重要的电台之一,成立于1931年。

们这部基于照片上人物的故事搭建架构的纪录片的完整性将严重受损。谁能代替他？在《永不沉睡的历史》的策划方案中，"伞形花少校"这个人物至关重要。

说起"伞形花少校"，我们在2月的最后两天奔走于里斯本的大街小巷，忙着还原那天夜里令人难忘的由第五步兵营发起的革命运动场景。正值周末，我们可没少花精力。到了现场，我们用了很长时间讨论那场运动发生的具体时间和过程。它就发生在那里。虽然"青铜长官"没有在他列举的几大奇迹中提到这场运动，但他的确将这个轻率的军事行动列入了那一长串的"巧合单"中，作为为数不多的"鼓舞人心的行动"之一。在那个昏昏欲睡的夜里，众目睽睽之下，从旧政权的前锋部队——第五步兵营里飞出了一只革命的苍蝇。为了能知道那天夜里究竟发生了什么，我们需要四处踩点，掌握事件发生地的情况。我们全程步行。米盖尔·安热洛还时不时在沿途的咖啡桌旁坐一会儿，马加里达·洛塔却一刻没停歇。她在圣塞巴斯蒂昂公园前停了下来，惊讶地发现墙上没有任何标牌讲述三十年前的凌晨两点左右，曾有一百二十名士兵默默地经过这里，闯入里斯本军区司令部。之后，我们走到另一条街上，在一扇玻璃门前停了下来。

这看上去不可思议。

八名军官曾从那扇门闯入俱乐部电台。可是，那扇门上写了什么吗？没有。那些军官的名字呢？不存在。那些在这扇门内看过公报的人呢？无人知晓。那些占领桑帕约·皮纳街的士兵的照片，以及逮捕对即将被废黜的政权忠心耿耿的警察、警卫和士兵的指挥官们的照片？什么都没有。没人认得这些指挥官的面孔。没有任何照片、姓名、说明或是箭头来表明谁付出努力参与了这个伟大转折。两个月前，像她这样的普通路人经过这里的时候，什么都不会注意到。房屋和街道仿佛被剥夺了本该有的栩栩如生的记忆,这种抹去对她来说难以忍受。米盖尔·安热洛最终厌倦了他的同伴对于回忆缺失的愤怒,他索性不搭理我们,不参与我们的对话。他说:"我已经受够了。明天见,女士们。我让你们尽情享受在1974年喝咖啡、用吸管喝水的感觉。"

马加里达·洛塔驻足原地,感慨万千。她很遗憾。他们只有六颗手榴弹用来劫持那个军营,而且,他们衣衫褴褛,为了抵御那年4月突如其来的寒冷,只能在肩上披着毯子。在手无寸铁、没有炮弹的情况下,他们相信自己的力量并顽强抵抗。她说,光是想象一支衣衫褴褛的部队袭击政府军的场景,她就对这场正义的起义充满敬意。米盖尔·安热洛突然暴跳如雷。当然是公平①的,因为起义军和军营里的士兵们都一样,穿的都是破衣烂衫。那个时候,大家都没有像样的衣服可穿。马加里达承认米盖尔说得有道理,是她自己只与起义军感同身受了。事实上,我从未证实过,但我一直有所怀疑,怀疑"银莲花"为了还原第五步兵营的行动去事件发生地走了一遍。在为与将军会面做准备时,她的一些包含过于精准的有关数据的言论让我产生了这种怀疑。我透露给她的关于"伞形花少校"拒绝与我们合作的消息越多,她就越觉得他不可或缺,越是想找出他为1974年政变做出贡献的细节。

为什么"伞形花少校"不愿接受采访呢?

他本人提出的理由显得十分牵强。这位将军先是说有人比他

---

① 原文为justo,在葡萄牙语中,该词既可表示"正义的",也可表示"公平的"。此处安热洛故意偷换了词语意思。

更适合出现在CBS的节目中，保证自己这么说是出于客观事实，而非谦虚。他证实了那次行动确有发生，他在楼梯井里穿好制服，带上一把瓦尔特枪走进了那扇门，将一整夜的时间押注在一个在许多人看来是精神病人才会采取的行动上，他为冒这个险深感荣幸，但他只是八人中的一员。要么，参与的八个人都发声，要么就集体沉默，因为随着时间的推移，记忆会扭曲事实，集结在那里，好像壁橱角落里的一团团尘土一般。再者，有的人用两个字就能形容一场行动，有的人则需要三千字。三十年过去了。有些人越来越以自我为中心，另一些人则希望与这件事保持距离，宁愿将自己融入集体之中，甚至抹去任何存在感。这两类人没有好坏之分，纯属性格迥异。而他本人愈发在集体中感受到自己的存在，便愈发在一个大集体中感受到他所在的小集体的存在，从而愈发觉得自己所代表的是这个被时间和空间铭记的大集体。黄昏时分，他常感到自己所在的小集体与其他团队所做的一切都只是一出短暂的歌剧，在二十世纪后四分之三段的某个节点上演，并且，演出才刚刚开始就结束了。说到这里，他承认他觉得自己什么都不是。尽管医生曾经告诉过他，向这样的想法屈服是不好的，对什么都无所谓意味着死亡的脚步在逼近，但是他不在乎。于是，他非常有礼貌地提供了第五步兵营政变指挥官的姓名和电话号码，此人曾是那个不平凡的夜晚里最著名的军事头领之一，现在却无人知晓。他在电话那头告知我此人的联系方式。经过这番平静的通话后，我无法解释为什么是他以"伞形花少校"的名义出现在"忆往昔"餐厅的照片中，而不是别人。我想起过去遛狗时曾与他碰面，便冒出了和他在指定地点见面的想法。3月3日，星期二，我对他说："我理解您的想法，咱们找一天在圣塞巴斯蒂昂公园的圆形剧场见个面，您意下如何？就在石阶和树那里行吗？那里距离你们行动的地方很近。"

"伞形花少校"稍做停顿，迁就道："那么，也许可以。明天下午两点半见。"虽然将军在电话中自称是一个寡言少语的人，最终还是向我们透露了不少细节，他在这方面很像努内斯大厨。他解释说他决定见我们，是因为喜欢我们提出的地点——被树木包围的圆形剧场。而且，他在那里听过爵士音乐会、清唱剧，参加过集会、颂歌会和一场美妙的大合唱首演。只有拥有大自然的馈赠或是人类用力量和耐心征服的所得，生命才有支撑。太美了。所以，见面的地点在公园的露天圆形剧场。尽管如此，我还是将信将疑。"伞形花少校"会在下午两点半与我们见面吗？

他确实赴约了。

他从公园南门进来。我们看着他向我们走来，穿着运动外套，走路带风。他能准时出现令我们感到满意。我们前往约定的地点，准备安装设备。但是，树枝在圆形剧场周围晃动得厉害。里斯本的天气已经持续一个多月"风平浪静"，淡黄色的天空平静、温暖且慵懒，城市上空像覆盖了一片沼泽地。就在我们打算拍外景的那天下午，平静的天空被打破了，云层散开，风吹动着树木，吹乱了衣衫。"这里录不了，我带的麦克风不合适。"米盖尔·安热洛说。"风直往我的衣服里灌，噪声太大了。我们可以去小吃店吗？"

我们往小吃店走去。"忆往昔"餐厅照片中那个笑到几乎闭上了眼睛的男人走在我们前面。他对公园很熟悉，知道其中的路，认识那里的树木。事实上，令我们感到惊讶不已的是，将军了解公园里的每一棵树，我们从树下经过时他能将它们一一辨认出来：白栎、榉树、黑杨、皂荚和榆树。他从榆树上摘下一片叶子,在指间盘弄,展示它的正反面:"看,榆树的叶子很容易辨认,因为它的靠近叶柄处是不对称的。"将军从地上捡起几片榆树叶,果然是这样。奇怪的是,他总是用左手做这件事。我注意到他一直将右手放在外套口袋里,从不拿出。马加里达·洛塔走近去看树叶,她确实充满好奇心。看到一名参加政变的军人对植物如此感兴趣,她的钦佩之情油然而生。看,那是黑杨,那是榆树。"这个呢?还有那边的那个呢?"我的女同学在乔木迷宫里边走边问。

将军又向我们展示圆形的苏木叶子,还有呈手掌形状的岩枫叶子。他总是用他的左手拾起地上的叶子。他向马加里达·洛塔展示岩枫叶时,也用自己左手的手指做比较。那是一年前的老叶,新叶才刚刚萌芽。我只是看着,没有着急下结论。米盖尔·安热洛把我叫到一旁:"你有没有注意到将军藏着他的右手?"接着他又小声说道:"他像那些把手搁在外套纽扣上的人一样。你明白吗?莫扎特、华盛顿、西蒙·玻利瓦尔[①]、拉法耶特[②]、卡尔·马克思的'无形之手'。不过现在,使用这个策略的人一定是出于不同的原因。这是一个危险的信号,表明他们把手放在别人的口袋里。"我的同学用手将自己的一只眼睛撑大,说道:"你好好观察他。我也盯着他。"米盖尔·安热洛借助他高大的身材做了一个监视别人的动作。

[①] 西蒙·玻利瓦尔(1783—1830),委内瑞拉民族英雄,南美独立战争领袖。
[②] 拉法耶特(1757—1834),法国大革命时期君主立宪派代表人物,早年参加美国独立战争,1789年参与起草《人权宣言》。

我们走到了小吃店。

我们坐了下来。对于将军来说,树下见面是一件愉悦的事情。他喜欢树,从小就习惯于命名和识别它们。加拿利枣椰、软叶刺葵。然后他开始谈论自己的童年生活,马加里达·洛塔坐在他对面。米盖尔·安热洛在我耳边又嘀咕起来:"那只看不见的手在那里。斯大林也总是隐藏着自己的一只手。你盯着他。"很明显,我的男同学对"伞形花少校"有些反感。幸运的是,马加里达将她的注意力集中在了重点上。"将军,为什么?为什么您对树木这么情有独钟?"洛塔问道。

将军与人面对面交流时比在电话里和蔼多了。他迁就地笑了笑说:"因为我出生在一个有皇家森林的小城。那是一个十九世纪设计的公共花园,按照当时的惯例,里面种有各种常见和奇特的树木。花园里的棕榈树高大无比。我的祖父是一位教授,一个狂热的拉丁语爱好者。拉丁语在那时不是一种语言,而是一门科学,所有其他学科都要借鉴它。太可怕了。我的祖父想让我学习拉丁语,于是,他将卢梭的那套方法用在了我身上。他把我带到野外,教我认识那些树木。但与卢梭不同的是,他跟着我,督促我,强迫我学,用手指指着我的脑袋。"

马加里达·洛塔兴奋无比,她没有注意到将军的右手:"他强迫您学习?他惩罚过您吗,将军?"

将军靠在小吃店椅子的椅背上,慢悠悠地解释道:"他的行为与卢梭在课堂上所建议的不完全相同。我的祖父非常严格。他是一个极权主义者。我身陷其中。有一次,在我大约八岁的时候,他带我去了里斯本。"

"您的'拉丁语迷'祖父。"

"是的,祖父想让我了解里斯本,我那时读二年级或是三年级。我们一大早赶火车,那可真是件新鲜事。但是,买票的时候,站长弄错了,多找了他几角钱。不是三角就是五角。到了里斯本,祖父为了方便我行走,为我买了一双柔软的童靴。我们一路步行,想要好好看看这座伟大的城市。我们爬上了圣胡斯塔电梯①,一直走到希亚多。他一直惦记着回到家乡的火车站时要把零钱还给站长。可是,当我们抵达火车站时,天色已晚,祖父带着我匆匆忙忙地往家赶,走到半路时,他才想起自己忘记把零钱还给站长。'孩子,我们回去吧,我们必须把钱还给那个人。Accipe quod tuum, alterique da suum。②'我开始哭泣。我脚疼。祖父说:'你的脚要是不舒服,就在路边坐着等我,我马上回来。'我环顾四周,想象自己独自一人在那孤灯残影下。我试图待在原地,但我做不到。我追着祖父跑,我们一起把零钱还给了站长。回家的路上,我一直抽泣。'别哭了。岩枫的拉丁语名称是什么?加拿利枣椰呢?杨树呢?对了,黑杨或者欧洲山杨,取决于叶柄。啊!是吗?你都知道?你看,作为一个男人,一个小伙子,不亏欠别人,完成你的职责,昂

---

① 里斯本的一个著名景点,采用新哥特式风格,是当地的一座地标建筑。
② 拉丁语谚语,意为"拿走属于你的,把不属于你的交给它的主人"。

着头生活是多么快乐。咱们还完钱后是多么如释重负。橡树的拉丁学名是什么？矮石榴呢？很好。'就这样，我们到了家。妈妈看见我，注意到了新靴子。她让我坐在沙发上，为我脱鞋。可是靴子太难脱了，靴子里面和袜子上沾满了血，与我脚后跟的皮肤粘在了一起。"

"将军那时候还是个孩子。"

"是的，我还小，大约有八岁吧。"

"这段经历是不是永生难忘？还是只是偶尔记起？"

"永生难忘。我的父母责怪祖父对我太残忍。那个时候，我其实也觉得太苛刻了，至少那次夜行超出了我的身体承受力。如今，五十多年过去了，我知道那段经历对我有莫大的益处。那次不寻常的经历帮助我找到了人活着应处的正确位置。我在我的小集体之中，我的小集体在不断扩大的大集体之中。我在那个不起眼的位置上不亏欠任何人。"

米盖尔·安热洛在等待时机，他看上去迷失在不停摇曳的树木景观之中了，但只要有可能，他就会将手指放在眼睛上向我示意。事实上，将军在讲述他的童年故事时一直在用左手比画，他的右手始终都塞在外套口袋里。当我们的目光相遇时，摄像师没有错过向我发出信号的机会。"盯着他！"他一直在说。而另一边，尽管马加里达·洛塔将采访提纲摊开在膝盖上，她还是无法停止与将军聊他的个人经历，谈话并没有朝着计划的方向进行。这就是进入工作状态的"银莲花"：大胆，甚至有些冒昧。她评论道："将军先生，从您童年的那件事到现在已经过去很多年了，但从您刚才讲述的情况来看，您又开始感受到疼痛了。我们觉得您受伤了……"

必须阻止马加里达·洛塔了，有时候她很危险，有必要把她拉回到正轨上来。于是，我打断了他们的谈话，米盖尔·安热洛此时也正好放弃了对当间谍的执念,开始准备拍摄。我说:"将军先生,咱们聊聊正事儿吧,让我们回到那天晚上,说说你们袭击俱乐部电台的事情。我的同事想知道,你们要是没有随身携带枪套,那么你们是如何在众目睽睽之下把枪带进电台的。"

"藏在口袋里啊。"

"他们没有用枪来震慑一路遇到的人?无论多么隐蔽,难道你们没有用枪体现力量或是威胁,用以阻止任何想要反对你们的人?"

"当然不会。我们的意志坚定,但也不想吓到任何人。那会很危险,我们不知道会在那里面待多久,那可是一个名副其实的迷宫,我们从唯一的出口进入后就商量好了要自始至终都统一行动。我们不想吓唬任何人。相反,我们想让他们知道,我们是在那天晚上和一生中保护他们的人,让他们远离耻辱、不公和傲慢。关于这点,我们的态度很明确。"

此时,马加里达·洛塔明白她应该开始工作了。而且,我觉得她也已经注意到将军从未把右手从他的外套口袋里拿出来,因为她会偶尔瞥一眼"伞形花少校"放在杯子之间的左手。与我预料的相反,将军并没有给自己加糖或是用勺子。他一边用左手把咖啡杯举到嘴边,大口喝了两口,一边说着给火车站站长还钱的事情。马加里达注意到了将军藏着的手,但没有与我们交流。我不知道米盖尔·安热洛是怎么想的。这时,"银莲花"开始进行相关问题的提问:"将军先生,那天晚上最紧张的时刻是什么时候?第一次发布新闻公告是什么时候?还有,他们什么时候播放英国皇家海军陆战队乐队演奏的歌曲?A life on the ocean wave. A home on the rolling deep.[①]当然,没有歌词,只有旋律。"

---

① 《海浪上的生活进行曲》中的两句歌词,大意为"海浪上的生活,滚滚海浪上的家"。

"伞形花少校"沉默了。对于哪个时刻最为关键,他有些迟疑。如果有那么多紧要关头,你会如何选择?他的右手一直藏着,他是用左手思考的人,完全仰仗他的左手。他说:"你提到的那些时刻都很关键。在那些之前,我们从大门进来,门卫什么问题都没问。我们走进去,跟要去散步一样,那人看着我们,满脸错愕,但是什么也没说,默许了一切。令人印象深刻。但是,就我个人而言,最关键的一幕可能发生在凌晨,国民警卫和一些特工在5号机房被拘,我们步兵营的同志们将他们解除了武装。"

"他们被拘在机房里了?"

"是的,是这样。那事情操作起来不容易,我们每个人都有自己的使命。我的任务是尽量防止紧张程度升级。我有一套缓解沉重气氛的办法。但是在封闭空间里,没有电,没有电话,我们无法与外界保持联系。外面,士兵们沿街设了一道严密的人墙屏障,保护着我们,但是他们无法与指挥官取得联系。指挥官只能接收信息,无法发出指令。我们所在的地方就是一个迷宫,只有一个出口。有一段时间,被送往5号机房的因犯中还包括被捕的军团士兵。其中一个趾高气扬地对我说:'你们这些蠢货,只有你们还在起义。我要是你们,我会三思而后行。离家前,我就得知美国各地的广播电台都在报道,葡萄牙军事指挥部门刚刚恢复里斯本机场的运作,西班牙人的飞机已经在那里起降。你们难道没听说《伊比利亚条约》①吗?'

"那个男人和其他人一起被关在机房,我沿着走廊巡逻,总能迎面遇见我的战友们。军团士兵跟你说了什么?他们问我。同伴们的眼睛在迷宫的黑暗中闪闪发光。我想:告诉他们机场恢

---

① 西班牙和葡萄牙于1939年在里斯本签署的互不侵犯条约。

复运营？告诉他们所谓的《伊比利亚条约》？告诉他们佛朗哥的军队飞向里斯本？这太糟糕了。我感到半边脑袋一阵凉。突然，在我的战友面前，我的脑子里冒出了应该给他们提供相反信息的想法。这个疯狂的想法掠过我的脑海。于是，我告诉他们与我所听到的完全相反的信息。'马尔塔，好消息。那家伙告诉我里斯本机场已经在我们手中，里斯本上空被管制着。他说没有飞机起降。至少，没有人能抢走我们的这场胜利！让我们继续前进！'我的战友们欣喜若狂。'终于有好消息了。'其中一个说。他说几乎不指望能得到任何消息。"

"所以这些都是想象出来的？"洛塔问道。

"都是谎言。事实上，一切都是谎言。几分钟后，另一名军团士兵被扣押前往5号机房。这人一路愤愤不平。'你们这些蠢货！逮捕我们，逮捕我们，你们等着瞧吧。第七骑兵团已经在商业广场击溃了来自圣塔伦的部队，幸运的是你们伤亡并不惨重。特茹河里，流淌着你们这些狗娘养的血，流得一文不值，流进鱼的嘴里。明天，这些鱼的重量就会翻倍。听见了吗？'我并不感到害怕，而是感到一种既冷酷又狂野的期待。脑袋一半热、一半凉。'谁告诉你的？'我问。第二个军团士兵对我嗤之以鼻。'美国都报道了。谁能比美国人消息更灵通？他们从那里打电话来告诉我们的。'我再次沿着漆黑的走廊走去。那里没有门，也没有窗户。要想读公报，必须点燃圣诞蜡烛。我的一位战友问我：'那个人跟你说了什么？'正如我已经说过的，让人们平静下来是我的使命。有些人负责运输，有些人负责安保，有些人负责与指挥处联络，而我的任务是让大家冷静。第二个军团士兵说的可能都是真的，但我不能承认。我的半个脑袋冰凉。于是，我对同事撒了谎。'哥们儿，是好消息。那家伙说第七骑兵团在商业广场站在咱们这边了。他们正在往咱们这里行进,等他们到了,这一切就都结束了。他们正陆续赶来。'战友高兴地一拳打在墙上,随后去酒吧散布消息去了。那里一片漆黑,只能摸黑喝酒。

"后来,第三名囚犯被送来,是一位来自军团的高等士兵,他在门口叫嚷。'都听好了!你们的总理阁下正离开国民警卫队司令部前往他的官邸。他的护卫队一路杀戮,尸横遍野。'他说。我的战友们一脸狐疑地互相望着对方。我说:'你在说谎,你在里面的同事刚刚说的与你所说的恰恰相反,他们说的才是事实。法新社已经宣布,被罢免的政府首脑已向政变的肇事者投降,数小时内他将离开本国,前往马德里流亡。你难道没有听说《伊比利亚条约》吗?你为什么要撒谎?'

"黑漆漆的走廊里,我的战友们对这个人暴怒。其中一个,我不记得是谁了,有话要说。'你看到我们了吗?看到聚集在这里的八个人了吗?这里就是战争委员会。你在搞破坏,要阴谋诡计,你已经被判死刑。'另一个说,'准备好你的灵魂吧。'我把那个人带进了机房,后来士兵们将他们带到外面,带去第五步兵营。那时他们已经站在我们这边,都不再说话了。他们以为自己被判了死刑。他们犹如面对闪电一般靠墙站成一排,就像戈雅的版画上画的那样,脑袋被枪指着。后来我才知道,军团士兵们只是重复了他们从国外听来的消息,那是他们的消息来源。我为他们感到遗憾。而我,一个没有消息来源的人,宣布了几个小时后发生的一切,尽管细节上略有差异。我的信息来源是希望尽一切可能让事态缓和。"

马加里达·洛塔一动不动,两人都在米盖尔·安热洛的镜头里,之后米盖尔给了"伞形花少校"一个特写。"银莲花"克制着自己的情绪,说:"将军先生,您那么做是出于保护的本能。"

"您爱怎么说都行。我认为这是我在那次行动中做出的最重要的贡献,也许是我一生中对他人做出的最重要的贡献。三个预言了真实事件的幻想。有时候,我觉得我在绝望中编造的谎言成了事实。过去,我为此感到自豪。现在,回顾那段经历,我觉得自己只是三个救命谎言的作者,早已淹没在事件的海洋中。也就是说,我是微不足道的作者。所以,一个人在黑暗的走廊里拿着他不想使用的武器,强迫自己创造积极的想法意味着什么?"将军问道,"只要我还活着,这个故事充其量只是一集喜剧。然后就什么都不是了。"

将军又在贬低自己了。"伞形花少校"说话的时候,左手时不时在空中有力地比画,右手则一直塞在运动外套的口袋里。之后,将军停了下来,采访中断了片刻。于是我问他想喝什么,猜想他会不会要酒。"伞形花少校"犹豫了一下,说他要点杜松子酒,然后换了咖啡,最后点了茶。给您来杯茶,先生?摄像师呢?什么都不要?好吧,来一壶茶。米盖尔·安热洛将手指放在眼睛上,无须拨弄眼皮,只要指着眼睑,我就能明白他又在传递"盯着他"的讯号。关于饮料,马加里达完全没有在意,表明她还没有从采访中抽离出来。"我们从来没有听说过这样的事情。先生的思想走在了现实的前面。您真的长了一双'千里眼'。"

"不要太在意这件事。这在当时确实是一个话题,但是现在再看,已经意义不大了。也许今天是我最后一次讲述这则逸事。"

———·———

"伞形花少校"为什么这么说?他怎么了?

令我感到困惑的是，将军的右手自始至终都藏在他的外套口袋里。我的疑虑一直围绕着我。将军的右手一定是缝在口袋里了。也许将军没有右手，也许他在一次事故中失去了右手，也许他手腕上绑了一个钩子，所以他不愿露出右手。我想不再惦记将军的右手，可是我做不到。于是，在茶具占满桌子之前，我把"忆往昔"餐厅的照片拿了出来，放在桌面上。或许"伞形花少校"会把右手从口袋里拿出来，扶起相框，露出他的残肢、伤口和钩子。但事实并非如此。将军转动了桌上的相框，仔细观察，一脸满足，认出了照片上的各色人等，他的右手却没来帮忙。至于相框里的人物，是的，他清楚地记得那次晚餐，一个充实的夜晚，最终合理地散场。在场的有些人，聚在一起的时候可能会想要恶作剧，但他们都是好人。没有真正的分歧、委屈或是耻辱。他估计这张照片是在"四二五革命"后一年拍摄的，也就是差不多在次年4月，不过他记不太清了。他所知道的是，如果这样的聚会一直持续下去，世界不会受到任何伤害，国家也会有所不同。随即他甚至回忆起来，在拍完照片后，有些人就立马出去执行任务了，餐厅里只剩下十四或是十五个人。将军开始列举，试图回忆起每个人的名字。不幸的是，他记不住所有人的名字。

"您可以把相框翻过来，将军，它的背面有说明文字，包括姓名和日期。"

将军对此感到高兴，同时开始阅读那些信息。他发现拍摄日期在1975年8月21日。伟大的日子，他确认道。有安东尼奥·马沙多、努内斯大厨、摄影师本人，当然还有"熙德""青铜长官"，还有萨拉米达和"查理8"。所有这些人他都认了出来。"伞形花少校"呢？"伞形花少校"就是他。将军把目光移回到照片上，并且核对了背面的文字说明。通过排除法，他确定了他就是"伞形花少校"。

"您不知道他们管您叫'伞形花','伞形花少校'?"

将军知道,但是不记得了。那是很久以前的事了,久到他已经记忆模糊。将军无助地看着我们,一个少将会和我们这些普通人一样露出那样的眼神,这很奇怪。一个将军难道不应该保持一副无懈可击的模样吗?因为职业关系,我见过不同国籍的将军,在我看来,他们当中没有一个是脆弱的。我们面前的这个人评论道:"奇怪的是,1975年,居然还有人管我叫'伞形花少校'。"就在这时,将军将右手从上衣口袋里取出,放在了桌子上。那只手就在那里。我们看得一清二楚。而且,他的手结实且匀称,与左手完全对称。没有残肢,没有伤口,没有钩子。那他为什么要隐藏这只手呢?这位将军似乎只是对他被称为"伞形花"感到困惑,这个绰号在他成年后就没有人使用了。那是他十几岁时的外号,源自他的"拉丁语迷"祖父。这个关联对我们来说似乎无关紧要。将军为什么这么在意呢?茶壶到了,茶杯也到了,碟子和杯子一起堆放在桌上,好像我们不是要喝茶,而是要欣赏瓷器。"伞形花少校"想知道我们在哪里找到的照片,是谁写的照片说明,他想知道我们能否确认照片日期,因为他承认,他看了照片后真的很感动。那是他还是个男孩时用的绰号。米盖尔·安热洛已经把摄像机关了有一阵子了,他还将手放在眼皮上示意"盯着他"。马加里达忙着把餐具归置整齐。将军的右手依旧搁在桌子上。将军有右手。我们确认了这一点。他的右手和左手一样长,齐齐整整,是一只运动员的手。他的右手贴着桌边,在碟子间放着,桌子上几乎已经没有空间容纳别的物品。将军郑重其事地说:"女士优先。"就在这时,他提着茶壶的右手开始颤抖,仿佛过电一般,他的左手试图来帮忙,但是并不及时，两只手没有合拢，茶水洒在桌上、地板上，弄湿了马加里达·洛塔的衣服，最后，茶壶脱离了将军的手，砰的一声砸在了地板上。我们都站了起来，吓了一大跳。茶壶怎么会碎成那么多碎片，洒出那么多液体来？

当时，小吃店里人不多，大家都把头转过来看发生了什么。将军想把瓷器碎片捡起来，他把它们放在桌子上时，右手颤抖起来。那颤抖就像女人的扇子一样。米盖尔·安热洛想把桌子重新整理一下，"伞形花少校"却再也坐不住了。他拒绝任何帮助，朝花园大门走去，消失在树林里。究竟发生了什么？

马加里达·洛塔认为在他身上发生了一些不幸的事情。米盖尔·安热洛则一心要"盯着他"，然而，事实与他想象的不同，他为对将手藏在外套口袋里的行为过度解读感到抱歉。我得出的结论是，截至当前，对于鲍勃教父所说的这几个收集"枪管上的花瓣"的人来说，所有的会面都超出了预期，但是我们也发现了众多与这些"花瓣"对立的事实。我敢肯定，在这之前，努内斯、"青铜长官"和蒂昂所讲述的故事情节都是不完整的，"伞形花少校"的情况更说明了这点。我们三人在吉普车里一言不发。好在驱车返回之前，出现了一个惊喜。我包里的电话响了，是将军打来的。"伞形花少校"告诉我他还需要补充一些内容。

我们相约两天后在同一时间、同一地点相见。之后他再次来电，要求与我私下会面。

八

两天后，我又回到了那个公园，回到了那些被微风吹拂的树下。还是那张桌子，那只茶壶，那些茶杯和那位将军。下午三点，将军就我们面前的树木侃侃而谈。那个下午和前一个下午一样晴朗。那是3月6日。前一天晚上，我与鲍勃通话时没有告诉他这第二次会面，我知道他不会同意我培养这种信任的氛围，这会为纪录片的制作制造混乱。但我还是赴约了，我不后悔。

我迟到了一小会儿。当我走进小吃店时，将军已经坐在那里，面向花园，两只手放在桌面上。我不是故意的，但是无论我如何转移我的视线，我都会情不自禁地关注他如何自然地交叉和松开手指，如何用两只手灵活地整理衣领。他的声音给人一种安全感，以我对军事领域的了解，这声音与他的级别正匹配。那是一个星期六，小吃店会比平时早些打烊。"伞形花少校"做了一个很长的开场白，聊了聊柳树和海桐。之后，他才开始提到"忆往昔"餐厅的那些事。他说，虽然三十年过去了，可是他的生活，也许所有参加了8月21日晚餐的人们的生活，都还停留在那个相框里。"伞形花少校"用确信的语气小声说道："那天夜里，我一直在餐厅。我会告诉你那天夜里究竟发生了什么，但那会是在几年以后。"

"伞形花少校"倚靠在墙边，他的手依旧自然地放在桌面上。他酝酿着，好像要讲一个很长的故事，或是回到某个决定性的时刻。"我向你保证，那是一个影响深远的夜晚。我给你举个例子。"他说，"我要回到1998年。事情是这样的：有一天，我坐在办公室里，一个四十多岁的人来找我，向我提出一个建议。在我看来，这与8月22日的那个黎明无关，但是，是它的延续，只不过被时间的面具掩盖了。"将军接着细细道来，证明确实如此。"正如我所说，这个年轻人出现在门口，他相貌英俊，眼珠漆黑，非常敏捷，头脑灵活，他告诉我他正在找人清理办公室桌子底下的垃圾。我一头雾水。垃圾？我没有把他当回事，因为他在没有预约或是提前通知的情况下进入了我的办公室。他在我对面坐下，说他指的是民主制度实施二十年以来在政府内部形成的裙带关系，它们简直到了无法容忍的地步。他礼貌又有教养地坐在那里，向我讲述相关部门如何成为某些家庭的'圣诞餐桌'，桌边围坐的是拥有血缘关系的两三代家庭成员。政府变成了产科医院，那些妈妈在不停地生孩子。处理这种顽疾非常困难。正因如此，为清理那些在秘书处发展多年的裙带关系，决策机构想到了那些'纯洁无瑕'的人，他说。他非常有礼貌地告诉我，我会在两周内被提拔至政府的一个重要岗位，负责组织清理工作，并对我们的社会进行自上而下的全面评估。据他推断，真正'纯洁无瑕'的人就是那些参与了革命的人。像所有的革命一样，这些人会遭遇背叛，尽管如此，他们保持着自己的正直。这就是他亲自来邀请我加入这项工作的原因。他没有选择指派别人来做这件事。那个与我对话的人年纪轻轻，完全可以做我的儿子。我没有意识到，更别说他了，我们两个人的见面与当初'忆往昔'餐厅里发生的一切如出一辙。""伞形花少校"似乎有些犹豫是否要继续说下去,他沉默许久。我想到了马加里达·洛塔,如果她在场,她能找到合适的词来接将军的话。

而我,只是干巴巴地说道:"您接受了这份工作。"

"我接受了。"他回答说,"受宠若惊的我接受了那份邀请。我想,如果祖父在世,他一定会说:拉丁语impollutum意味着干净、完美无瑕。我承认我对这样的称谓感到骄傲和荣幸。我将离开舒适区,冒一定风险,但那是一项重要的任务:清理秘书处的垃圾——专政时期的遗留。正如我告诉你的,我接受了。不过,我们的第二次见面不再是在办公室,而是在喜来登的全景餐厅,从那里可以俯瞰整个里斯本和特茹河,而我们二人在那里商量如何整风。我可以告诉你,与他的第一次见面令我感到舒心,我甚至提到了我的祖父,还有还钱给火车站站长的故事。聪明的年轻人觉得故事很有趣,特别是其中展示出的某种性格因素,他用英语称之为'在个人价值观形成中起决定性作用的家庭因素'。确实,关于我,他只听说了我在俱乐部电台编造了那三个谎言。他非常喜欢这个被赋予了传奇色彩的计策。那件事后来变成一件家喻户晓的逸事。但是我想告诉你的是,两年间,我们在喜来登共进了六七次晚餐。后来,我幸运地清理完秘书处,那里变成了一家机构,之前的人员都解散了,去了其他机构,当然那不是我的问题。最终,我因为工作出色受到表扬,他们向我颁发了正式的嘉奖证书。一个星期一的下午晚些时候,还举行了一个小型颁奖仪式。仪式十分正式,相关人员发表了讲话,人们举杯庆祝。但是……"

将军一直将双手放在桌上,茶杯之间,眼望外面。早春温暖安宁,人们在阳光下舒展开来。

他接着说道:"那是颁奖仪式之后的星期五。请注意,完全有可能是在那之后的十五或二十天,但不是,仅仅过了四天而已。就像我说的,周五晚上八点左右,我在电视机前等待出门吃晚餐时,注意到我所在部门的部长正在讲话。就是那个四十多岁的男人,眼珠漆黑,敏捷,具有说服力。你知道的,笃定是一种神秘的、与生俱来的能力,学不来的。那个年轻人只用了两个词就坚定地宣布了我所领导的部门存在严重的违规行为。离开那个酒店时,他回答记者说相关调查正在进行中。刹那间,我明白了一切。'忆往昔'餐厅里上演的一幕幕还在继续。太阳并没有升起。

"你要明白,部长是面向前方,而非望向旁边说的那番话,语气中带着一丝威胁,很有说服力。他撇清了所有责任。我拿起电话。这其中包含一个可怕的错误。我抄起电话,开始一个接一个地拨打号码,可是电话的另一端无人接听。那一串电话号码里对应的可以向我把事情澄清的人很多。但是,没有人这样做。我一头倒在椅子上,两天没有离开房间,也没有把视线从电视上移开。我没睡觉,家里人也都没有。星期五、星期六、星期天,我又听到九遍相同的消息。每次播放这则新闻时,我都会激动,我想发声,否认对我的污蔑。你们为什么不听我说?我的名字虽然没有被报道,但是被暗示了。有一次,部长在一次涉及范围更广的讲话中说,有些人总说愿意成为最好的自己,但最终他们只乐意为自己寻求最好的。他的讲话被广泛传播,伦理被视为能够带人们远离这个泥泞世界的神灵。整个星期六,我的名字都没有被提及。然而,到了星期天,好几篇文章已经提及了我的名字,还有另外两个人名,是我最亲近的两个下属的名字。那时候,我是准将军衔。星期一一早,我穿上制服,戴上徽章和勋章,拿起我的瓦尔特枪，八点三十分准时出现在办公室。"

"伞形花少校"再次停了下来，他看了看四周。我问道："这一切就发生在庆祝仪式举行的八天以后？""伞形花少校"完全没有听见。

"那个星期一，八点半，我走楼梯到办公室，用我的脚步声宣告自己的出现。我想让那里的每个人都知道，还没到九点，我已经到岗了。我走进办公室，另外两位同事已经在那里，他们同时起身。其中一个去找可以抽烟的地方。他是第三位接受调查的同事。当我与另一位同事独处时，他对我说：'准将，您的眼睛红了。滴一滴眼药水就能好。您把头向后仰，在眼球上滴一滴，然后闭上眼睛就行了。'我钻进自己的办公室，坐下，拿起电话，想和部长取得联系。第三位接受调查的同事进来告诉我：'您看，他要跟您说的与我要对您说的一样。看这边，我的准将。'曾与我志同道合一起参与清理行动的同事端起一把椅子在我面前摇晃起来。'你是疯了吗？''冷静，准将，请冷静。让我们看看到底是谁疯了。好好看着我……'他又端起椅子，把它搁在胸前，向外面走去，到了门口，他说道：'我们的准将不想明白。请允许我们向您仔细解释。这叫"抢椅子"①，准将先生。我们再坚持一阵子，直到凑够三把"椅子"。"工人"正在制作"椅子"。几个月后，我们会有足够的"椅子"的，我的准将。'"

"伞形花少校"声音高亢，小吃店里人来人往。坐在我们旁边

---

① 一种集体游戏。在地上放置比参与者人数少一张的椅子，音乐响起时大家围着椅子绕圈，音乐戛然而止时，参与者要尽快坐到椅子上，抢不到座位者被淘汰出局。

的人都竖着耳朵在听。

将军不在乎谁在听他说话，继续道："我站起身，拿起瓦尔特，走到橱柜前，它已是空空如也。只过了一个周末，我的角色已经转变为被调查者。我的地图、我的清单、我的账户和我的签名，统统变成了被调查的对象。我的电脑也被拆走了，只剩下桌上的面巾纸和我妻子与孩子的照片没被收走。一位律师出现在门口让我冷静。他的胳膊下夹着两本厚厚的手册，口袋里装着眼镜。他将会处理一切，并且，他已经开始工作。他冷静、沉稳，将在他的职责范围内帮助我，让我满意。他让我坐下。在'忆往昔'餐厅度过的那个夜晚和那个黎明再次降临在我身上。我手握瓦尔特走下楼梯。我还记得这一段。看见我经过，员工们在座位上一动不动，还有一个人钻到了桌子底下。当我进入院子，走向汽车时，我抬头看了一眼，每个窗户上都伸着四个脑袋。后来，有几位同事到家中看望我。为什么这个革命者，这个于4月25日早晨在俱乐部电台里编造出三个天才的惊世谎言从而保护了革命精神的铁血战士却无法忍受几天的'抢椅子'呢？一切都一目了然。准将和他的助手们因为接受调查而离开后，三个早前被政府开除的家伙又被重新雇用。调查已经开始，我们都被从原岗位调离。准将和他的助手们被安排至新的岗位，三个人都将从头来过。我这样一个能在革命时期保持头脑清醒的人，为什么不能坚持用民主的冷酷配合调查呢？难道革命者已经不存在了吗？难道这是人的本性？越纯粹，越自噬？有一位看望我的同事说：'听说你有些失去理智，拿着瓦尔特威胁所有人。小心点，伙计，去找个好的心理医生，一个好的心理医生能帮你……'"

我们的"邻居们"还在津津有味地旁听着。为了表现得彬彬有礼，他们在将军说话时还会假装动动嘴唇。此时的我非常想念马加里达·洛塔。

她一定能表达出我想表达的意思。我的这位女同学也许会把手放在被罗茜·奥诺雷·马沙多称为"伞形花少校"的这个人的肩膀上。也许那时候，年轻的少校喜欢在他的翻领上佩戴伞形花饰，说不定是天竺葵，我想。不过，我是不会离开我的座位的。我不是马加里达·洛塔，我只是全神贯注地看着将军的手，问道："后来呢，后来呢？"

"后来，有一天，我开车回老家。"将军说，"我驱车行驶了一百五十公里，把车停在家门前，没有进门。父亲发现了我，来到我的身边。我们一起散步，走进那片皇家森林，观赏树木，回忆它们的学名。即便我们之间无事可谈，我们也没有去谈论那件事。我们回忆起祖父。后来，我从母亲口中得知，父亲有两个月的时间没出家门。小镇上，每个人都在谈论那件事，许多人把出现我名字的新闻报纸剪下来给他们看。'忆往昔'餐厅之夜与我同在。关于那件事，我只字未提，然后回到了里斯本。第二天，我沿着自由大道走在去律师办公室的路上，我在那里度过了后来的部分时光，还在路上遇到了两个战友。我奔向他们，想告诉他们发生在我身上的事情。他们却急忙换道，我叫他们的名字，他们却佯装没有听见。我一屁股坐到大道旁一棵高大的菩提树下的长凳上。在城里，你可以尽情地坐在长凳上，没有人会关注你。我记得自己听到汽车发出的噪声，我蜷缩在长凳上，觉得还不如一了百了。觉得死亡是一件好事是一种非常奇怪的想法。我很清楚发生在我身的只是这个世界上众多事件里的一件小事，我并不像其他人那样缺吃缺用，况且我的家人还活着。我还想要什么？我只想死，并且想着自己就要死在那里，我觉得我的消失会对这个世界有所贡献，能有助净化这个充斥着欺骗和谎言的世界。然而，躺在自由大道的长凳上，只有我的右半边身体静止了，另一半并没有停止运作。之后，开启了长达六个月的停职调查，进行得并不顺利。我感到最受伤的是谎言横飞，而你身处其中，眼看它们以没有血肉的形式膨胀，自己却无能为力。我的右臂出了问题，时好时坏。我会选择感觉良好的日子赴约。我需要经常去律师那里，有九个诉讼流程正在进行之中。九个。第一、第二和第三个是针对那个把我叫去喜来登酒店吹捧我的黑眼睛部长，其余的是针对不容我为自己辩护并污蔑我的媒体。他们玷污了我祖父的名字、我父亲的名字、我的人格以及我参与的革命。"

现在，人们开始陆续离开小吃店，就连我们邻桌的顾客也收拾好了他们的物品。尽管他们背对着我们，似乎也在等着听最后的结局。说不定会有一个结局。

"听着，我不是受害者，我不认为自己是受害者，我没有理由这么认为。但是，我的名誉是受害者，而我的名誉比我更重要。我活着是为了恢复我的名誉。我可以告诉你，我的雪耻已经开始。两天前，咱们的采访结束后，我回到家，有些颓丧。顺便说一句，我对采访感到十分满意。我的律师告诉我，我赢得了第一阶段的诉讼。你明白吗？我赢了第一阶段的诉讼。一旦法院做出判决，我将亲自前往每一家诋毁我的媒体，要求他们赔偿我的名誉损失。如果说'忆往昔'餐厅之夜结局不算坏，那么它也没有一个好的收场。无论他们在哪里写了或是说了我是'疑犯',他们都必须纠正为'无辜者'。他们必须这么做。九项诉讼,我会一个一个打赢官司。三十年前的革命终将胜利。他们将不得不纠正九次。不是为了我,而是为了成千上万无法采取行动的人。无辜的人这么多,数以千计,甚至超过百万。数以百万计的人都不能再继续等下去了。"

两个小时过去了。

———•———

小吃店里除了我们就只剩几名员工了,他们在收拾金属盘子和碗,制造出的噪声是典型的想把最后一名顾客早些赶走的声音。"伞形花少校"的双手清晰可见,支付账单时,他掏出硬币,手指灵活地数钱,看上去一切正常。我们穿过花园。午后倾斜摇曳的树木,看着似乎并没有动,只有那些长长的叶子在轻轻晃动,看上去泛着银光。漫步在迷宫般的公园里,"伞形花少校"说,园子里的稀有物种中,他能分辨出刺槐,这是他过目不忘的记忆力绝对的胜利。

过了两条街,我的老同学们正在街尾等着我。我把与将军的谈话内容转述给了他们。马加里达·洛塔对将军遭受的背叛表达了异乎寻常的同情,她的反应是我无法表现出来的。我甚至以为她会去追问"伞形花少校"一些我没有问的问题。我们坐在电影院咖啡馆里。米盖尔·安热洛还是不服气,他觉得当他把将军藏在外套口袋里的右手理解为危险讯号时,他的直觉是准确无误的。问题是，米盖尔·安热洛意识到，关于那个男人，有一个与"盯着他"有关的故事！现在看来，他只是弄错了对象。显然，他把受害者当成了加害者。两个词语相近，但是，这样的事情不是也发生在最好的占卜师身上吗？尽管或多或少有些偏离，但他们不是总能掷对骰子吗？"啊！比如，列奥尼达国王①的故事。"我的男同学说，"没有头的列奥尼达。这一切都是因为他身旁出现的所谓'神谕'。很久、很久以前的事情了。"尽管"伞形花少校"的故事营造了一种沉重的氛围，我的老同学们还是笑个不停。可以理解马加里达和米盖尔为什么能够相处融洽了，因为他们相互矛盾的性格完美地互补。洛塔和安热洛组合会有一个美好的未来。他们俩能用自己的方式找到乐子。

我们一直聊到夜深，直到午夜时分。走在上城区，我的男同学问道："你父亲呢？他现在为什么不写作了？"我觉得这个问题很有趣。"哦！他还在写啊。别告诉我你也在'盯着他'。"我的同学回答道："可是我没有读到。"那就是我同学的问题了，他没有关注。我回答说："冷静，米盖尔·安热洛，冷静。安东尼奥·马沙多除了写作什么都不做。我父亲的家里满是烟味。对他来说，写作和吸烟是密不可分的……"那天晚上，尽管有将军被人陷害以致打官司的故事，我们还是见了老同学，天南海北地聊天，玩得很开心。

一直到3月6日的凌晨。

----

① 列奥尼达（？—前480），古希腊斯巴达国王。在希波战争中，他率军阻击波斯侵略军，与约三百名斯巴达战士奋勇抵抗，直至战死。

九

我知道在这个故事中,月份和日期的出现会令人感到不适,就好像每天循环往复的小世界扼杀了生命的意义。那是另一个生命,整个生命,一个不会重演的生命,在不可阻挡地流失。如果这样的小世界令人感到枯燥乏味,那些以小时为单位计算的时间里发生的事情就更不必说了。然而,只有当我回头看钟面并想起那上面几乎看不见的数字时,我才会记起那个春天发生的部分事情。我在经历岁月的流逝。有时候,在清醒的时刻,我能透过岁月察觉星移斗转。

第二天,一个星期天,下午四点左右,我和父亲在家不期而遇。他没有想到我会这么早回来,我没有想到安东尼奥·马沙多会这么晚才吃午饭。父亲将他吃饭用的那块木板搁到一边,向我走来。我在那里等候着,尽管我并不知道自己在等什么。我们都惊讶于会在家中遇到彼此,可以说这感觉挺好的。但是,安东尼奥·马沙多只是起身在屋子里转了一圈,好像我是回来监视什么需要守卫的东西似的。之后,他回到座位上,我才注意到他在听音乐。他将音量调大了。既然他什么都不说,我也什么都不说。我们又一次错过了彼此。

几天前我发现他坐在梧桐树下的车里的那一幕又重演了。我清楚自己已经成为一个危险因素。因为如果安东尼奥·马沙多不是在屋子里转悠和逃避,而是张开臂膀将我拥在怀里,说"亲爱的女儿,你这么早就回来了",那一刻,我会打开我的背包,取出我为了工作从他那里偷来的东西,我会告诉他,最后的最后,我偷了一些他和他朋友们的私人记录和录音,都是些独家材料。我还会告诉他,明天我们将与埃内斯托·萨拉米达见面,而昨天我和罗茜·奥诺雷称为"伞形花少校"的那个人一起去了小吃店。我会告诉父亲我是如何找到"伞形花少校"的,他说了什么,"忆往昔"餐厅的照片对他来说意味着什么,他的右手是如何变得不受控制的,发病的时候,他无法签名、无法支付账单、无法拨打电话号码,也无法驾车。安东尼奥·马沙多对他的那些朋友的近况还了解吗?如果翻开我的背包,我会打破"我不问你,所以你也不会来问我"的沉默策略,我会告诉他那个雪夜里发生的事情,我是如何被堆积成山的信件刺激,萌发出对质朴的葡萄牙的一种无名的思念。不过,这一切都没有发生。安东尼奥·马沙多显然后悔了,他回到沙发上,将托盘重新放到膝盖上,所有的注意力都集中在唱片盒子里旋转的《珀塞尔①》身上。

我回到自己的房间,锁上门。

半小时后,我告诉大洋彼岸,我的工作正在按部就班地进行。是的,从里斯本的碎石路里,我应该可以挖出不少枪管。只要有一点耐心,我们就能做到,他说。是的,鲍勃,正如你的教

---

① 亨利·珀塞尔(1659—1695),英国作曲家,创作领域广泛,以戏剧音乐最为重要。

父所说，有一大把鲜花。当然，大洋彼岸也是星期天。难得的家庭时光，四个小时的时差，那里的人们也在吃午餐。鲍勃·彼得森和安东尼奥·马沙多几乎同时吃午饭，他的餐食也既不营养又不美味。不过，鲍勃修好了他的Skype①，我看到一只松鸦在他位于怀俄明大道的房子的窗台上啄食。那蓝色的小鸟用它的喙啄呀啄，并不飞走。鲍勃让我观赏了一会儿，然后他想知道我们明天的计划。鲍勃就是这样。还好，按照我们的计划，明天我们将与萨拉米达会面。

那么，我们是如何与萨拉米达约定这次会面的呢？

照片上，出现在"青铜长官"和"查理8"之间的那位就是萨拉米达，他长发及肩，眼神中透露出格瓦拉主义，照片中他模仿《最后的晚餐》中的耶稣，向食物和盘子张开双臂。萨拉米达在我们3月初的采访计划中起到的是一个休整的作用。对于采访安排，他没有任何问题，第一次与他联系，他就表示随时可以接受我们的采访，无论是第二天或下一周，或是下个月，都可以。如果我们后悔将他添加至CBS纪录片的被采访人名单中，也可以随时取消会面。他的慷慨大度令其成了一直被推迟约见的"替补"。现在，既然"最高大的红橡树"已经第四次推迟我们的会面，该是埃内斯托·萨拉米达登场的时候了。

---

① 一款即时通信软件。

更何况，如此风度翩翩的萨拉米达，似乎并没有关于他的记载。或者更确切地说，在现有的资料中甚至没有出现显示他与"忆往昔"餐厅照片中的其他人物相关联的事实，就好像他没有过什么公民生活似的。我本人不记得埃内斯托·萨拉米达曾经来过我们家，我印象中从未见过他，尽管我知道父亲自那个4月开始一直为他背书、支持他，从各方面来说俨然是他的教父，捍卫着他的名誉。即便如此，截至目前，有关他的信息也处于被忽略或是不足的状态。事实上，如果你仔细观察这张照片，萨拉米达长长的卷发、敞开的衣衫和那张引人注目的脸庞所传递出的朝气蓬勃与有关他的信息的缺失形成了耐人寻味的对比。他的那张脸值得被蒂昂·多洛雷斯的相机，甚至是被阿尔韦托·科尔达①神奇的镜头记录。不了解这个国家近代史的人看着这张照片，会以为左边的"查理8"最终将淹没在普通平凡的公民生活之中，而萨拉米达才是那个加冕的"查理大帝"。从一张照片所呈现的面孔很难看到未来。幸运的是，我们使用"忆往昔"餐厅的照片只是为了唤起过去。"啊！过去！"萨拉米达在电话另一头说，"我明白你的意思。那么，咱们就下午见面的时候详谈。当然，如果你们没有别的更重要的安排的话，我会在三点恭候光临。我的地址是好景路一号。你们到了巷子街就北上，我会在那里等你们。"

---

① 阿尔韦托·科尔达（1928—2001），古巴著名摄影师，曾任卡斯特罗的专职摄影师，1960年拍下了后来风靡全球的切·格瓦拉标志性照片《英勇的游击队员》。

———•———

事情就是这样。

但在此之前，我们去听了一段广播，用马加里达·洛塔的话说，那是在那个难忘的夜晚里某些人物授意向部队士兵发出的行动信号。正如鲍勃的教父所言，那段广播音乐是代表那个值得纪念的夜晚、值得纪念的日子、值得纪念的季节，代表那段特殊的历史时期，或者说，是代表《永不沉睡的历史》的标志性声音。我们坐在爱德华七世公园广场上聆听。马加里达·洛塔意识到她一生中曾一遍又一遍地听到过这首歌，但那声音距离她很远、很远，远到她都没有察觉。她承认自己准备不足，想在与萨拉米达见面前再听一遍。当最后的脚步声消失时，她望向远处，一时语塞。这就是马加里达·洛塔，我们当中最善于表达情感的一位。有关这位律师的记载很少？在她看来不是。收集的材料有争议？不，她觉得有趣。这就是为什么她想再听一遍那首歌。米盖尔·安热洛不耐烦了。他走到草地上，在那里伸展开他修长的身躯。他不想再听一遍那首已经听过上千次的跟栎树有关的歌曲，感受那伟大的神秘感。那甚至不是一首歌曲，而是一首史诗。米盖尔并不觉得史诗、争议或是萨拉米达有趣。从别人的评价来看，萨拉米达一定是个地道的葡萄牙人。革命时期，他还为电台供稿。现在他是一名律师，但在他的合伙人口中，他只是一名喜剧演员。因此，我们将会和一个喜剧演员碰面。据说，他每次出现，都会用含糊其词的荒谬故事来惹恼别人。在跑去草地之前，摄像师对我们说："我希望，至少，这个'萨拉米达'身材保持得还行。我的摄像机真的很感激这一点。除了人物之外，它的镜头已经找不到其他任何有用的东西了。谢天谢地，洛塔和安热洛组合在这方面训练有素。你还需要多长时间？"

三点整，我们来到了好景路。

门铃好用，但是闩锁坏了，而且没有电梯。我们听到木楼梯上传来脚步声。门被打开，出现在我们眼前的是一件黑色T恤，上面印着黄色的金属带标志。我们走进昏暗的入口，据说那些年里，萨拉米达退回到他的青少年时期，且一直保持着那个样子。我们不得不爬上二楼，刚开门，河边的灰色光线也随即钻了进来，我们察觉岁月还是在他身上留下了痕迹，只是没有体现在身体的敏捷度或是身型上，而是体现在头发的颜色和皮肤的质地上。与此同时，我们被领进一间狭小的房间，又一次进入黑暗之中。然后，萨拉米达博士领着我们快速穿过一条走廊，把我们带进了一间摆满沉重家具的房间。埃内斯托·萨拉米达的母亲正端坐在家具中间的扶手椅上等候我们。

我们要采访的不是埃内斯托·萨拉米达的母亲，但看上去却像是这样，因为她不仅坐在中心位置，而且整个环境都在暗示她是主角。窗帘几乎全都拉上了，这样愚蠢的3月的光线就不会伤害到她的一只瞳孔。我们坐了下来，萨拉米达博士坐在他母亲对面一张光滑的椅子上。萨拉米达长得很像他的母亲。两人有着一样的眼神，目光如炬。不修边幅的萨拉米达在照片中被长发覆盖的头颅与母亲的一样。母亲的一头白发用簪子高高盘起，看着就知道一定是一位贤妻良母。她扶着椅子把手的左手食指上佩戴了一枚女王戒指。"这是我儿子给我买的。"母亲说。

萨拉米达博士解释道："我总是在家会客，这样能让我的母亲也热闹热闹。"

"埃内斯托是葡萄牙有史以来最好的儿子。"母亲说，"你们能来和他聚一聚真是太好了。"

我们集中注意力，因为我们必须讲求效率。几天前，我们评估了同意与"伞形花少校"再次见面所付出的代价：马加里达·洛塔三晚失眠，更不用说之后关于他的相关记录是否准确的讨论了。就制作《永不沉睡的历史》而言，我们其实对个人传记不感兴趣。但是现在，我们坐下来后发现，除了有跌入聆听另一段个人传记的风险之外，我们还遇到了一个"妈宝"。不过，这已经不是我们第一次一起做采访，而是第四次了，我们配合得越来越默契。米盖尔·安热洛会准备好他的设备，马加里达·洛塔则会按照采访提纲进行提问。我们周围的环境如此拥挤，摄像师还没有找到合适的拍摄角度，但我的女同学利索极了，她没有再浪费时间，直接与被采访人开始了对话："萨拉米达博士，那天晚上，当歌曲的最后一个和弦停止、脚步声结束时，您是否意识到自己参与了什么，以及您所承担的风险？请向我们说说那一切是如何发生的，我们洗耳恭听。"

萨拉米达靠在他的无扶手椅子上。他的母亲斜靠在扶手椅上，告诫儿子说："说实话，说实话，我的儿子。如果那天晚上你都不怕，那你现在还怕说实话吗？"

埃内斯托·萨拉米达开始道："我没什么好说的。那段音乐是下午录的，经过政府和教会两方面的审查，得到了双方的认可，这很明了。"

"儿子，既然关于这件事还有其他版本的解释，你必须说明你的版本才是与事实相符的。"

埃内斯托·萨拉米达并不理会他的母亲，继续说道："我们的感受也都很明了。那段广播录音晚了两分钟播出，播出时间一共九分十秒，我对着手表计算了时间。其余的部分，很多人都知道。"

与我们预想的相反，萨拉米达开始为我们制造麻烦。马加里达·洛塔决定列出她收集到的资料。"萨拉米达博士，您说的这些我们都已经知道了。广播结束后，您和您的同事看向彼此，全身僵住，等待演播室里发生些什么。但是，没人从走廊尽头跑来质问你们，电话也没有响起，没有警察出现在门口，没有人被戴上手铐，没有人发号施令，没有囚车，没有枪声，什么也没有。节目播出后一片死寂，你们二人望向二楼的窗外，卡佩洛街上空无一人，你们顿时迷失了方向。我们也知道你们不知所措，因为政府办公楼就在隔壁，警察局距离你们也就只有两步之遥，而你们的广播释放出引发政变的信号后却没有人来逮捕你们。你们感到很惊讶，因为没有人来质问你们，把你们带走。城里没有爆炸声，没有警笛声，没有枪击声，也没有轰炸声。这些内容都是以书面的形式呈现的，但是我们希望您以第一人称来讲述。希望您能向我们提供一些在去往伊文思路之前的个人体会和独到的见解。"

被采访者思考了几秒钟。"你认为是我们步行到伊文思路的？这是你读到和听到的？"埃内斯托·萨拉米达问道。我们完全迷失了方向。显然，萨拉米达这么问是对我们理解力的质疑。律师像在照片中一样张开双臂，说道："你们要知道，是其他人讲述了这些故事、提及了那些感受，却署了我们的名字，这就是为什么可能是他们，而不是我们对那个夜晚发生的事情有疑问；是他们，而不是我们去了伊文思路。谁知道呢？我说的'其他人'大约有一百来个。"

马加里达·洛塔承认自己感到困惑。"可是，到底是谁去了伊文思路？"她问道。她的问题也是我想问的。

母亲举起没戴戒指的那只手，威胁儿子道："儿子，你为什么要把别人的说法和你的混淆？你为什么要援引别人的话？不管别人怎么说，你为什么不说实话呢？"

埃内斯托·萨拉米达依旧不理会他的母亲。米盖尔·安热洛将相机镜头略过无扶手的椅子，给了萨拉米达一个特写。

"是这样的，我的朋友们。我们有一百号人，浩浩荡荡地从侧门出发，穿过一个栅栏，向希亚多的加雷特街进发。等我们到达两座教堂时，已是凌晨三点左右，到卡蒙斯广场时，已是筋疲力尽。没有噪声，没有爆炸声，没有警笛声，没有警察，我们想：我们真的把那段广播播出去了吗？是真的，还是做梦？午夜零点二十分，军人的脚步声响彻全国，之后传来了泽卡①的声音？泽卡的歌？他的歌声？他的声音和同伴的声音交替回响？天哪！当我们停在两座教堂之间时，周围一片寂静，一片安宁，只有我们一百人。可能那是我们头脑中的幻想，我们一百个人没有播放磁带，没有播放歌曲，这个国家里没人听见，平民没有听见，士兵也没有听见，这就是为什么什么都没有发生的原因。我们一百号人都这么想。树木一动不动，鸟儿们也一声不吭，地下的流水都静止了。我们两个想，哦，对不起，是我们一百个人想，我们用不同的步伐前进，彼此适当地保持距离，就好像我们从不互相认识一样。我们的一百颗心在一百件衬衫下恐惧地跳动。就是这样，那个黎明……"

"我们有些糊涂了，萨拉米达博士。我们知道当您提到一百个人时，您是在说您自己，因为您刚才说到了'我们两个'。到底是怎么回事？"

---

① 泽卡·阿方索（1929—1987），歌曲《格兰多拉，棕色的小镇》的词曲作者，葡萄牙历史上著名的民谣歌手。

"正如我所说,这个猜测是别人、而非我本人,在一些出版物中做出的。事实上,是一百人左右参与了那次夜行。有时候我真的怀疑我对被他人支配的忍耐力无限大,有时候我觉得我根本不存在,我是别人梦中的梦,我从来都不是自己。我甚至发现自己已经习惯于向别人讲述他人站在我的立场上的感受,最后,别人反过来纠正我说,埃内斯托,很抱歉,事情不是那样的。他们就这样替我做了主。我说的略有夸张,实际上有将近一百号人吧。"

"这、这会令人感到困惑的。"母亲喃喃道。

屋子里很热,二十世纪四十年代的家具就像木制城堡,身处其中真是汗流浃背。萨拉米达挽起袖子。这位将发髻盘得高高的母亲很直爽,再次对儿子喃喃道:"你把这些人搞糊涂了,他们回头又会把不知道这里究竟发生了什么的美国人搞糊涂的。他们会怎么想?那只是你脑子里的幻想……"母亲的嘴角开始明显垂下。

儿子仿佛没有听见母亲的唠叨,继续说道:"你们想让我说什么?你们太年轻了,很难想象那时的生活是怎样的。那时候的里斯本黑灯瞎火,弯弯曲曲的街道配上弯弯曲曲的人行道,垃圾四处堆放。到了深夜,野猫们在垃圾上翻滚,爪子上沾满橘子皮和咖啡渣。当我们行进到慈悲路上时,正是妓女醉酒的时间,只有这种酒吧还营业,从中传出一些嘈杂声。除了一些年轻人出没在小巷里,街上空无一人……"萨拉米达博士说着,好像在写作文,马加里达·洛塔打断了他。

她脱下外套,变得紧张起来:"说实话,萨拉米达博士。我们完全理解。那时的您和您的同事比我们现在年轻,突然间感受到了你们所要承担的风险的分量,承诺的分量。请您坦白,不要说谎。

毕竟，您是在和我们对话，而不是与CBS对话。对于CBS，我们只会传给他们我们想采用且经过您允许的内容。您当时是一个勇敢的年轻人，只有二十七岁，胆战心惊地走在街上。您的同事也是。您二位都很害怕。您沿着右边的人行道行走。如果您能谈谈您的恐惧感，我们会很感激，因为您将谈论的也是他人的恐惧感。到目前为止，还没有人愿意谈论这个话题。"

"是的，那时我沿着右边的人行道走，我的同伴在左边……"萨拉米达一边说，一边把头发捋到耳后，"这也是事实。我已经解释过很多次了。当我们进入若昂五世街时，我们交换了位置，什么也没有发生。走到理学院门前，我看到了那几棵高高的棕榈树，它们既没有长大也没有变小，与每天见到的一样。我想，我们失败了，我们失败了，朋友们。要么我们没有播出那段广播，要么那段广播没有扩散开去。我们仔细回忆一下吧。我们确实按照计划，按部就班进行了所有的步骤。广播已经过去三个小时了，我们在街上游荡了将近一个小时，我们还活着。或者说，我们早就该死了。我们该被带到安东尼奥·玛丽亚·卡多佐路①，在那里，等候我们的是失眠的折磨、看到雕像后的噩梦，还有针扎进指甲里的痛苦，我想。我思考着……"

"您思考着。"

"是的，我琢磨着我们死了的证据是我们的影子在路灯周围成倍增加。当我的同伴开始走远时，我看到他的影子在远处增加了一千倍，即使如此，他也在前进。如果他往前走，我往前走，什么都没有发生，那是因为确实什么都没发生过，要么我们没有按照计划行事，要么实际上我们已经死了。不管怎样，重要的事情已经发生

---

① 当时的国际和国家防卫警署所在地，被认为是人们受酷刑之地。

了。即便已经过去了三十年，我的这些想法却还像刚刚出现在我的脑海中一样。但请注意，许多人都有这样的想法。事发第二天，我就将它们记录了下来，仅仅八天后，其他人也表达了同样的感受。就像我说的，随着时间的流逝，我愈发觉得，只是经历了那几个小时的勇气和几个小时的恐惧，我便让自己活在了别人的梦里。不过，请相信我，活在别人的生活中也并非完全是坏事。总也是个活法，总也是个活法。我不是我，我曾是我，总也是个活法……"埃内斯托·萨拉米达说。他将自己的短袖一直卷到肩膀上，露出了整只胳膊。

"别这么说，儿子。"母亲打断了他的话，"是别人偷走了你的想法，还拿它炫耀，而你，非但不说实话，在摄像机前，在这些向你提问的姑娘面前，还在替他们说话。她们只想知道关于你的事情。哦，儿子！儿子！哪里有像你这样忽视自己的人？"母亲的嘴瘪成了倒V字。

马加里达·洛塔回到正题上："萨拉米达博士，您沿着若昂五世街步行时，大约是几点钟？"

"应该是凌晨四点左右。"

"那里一片寂静。请您描述一下当时的情景。"

"是的。米盖尔·派斯街一片寂静。我就像从未去过那里一样，我的旁边就是门槛。不知怎的，我觉得自己没进门就躺在了床上，我觉得自己年纪轻轻就已经死了，在非洲战争中被四分五裂，是的，死了，客死异乡，没有子嗣，几乎不识字，只有远处一个草垛等着我，还有我的母亲和一个年轻的女人，几乎和我一样年轻，穿着一身黑衣，我的照片挂在门口，在圣徒和纸花之间。接着，我想我死在非洲没有任何用处，所有在监狱里死亡的人也都没有任何用处，什么用处都没有。我一点也不后悔被埋在异乡，我不后悔进入松木棺材，我死不足惜，我不为任何人或是任何事感到遗憾。若是被国际和国家防卫警察抓捕，我就按照此前被告知的，坚称自己选择的歌曲已经提交了审查。但是，我当时确信歌曲没有被播放出去，因为与我们的预测相反，没有一家军营发生士兵政变，也没有一支军事纵队上街游行，就这样，我穿着衣服和鞋子在我房间的床上睡着了。早上七点左右，有人用拳头砸我的门，我没有理会，我确信他们是来找一具已经不在这里的尸体的。我深信不疑。所以，等我醒来时听说一列满载士兵的坦克从卡尔莫街驶来，民众尾随其后欢呼，你们应该能理解我的感受。我复活了，穿着衣服和鞋子。复活后，我站在屋子中央仰天大笑了许久，那模样令人忍俊不禁。你们可以笑话我，也可以不相信我。你们可以将我的这些判断、想法和记忆归于他人，归于那一百个人，归于所有号称拥有这些想法的人。这些想法终究什么都不是，它们只是一个二十七岁的单纯的小伙子的记忆，他起初充满勇气，之后经历了恐惧，然后欣喜若狂。这些记忆并没有什么特别之处，即便如此，其他人还是会将它们用作餐桌上的谈资。那些简单的想法不值得出售或是贩卖，一文不值，可是其他人却想要据为己有。为了什么？为什么要这样？既然他们想要，那就这样吧。把那些想法都带走，好好利用它们。那一百号人。"埃内斯托·萨拉米达略带戏谑地说，好像他扔掉了自己的一部分并且并不后悔这么做。他坐在无扶手的椅子上，面对坐在另一把相同的椅子上的马加里达·洛塔。屋里太热了。因为窗户都关着，河面上反射的暗淡光线都照在了玻璃上。

埃内斯托·萨拉米达的母亲欣赏着自己粉红色的指甲，露出她食指上的女王戒指，随后再次比画起她的手指。

这位女士满腔苦涩地说："你们看，我的儿子在那天晚上经历了那么多，考虑了那么多。他说的都是实话，虽然听起来像是在撒谎，但是他说的是真的，别人把他的所做所想都据为己有了。到头来，他只是一名失败的律师，只拥有一套西服，而别人则开着奔驰、丰田或宝马，住在阿莫雷拉斯一带的摩登塔楼里。你们好好看看他——我的儿子。他把那件西服送去洗衣房以后就只能穿着金属乐队①的文化衫了……"

"不是这样的，妈妈。"

"就是这样的，儿子。"母亲肯定地说，"现在，我的儿子是一名失败的律师。他服务的人都是穷得连一分钱律师费都付不起的，即使他们愿意。或者，偶尔法庭强制他的客户在多年后还钱，而这些人早趁着这段时间离开了这里。所以，我的儿子永远也收不到他的工时费。这就是为什么他是一名失败的律师。"

"但你什么都不缺，妈妈。你不觉得吗？"

"女王"苍老的双手悬在那里，仿佛情感的血液没有力道到达指尖。在我们面前，埃内斯托·萨拉米达两缕长发之间的嘴巴咧开了。他笑了，从微笑到大笑。他的睫毛比我包里随身携带的照片上的少多了，但他的眼神依旧透着格瓦拉主义。随后，马加里达·洛塔小心翼翼地按照采访提纲问道："三十年后，您如何评价您积极参与的这项变革？"

母亲着急地问道："儿子，小心回答这个问题哦。你看你，永远都在损害自己。我的那些朋友的孩子，手腕上戴的是百达翡丽的手表，脚上穿的是……"

萨拉米达打断了母亲："我如何评价？嗯，很好，幸运的是一

---

① 20世纪80年代美国著名摇滚乐队，被认为是最杰出和最有影响力的重金属乐队。

切都归于正常。像所有经历了从混乱到平静的社会一样，这里的一切都归于安宁。可以说，三十年来，革命先是自然而然地退步；之后，自然而然地进入正常进化时期；然后，又继续衰退，这在所有类似的进程中都很常见；再之后，也就是在最近几年，被否认。现在，我们已经在2004年的春天了，这个炎热的春天，既不出太阳也不降一滴雨。否认。情况也不算差。否认最利于大家的幸福。因为否认，人们普遍感到安慰，也因此团结在一起。"萨拉米达博士拍了拍膝盖，敲打着他的双腿。他直视镜头，唱道："进步，退步。"

"别这么说，儿子。"

萨拉米达笑了，露出雪白的牙齿。我相信他的头发没变，和从前一样卷曲，只是不那么茂密了，其中多了不少银丝，闪闪发光。他的胸前有一个燃烧的印记，上面写着"金属乐队"。

母亲说："姑娘们，看看这对比。我那些住在阿莫雷拉斯的朋友的孩子，会在必要时怀着应有的敬意提到那个日子，甚至将康乃馨别在胸前以示敬意，但是一整年里剩下的时间他们都活得好像那个日期根本不存在一样。他们过得好得很，生活富足得很。"她转向她的儿子，说道："而你，在这些为CBS工作的人面前说这一切都是徒劳的。按照你的习惯，下面你该说是你弄错了，你录在磁带上的歌曲不是《格兰多拉》，而是《干杯》①。然后，你开始抱怨，伸手跟我要钱。"

屋里闷热难耐。渐渐地，3月灰色的日光从河面反射过来，将塞满家具的小房间照得越来越热，我们都开始脱衣服。萨拉米达的母亲也脱下了黑色的外套，穿着短袖，露出苍老的白胳膊。

"儿子，听着……"母亲刚把衣服脱下就对儿子说道。

---

① 葡萄牙民歌，原名为 *Ora Zumba na Caneca*。

我想，这个母亲会吞噬掉自己的孩子的。再这么下去，这段采访就废了。马加里达·洛塔会追问《干杯》是怎么回事，我们会陷入死循环中。不过，事情自然而然地发展了下去：米盖尔·安热洛关了设备，母亲想继续唠叨，但是萨拉米达制止了她。他解释说他和他的母亲会时不时熬夜想象为摆脱被否认的状态所需的新的暗号，但他们很快就又陷入了争论。他说，他的母亲觉得那首名为《太阳镜》的老歌合适，有时候她觉得那首比《太阳镜》还老的法多①更合适，那首歌的歌词是这样的：在河边洗衣服的人们，用斧头砍我的棺材板。为了逗母亲开心，他时常在家中播放一些诸如《起立，我的花》和收音机中经常能听到的内容低俗的歌曲。比如，他爱唱"我要吃，我要吃，吃到满身油污；如果我不吃，别人就来吃"，他认为这歌词贴近当下的生活。这歌词活脱脱地代表了革命过后被否认的阶段。这些歌词在母亲郁郁寡欢的日子里能令她发笑，甚至还开口跟着一起哼唱。母亲甚至和他一起唱歌，打发时间。"我送你宅子，我漂亮的女孩；我送你车子，我给你一切，我的爱人；我甚至会结婚，请起立……"埃内斯托·萨拉米达解释说，而我们已经心不在焉。事已至此，我不打算从包中取出照片给他看了。已无需更多的个人介绍。即便没有那张照片，母亲在听到儿子说他们苦中作乐的经历时，情绪已经十分激动，更何况那张照片里，她的儿子张开双臂，身穿白色衬衣，露着胸口，看上去像一个巨星。母亲说："你们别信他。我的儿子有时喜欢发疯，但他是一个纯洁的男孩，他甚至曾想成为嘉禄·富高②的弟弟。现在，埃

---

① 葡萄牙的一种传统音乐，多传达悲切之情，被誉为"葡国魂"，2011年被联合国教科文组织列为世界非物质文化遗产。
② 嘉禄·富高（1858—1916），法国探险家，天主教神甫。

内斯托在业余时间做了非常仔细的研究，想要寻找与时代对应的暗号。他们一直在联系他，想发起一场新的政变，他却认为时机尚未成熟，没有继续推进这件事。"

母亲看着自己的儿子，她看着他的眼睛。

"儿子，为什么不向他们展示你的工作室呢？给他们看看你的东西，去吧。去吧，我的姑娘们，去他的房间看看，看看音乐在我儿子的生活中占据了多么重要的位置。"

我们跟着去了，回到那条狭窄的走廊，河面反射的灰色光线照进来。我们走进一间卧室，看见一张沙发床上铺着一条毯子，上面放着两把带图案的吉他，四周的墙壁完全被光盘覆盖。数以千计的光盘被透明的外壳包裹，形成了一个立方围栏，只有屋顶和窗户没有被遮盖。萨拉米达说："我收藏了很多轻音乐，但令我倍感自豪的是我收藏的经典音乐——从古典音乐到现代经典。我的业余时间都用来搞收藏了。这就是下一个暗号即将出现的地方，但不会像三十年前那样了。不会了。这一次，它将是爆发式的。那首曲子将在分布于世界各地的人们的口袋里同时响起，砰！也许世界因此结束，也许世界因此开始。在那之前，让我们保持现状。你们听……"房间里的立体声令人赞叹。我们坐在印有"金属乐队"字样的床单上欣赏音乐，但是没有停留太久。埃内斯托·萨拉米达的母亲还在塞满家具的房间里等着我们，她伸出手，那枚戒指上的蓝色宝石被紫水晶、红宝石和白金环绕着。她看上去好像不打算与我们道别。

我们先是用额手礼向母亲道别，并且保证不会损害他儿子的名誉。我们不会透露她儿子在难忘的夜晚暴露自己的弱点、过度考虑他人等细节，她认为这些内容会令人难以理解。然后，她邀请我们共进晚餐，并指了指后面那个可怕的厨房。接着，她想记下我们每个人的名字和电话号码，因为她不信任儿子的记录。萨拉米达用他杂技演员般的步伐陪我们下了楼梯，甚至提出要把我们送到公交车站，他安慰我们不要受他所说的影响。如果我们觉得他说得不好，那就不采用，没有任何问题，他已经习惯了。我们在门口看着他与我们挥手告别，之后，大门便合上了。

十

门在身后合上，我们站在马路中间，面面相觑。过了一会儿，我们才开始移动步伐，但是依旧沉默。每个人心中都在问同一个问题：到底发生了什么？

显而易见，我们采访过的这些人都有一个共同点，他们都见证了一个特殊的历史时刻。他们冒着巨大的风险，将最充沛的精力献给了这个特殊的时刻，奉献了热情。但是，在激情成为障碍、理想主义成为缺陷的平庸日子里，要想处理好与这个浪漫时刻的关系，意味着需要放下过去。我们三人都清楚这一点，尽管各自的表达方式不同。但是，如果说"伞形花少校"、蒂昂·多洛雷斯和"青铜长官"所表现出的理想幻灭的部分被简化了，那么在我们刚刚采访完的这位身上，那种幻灭则被成倍放大了，很难用两三句话来形容我们所目睹的冲突。这也许是我们三人共同的看法。我们刚刚目睹了三十年前发生的那场令人欣喜的变革能以怎样的方式逃逸愤怒。埃内斯托·萨拉米达就是一个活生生的例子。毫无疑问，是律师的形象为他在我们三人的心目中打上了标签。我们继续默默地走着，彼此之间保持着距离。走了好一段时间，已经到了圣本托街，马加里达·洛塔才意识到她没穿风衣。在我们匆忙离开的时候，她把衣服留在了萨拉米达太太的椅子旁了。但是，我们的同伴不想回到那个地方，不想再看到萨拉米达，不想再见到那个母亲，不想再踏进那间房子。与其重温那些莫名其妙的时刻，她宁可把衣服和衣服口袋里所有的东西都丢掉。巧的是，那天米盖尔·安热洛没有开吉普车，我们是坐出租车去的。虽然此时公交车还在运行，我们却不想在车站等候，想继续步行。但是我们应该往前走还是往回走？我的男同学提议回去，回到那个二楼，回到那个房间取风衣。马加里达·洛塔不愿意，面对米盖尔·安热洛的坚持，她失去了耐心，大声尖叫拒绝。"银莲花"的眼里噙满了泪水。

我们都很难理解这第四位被采访者。

在我看来，埃内斯托·萨拉米达之所以还保留着对那个难忘的夜晚的热情，并不是因为他比其他人投入更多，也不是因为他承担的风险比五千人中的任何一个都大，而是因为他的大胆与奇妙的音乐世界联系在一起。他感觉自己像个使者。他不是歌手，所以他不是唱那首歌的人；他也不是弹奏乐器的人，那些脚步声也不是他踏出来的。这些人是故事的主角，时间赋予了他们应有的重要性，帮助每个人在历史史诗中占有一席之地。萨拉米达却是一位隐形的信使，他用有魔力的事物触发了那场运动。那是不可复制的动作。从刚才在好景路一号上演的"那出戏"可以推断，萨拉米达为自己的动作着迷，他只能通过想象一个相同的动作来完成自我满足，如果可能的话，那个动作的影响力要更大，而且就发生在不远的将来。我想，这就是为什么他要贬低当前以证明他渴望的新变化是合理的。在我们离开工作室前，他说尹伊桑①的大管独奏可能成为新的暗号，但是他匆匆展示过后又匆匆把他的神秘物件藏了起来。期望、未来和行动，这一切本身都是连贯的，光是想象就能让他开心。我甚至觉得萨拉米达是一个快乐的人。

事实是他有一个那样的母亲，那个母亲不希望自己的孩子只是那样的孩子，她想要几个孩子合为一体，这很常见。萨拉米达太太希望她的儿子是个多面手。她希望他成为一个浪漫的人，他通过电波播放暗号，用变革的鼓点思考音乐，提前敲击，打开通往新世界的大门。但她也想要另一个相反的儿子。她希望她的儿子务实，能挣钱，这样她就能装修厨房，买葡萄大小的戒指。她希望儿子脱下衬衫成为一个圣人，同时又能主持正义，并利用好自己的身份。她希望他不管贫富，都机警狡猾，胸无大志；她希望他不管是否从政，都能如先知般拔剑改变世界，又如银行家般嗜血。这是不可能的，我想。或许她想让儿子成家立业，生儿育女，同时又保持单身留在她身边。这样，在寂寞的夜晚，他可以和她一起唱那首《河边洗衣服的人们》。那样的儿子和那样的母亲是不可能不住在一起的。任何进入那个魔幻世界的人，即便是跟我们一样只待了两个小时，都会这样想。当然，我无权对埃内斯托·萨拉米达博士和他的母亲抱有类似的想法，但我也没有责任为此自责。我们三人都没有大声说出自己的想法，我们交换的每一个字都围绕着被遗忘的外套。我们已经走过了拉托广场，米盖尔·安热洛不明白马加里达为什么选择以那样的方式告别她的风衣。她走在前面，穿着裙子，那是鲍勃建议她为所有采访准备的服装。同样的发型和同样的着装，会让人产生所有的采访都是在同一天中进行的错觉。"银莲花"的

---

① 尹伊桑（1917—1995），德籍韩裔音乐家，毕生呼吁朝鲜半岛统一，被誉为西方古典音乐界第一位亚洲作曲家，作品闻名世界。

裙子又黑又轻又短，就算丢了外套，她也无所谓。这似乎令人难以理解。根据米盖尔·安热洛的说法，即便我们感到困惑，现在应该可以理解，既然已经这般困惑，就该做出不偏向任何一方的因果分析。

米盖尔·安热洛从未对萨拉米达这个人物感兴趣，当我们已经走在布拉安坎普街上时，他开始谈论这个人："安息吧，我扛在肩上的这些优秀的人物素材的灵魂。从1975年8月21日晚上的萨拉米达到今天的萨拉米达，这个转变很好地说明了时间流逝是一个极为愉悦的过程。从这个角度来说，我保证我很好地记录下了这个过程。比如，那个男人用想象的方式谈论那个4月的晚上发生的事情，效果一定棒极了。必须很好地表现出岁月侵蚀的力量。"米盖尔·安热洛走在我们两人之间自言自语道，"必须很好地表现出岁月侵蚀的力量，这样就能体现出这个人有多么过时。他觉得，三十年后，人们还在赞美栎树？人们还在满怀敬畏地活着，向这种树致敬？'在栎树下，在栎树下'①。如今，谁还知道这是一种什么树？它的叶子是什么样的？它结什么果子？什么是橡子②？如今，没人知道橡子长什么样子，人们只知道栓皮栎林的主人是谁，他们继承了那些林子，却不知如何处理类似的荒地。那里只有兔子和猪，还有几只鹿。这种树的树荫下，已经无人聚集，更别说受委屈的人们了。可是，萨拉米达说的那些清楚地表明，他满脑子想的都是衣衫褴褛的人们聚集在一起反抗。他到现在还沉迷于此，可惜了。"

米盖尔·安热洛在我们身后喃喃自语，就好像他在不停地告诫我要"盯着他"一样。

---

① 歌曲《格兰多拉，棕色的小镇》里的歌词。
② 栎树的果实叫橡子。

我们必须找到回家的方式，可是一直无果，因为我们根本不想去找。站在庞巴尔侯爵广场，我们环顾四周，在地铁、公交和出租车之间犹豫不决。这时，我的男同学又把话题拉了回去，选择何种交通方式回家变得更加困难了。"啊！还有那些脚步声？那种令人毛骨悚然的声音？要是换作今天，那些脚步声就像是蒙面人在高速公路上抢劫时发出的声音。如今，这种声音只会令人心生恐惧，不会给人带来安慰。现在，舒适感都存放在自动取款机里，把你的卡插进去，令你感到舒适的东西就出来了。但是萨拉米达仍然活在那天晚上，并把那天夜里发生的事情当作是两天前发生的。萨拉米达。你们觉得他说的是真的吗？我觉得他说的是实话，但是他口中所说的信念已经褪色了。他极力声称自己做了那些事，反而让人觉得不可信。这些人中的许多人最终都给了自己脑袋一枪，子弹穿过头盖骨的时候甚至还会擦出火花。"

这就是米盖尔·安热洛。我们共同目睹的场景给他留下了深刻的印象。该道别了。马加里达·洛塔没有外套，也不觉得冷。她不愿回到那里，绝不。她宁愿没有外套可穿也不愿再见到萨拉米达、萨拉米达的家和萨拉米达的母亲。

"请别打扰我。""银莲花"上了出租车后说。

不管怎么说，拜访埃内斯托·萨拉米达的那一下午，我都在思考，接受鲍勃·彼得森的提议是一件好事，否则我无法想象那些自我懂事起就经常出现在我们家谈资里的人都变成了什么样子。我很高兴能见到他们，并试图弄明白那个令人难忘的春天是如何影响了他们、岁月又是如何侵蚀了他们的。能回来真是太好了。我打算一回到家就给鲍勃·彼得森打电话。我不是想见他的松鸦，那不是我的期望，更不是我的希望。我只想告诉他，我们很好地完成了我们的任务。我还想告诉他，有时采访会给人带来不安，因为我们会遇到过于脆弱的花瓣，令人心痛。不过，它并没有影响我们的工作效率。相反，它激励了我们。我想让鲍勃知道我们是多么高效和专业。

我很清楚我的经历无法与CBS里许多别的记者相比。即便如此，我了解一些沙漠国家，在鲍勃·彼得森的保护下，我曾去过几次约旦，还去过黎巴嫩、土耳其，甚至进入伊拉克。几个月前，我们从纳杰夫前往和平谷，想要了解那里的寡妇如何哀悼死去的至亲，了解丈夫的离世对她们来说意味着什么，以及她们的灵魂如何安置。我们想报道这个主题。可是，我们目睹的是一路陪伴我们的吉普车司机和他的孪生兄弟——我们的翻译，最终被谋杀。那是一段痛苦的经历。我当时没有穿长袍，我不知道这是不是导致悲剧发生的原因。有时候，暴力行为不需要理由。事实是，他们被歹徒从路上带走，我们什么也没听到，只是目睹了事后的惨状。他们是被一把剑处决的，年轻翻译挣扎着向我们走来。那一幕的一部分被刻在表面，另一部分则被印在内心深处，一个无法触碰的地方。从那以后，我在整个8月为鲍勃所做的报道都没有在内陆地区进行。但是现在，我回到了我的祖国，只为重构那个开启了和平年代的时刻。三十年后，里斯本的街道上一切都归于平静，简直不能比这更宁静了。只要我们还活着，我就不得不扪心自问，将我所经历的恐怖与一些只是认为自己在自由社会中被冷落或被遗忘的人的挣扎进行比较。这样只会贬低他们的遗憾。说白了，8月21日晚上在那家至今仍被称为"忆往昔"的餐厅合影的人们的生活在我看来很简单。但是，他们的叙述令人感到不安，甚至有些心酸。怎么办？

回到家，我给大洋彼岸打了几次电话，都没有接通。电话打得不是时候，没有任何回应。但是我收到了一条短信，内容简洁，并且是我熟悉的话语。是那个在华盛顿2020M街的晚上鲍勃·彼得森为了派遣我匆忙送给我的礼物。鲍勃就是这样。

别光顾着看天上的星星，
答案就在你的眼前。

这也是3月8日（星期一）的结束方式，就是我们去采访律师埃内斯托·萨拉米达的那天。后来我发觉鲍勃时不时会给我发送消息，但大多数时候都是些暗语。

十一

据"伞形花少校"所说,梧桐主要分为两种——东方梧桐和杂交梧桐。第一种梧桐的叶子像张开的手掌,第二种的叶子形状则像五指并拢伸出去的手。哪种树叶庇护了安东尼奥·马沙多的车不重要,这个时节,树枝上的叶子都才刚刚萌芽。那天傍晚,车就停在前面,广场北翼,凸起的车尾露出车牌。正如我所预料的,父亲的银色轿车又一次出现在那个位置。

购置银色汽车的想法并不新鲜,它出自罗茜·奥诺雷,她喜欢汽车看起来像"银色的船",这是她在她的首场演出中说的最后一句台词。不管怎么说,在采访完律师以后发现父亲的车停在坎波佩克诺广场是一件快乐的事,尽管车上依旧覆盖着厚厚的一层灰。我思考着萨拉米达和安东尼奥·马沙多之间一些特定的对比,不禁停下了脚步。与上次一样,父亲正在车里抽烟。不过这次情况不同,车距离我较远,但是我能清楚地看见父亲。

父亲坐在驾驶位,车门开着,他的腿伸在外面,看上去不像是要起身离开,相反,他似乎在休息,因为他的左胳膊也在窗户外面。父亲照例举起手,点燃了烟斗。正如他自己所说的,他的手指骨节分明。你看不到烟雾,但他就在那里。是的,在完成与萨拉米达暴风骤雨般的采访后遇见父亲于我真的是一种宁静的馈赠。米盖尔·安热洛在采访后絮叨个没完，我从没见过他如此口若悬河。马加里达·洛塔则因对萨拉米达产生的同情而深受折磨，她被他和他的战友的行为感动，许多人贬低甚至否认了他们的行为，"银莲花"似乎深陷其中不能自拔。他们两人在昏暗的工作室里还进行了激烈的争辩。所以，在回家的路上遇见了父亲，我感到很幸运。我再次克服了张开双臂向他坦白自己所作所为的诱惑，只是远远地望着他，没有去想安东尼奥·马沙多为何总是出现在那个地方。他就在那里，抽着烟。但是，如果父亲看到我站在车后，会怎么做？如果他以为我在跟踪他呢？于是，我退缩了。突然，我有了另一个想法。如果安东尼奥·马沙多不是在那里参加一场关于某个大型调查的专业会议，而是在那里进行别的会面呢？比如，与某个女人约会，我想。如果在罗茜·奥诺雷之后，他的女人多得跟雨后春笋一样，那他现在怎么就没有女人了呢？

———·———

我环顾坎波佩克诺广场，特别留意了距离我最近的几栋建筑。

远处，在建筑物形成的帷幕中，除了公共场所以外，就是那些敞开的窗户，亮着灯的窗户。它们传递着玻璃背后的信息：平静的生活，摆好的餐桌，围坐在桌旁的人们，热气腾腾的杯子，还有那些端着杯子的手。也许有鲜花，也许有绣花餐巾，也许有一个和我父亲年龄相仿的女人在等着他。不，可能比他年轻一点，但也不能太年轻，否则与他处不来。我在父亲的生活中曾见过几十个女人，有的会带着衣服和装有私人物品的手提箱住到我家来，有的则留在她们自己的房子里，父亲带着衣服和装有私人物品的手提箱住过去。一切都分崩离析了。五年前，除了我自己的原因，我厌倦了父亲的生活，厌倦了他游走于各类女人之间。当安东尼奥·马沙多感情生活的旁观者不是一件容易的事情。就在我得到可以去CBS实习的消息的前几天，他刚刚甩了一个聪明又优雅的女人。他经常穿着考究、喷着香水与她在夜里约会。他为她穿过两次燕尾服。我们三人在同一个屋檐下住了两个月。可是，罗茜·奥诺雷从罗马发来一条信息，让他快过去找她，因为那个导演时不时跟女编剧厮混，不过她并不介意。罗茜有时对导演的坏脾气感到厌烦，她说他的戏剧敏锐度与他的坏脾气成正比。某一天，他为《哈姆雷特》中与头骨相关的那出戏想出了绝妙的表演方式，那是因为他在家中侮辱了某个人。而这个人就是罗茜。罗茜的信息是这么写的："来吧，我永远的爱。不要谈论我们那可怕的孩子。小马沙多已经变成了马沙多。这丫头简直麻木不仁。她怎么可能是我生的？我们两个生的？来吧，来吧，她不知道。你现在有情人了吗？没有关系。仍然疯狂地爱着你的罗茜。"我不否认，我时不时会偷看罗茜给马沙多写的信。我拭目以待，想看看会不会发生什么，结果还真的发生了。某一天，父亲从报社回来，和那位优雅的女人谈了好几个小时，第二天一大早，她就离开了。不过，也许现在情况不同了。

也许父亲与某个人之间建立了一种持久的理解。我发现他现在很平静，会在托盘上吃饭，听音乐。就在那里，我想象了一段电影片段。安东尼奥·马沙多在早上十一点左右出门，将车停在梧桐树下，沿着大街走到报社，再匆匆赶来和这个女人共进晚餐，她定是躲在某扇灯火通明的窗户后面。从那里看去，傍晚时分，两人安静地吃饭，然后他钻进车里，回到报社。到了夜晚，他再去看她，或是直接回家。这个女人应该存在着，但是他知道我很了解他，他不是一个合格的情人，所以，关于他回家路上的这些安排他绝口不提。现在，八点钟，他应该是在一边抽烟一边等她，一个我从十二岁起就向往的她，一个可以取代罗茜·奥诺雷的女人，一个我在梦中帮忙打扮好去参加晚会的女人。我的梦中有这么一个女人。这剧情是如此真实，以至于我离开了广场，沿着若昂二十一世大街北上，好让父亲安静地等待。

走到半路，我又折返回去。

我回到那个地方，试图捋清思路，并以某种方式验证一些事情。至少有一点我是可以确认的。这到底是怎么一回事？我怎么能在一个假设的基础上提出又一个假设，却连一条线索都没有证明？我说得对吗？我又走近了一些。然而，现在情况已经发生了变化。父亲已经下了车，他在前方几米处站着，一动不动。没过一会儿，他又回到车上坐下，不过没有抽烟，他的腿伸在外面，没有再移动，看上去像是睡着了一般，他的身体倾斜着。我距离银色轿车大约三十米。我应该向父亲的车走去吗？还是应该走开？可是，我如何走开？又如何保持不动？

在很长一段时间里，我总是靠在一扇门上等待。我可以连续等待几个小时，我对这事很熟悉。我等待着，我会等待着，想着那个被我称为"她"的女人："她"没有出现，"她"有问题，"她"会出现；或是琢磨着"他"，一个政治家，一个管理者，或是流氓，也可能是一个蒙面人，又或是一个等待救赎的受害者，但是这个"他"并没有出现。去华盛顿之前,当我们发生口角时,他说我在迷失自我之前先丢掉了骄傲,因为即使方式各异,我们的工作性质也是一样的,无论是"游牧民族"还是"宅"人。我们的工作包含两个方面,其中最困难的一方面就是等待,要知道如何等待。无论我们走到哪里,我们总是在等待,猎人中的猎人,躲在墙壁和灌木丛后面,看着阴影远去。懂得留出足够的时间让阴影投射出现实是从事我们这个职业的第一门艺术。他说的有道理。父亲和鲍勃一样,和鲍勃办公室里的其他人一样,是一名猎人。在我得知鲍勃·彼得森收集材料的方法在他的核心圈子中以"猎人之道"闻名后,我感到很诧异。现在,就有一个女猎人盯着停在路边梧桐树下的父亲的车。我在寻找猎人的猎人。等待时,我发誓父亲在车里睡着了。于是,我想起了米盖尔·安热洛几天前说的那番话:"你的父亲还在写作吗?他写的文章都在哪里发表?"就在这时,安东尼奥·马沙多动了动,发动了他的车,绕着广场转了一圈。那时大约是晚上十点半。我需要改变我的行程,我要去找马加里达·洛塔和米盖尔·安热洛。我需要和我的朋友们在一起,整夜听他们说笑。我害怕回家。

我到家时已是深夜。

就连父亲都已经睡了。我在他的"宝座"周围寻找报纸。我找到了成堆的报纸,但是没有一份是他所在的报社出的。房门口、厨房里、储藏室里,什么都没有,一份都没有。我想到了别的可能。也许他换了报社,但是没有告诉我。我打开了几份竞品报纸,也找不到任何有父亲名字的内容。我走进自己的房间,打开电脑搜索,父亲的名字只与一篇内容有理有据但陈旧的作品有关，涉及一些他的决定性意见。剩下的，只是一些零星的提及，好像父亲在两三年前就去世了。现在，他的名字并没有出现在任何一家媒体上。在父亲工作的报社所出的报纸版权页上，他的名字不见了。我关了电脑，简直不敢相信这一切。在昏暗的房间里，现实像墓碑一样清晰而赤裸。父亲不再为任何出版物写作，他每天出门后，无处可去，在坎波佩克诺广场的梧桐树下度日，并对我隐瞒实情。父亲没有问我任何问题，并希望我迅速走开，这样他就不必解释他为什么不再写作了。黑暗中我睁着双眼，直到感觉报纸分发车经过，售货亭开门。我下了楼，确认了我已经知道的事情。但是，我想从报纸上得到确认，那些我能看到父亲名字的报纸，因为他的名字曾经频繁地出现在这些报纸上。报纸。父亲不再为他的报社写作，也不再为其他任何报社写作。我听到父亲起床，站在厨房吃早餐，拿起他的公文包离开。那是早上十点。父亲像一只动物，一只鸟，去寻找一棵树。

要接受现实并非易事。

安东尼奥·马沙多每天进进出出，好像过着正常的生活，但他其实生活在梧桐树下，并以此掩盖自己的窘境。他在那里待一整天，像一只刺猬、一只被猎杀的动物。现在，我推翻先前的猜测，用一种完全不同的方式重建起他的日常。我回到了抵达里斯本的第一天，重温了所有那些虚构的时刻。他见到我时的兴奋，他潮湿的脸颊，也许都是虚构的。我回家，他也许并不觉得高兴，至少他会觉得很分裂。他想让我回来，但他不想让我知道。他想问我回来做什么，但他没有这样做，因为那样我就不会询问他的生活过得如何。他很少待在家里，不是出于礼貌不插手我的事情，而是不想自己露馅。一切都与我先前的假设完全相反，这些不符合我在冷酷的盘算中所做的心理训练。父亲的处境让我深感痛心。当我的同学们来接我时，我看不清楼梯，看不清街道，也看不清那辆维特拉。

或许正是因为这个原因，我不愿再经过通往报社的路。我甚至想过永远不再去那家报社了，永不，否则那是对父亲的羞辱。我也很少给父亲打电话了，我明白父亲想要对我隐藏他的处境。但是，很多问题都积攒到我这里，尤其是在夜里，我睡不着，我想父亲也睡不着。我开始在周遭转悠，希望能找到可以为我提供线索的人。我去了报社附近。我不该那么做的。正午时分，父亲的同事阿马多出现在地铁口，我曾在家里见过他。我追上他，他飞快地钻进楼里，不给我时间追赶。走到接待处，我没有表明自己的身份，只说想找阿马多。门卫告诉我，没有一个叫这个名字的人在报社工作。我向他描述了刚刚进大门的那个人，结果他是广告部的某个职员，我把他误认成一个已被报社遗忘的人了。

报社狭窄的入口处人来人往，突然，法贡德斯出现在我的面前。他是父亲的另一个同事。看得出来，他很着急，原本没有打算停下脚步。但是他后退了一步，重新打量了我一番，如梦初醒般地对我说道："你怎么在这里，安娜·玛丽亚，你怎么在这里……"他把我叫到一边，小声说道："你能来真是太好了，我需要和你谈谈。两年前，太可怕了。我需要告诉你。"我后背靠墙。我没有找到阿马多，但是我遇到了法贡德斯。我想把我的后背撑在报社大厅的墙壁上。法贡德斯说道："我猜你父亲没有告诉你原因。事情真的太糟糕了。"法贡德斯很急，但他还是稍做停顿，打算告诉我事情的原委。我靠在墙上，他站在我面前张开手臂："听着，安娜·玛丽亚！"他解释说，虽然刚过中午，但是消息实在太多，报社已经忙得不可开交，所以他就直奔主题了，否则就改天再约。他不明白为什么我这个当女儿的不知道自己父亲的态度出了严重的问题。当然，我应该直接说我知道，我不用再知道更多了，但我做不到。信息来源就在我身旁，他就是我想要寻找的。我想知道到底出了什么问题。

"什么态度？"

我看上去一定情绪非常紧张，法贡德斯让我冷静。是这样的，他开始道。安东尼奥·马沙多拒绝报社收回他的私人办公室，拒绝交出他的电脑，拒绝与别的同事共享抽屉，拒绝指导那些不知道罗斯福和希特勒是谁的年轻同事。他，法贡德斯，作为安东尼奥的老同事，提醒安东尼奥不要这样。他劝安东尼奥最好与同事分享，耐心一些，遵守规章制度，但是安东尼奥完全不听。法贡德斯站在我面前，一只手扶着墙。他一边向左右路过的人们打招呼，一边从牙缝里挤出这些字：两年前的事情实在太戏剧化了。安东尼奥·马沙多认为新主管不尊重他，因为新主管总是"你这样""你那样"地对他发号施令。安东尼奥生气极了。他每天进了办公室，放下东西，便到隔壁的面包店喝咖啡，一杯接着一杯，还肆无忌惮地抽烟。回到办公室后他就张望，如果自己的工位被别人占了，他也不再寻找其他工位。他的东西从一处搬到另一处，他会大声质问是谁拿走了他的个人物品。他变得不可理喻、无法无天。他会看着年轻人，居高临下地问道："你知道罗斯福是谁吗？希特勒呢？"他冒犯了别人。他在报社的最后一天也是这样。三秒钟前，主管给他发送电子邮件，让安东尼奥去他的办公室。安东尼奥为此闹起了情绪。"'他刚从我身边经过，为什么要给我发邮件？他没有嘴，不会说话吗？'我告诉他，这些事情现在都需要有记录。他回答我说，教养不需要记录。'你快去吧，'我告诉他，'快去主管那里吧。'"法贡德斯急促地讲述着，"'我不去，'安东尼奥·马沙多说，'就算是从我的尸体上轧过，我都不去。'不幸的是，他倔得像头牛，那简直就是一场典型的中世纪的拉锯战。一个秘书来找他，另一个秘书来找他，同事们劝他上三楼，告诉他这是纪律问题，新主管在等他。报社里的所有人都知道这是一场较量。记者们开始互发信息。'看啊，安东尼奥·马沙多像一头公牛，他居然坐着无动于衷，新主管正在办公室等他呢。''这家伙不肯上楼？''嗯，狂妄，他不去，他要主管来找他。'安东尼奥·马沙多不知道一个现场报道正从一个屏幕传到另一个屏幕，传遍整个编辑部。他被同事们公开地评论，他却以为自己是在私下反抗。太可怕了，太可怕了。后来，其中一个他认为不知道罗斯福和希特勒是谁的年轻人走到他面前，将同事们的二十来条恶毒的评论展示给他看，他从头到尾读了一遍。最后一条评论的内容是：这家伙正在看我们的评论。那时大约是晚上七点，编辑部的人们正忙得热火朝天。你父亲收拾好他的公文包便离开了，之后再也没有回过报社。"

"这是多久前的事？"

"你不知道？啊！安娜·玛丽亚也不知道。他也没有告诉你，他彻底沉默了。那是两年前的事了，正好也在3月，两年前的那个3月。"法贡德斯说，"秘书处为他准备了文件，一份完整的离职文件，他需要做的就是签字。可是，他既不回复信息，也不到这里来，他不和任何人提这件事。当然了，他也没有和自己的女儿说这件事。你觉得这正常吗？"

法贡德斯以为我是去取关于父亲离职的官僚文件的，他觉得我终于出现在报社了，安东尼奥·马沙多这个危机终于能解除了。他自己联系了同样对父亲的事毫不知情的罗茜·奥诺雷，但她没有做出任何回应。法贡德斯对安东尼奥·马沙多想保全自尊心的做法非常同情，但当他得知安东尼奥不但没有将离职的事情告诉前妻，也没有将此事告知在美国定居的女儿的时候，他不禁把手放在额头上，眼睛闪闪发光。啊！当得知他什么都没告诉自己女儿的时候！啊！啊！法贡德斯眼神一亮，他积攒了更多的证据，证明那个曾经叱咤风云的记者已经彻底沦落，变成了一个倒霉鬼。安东尼奥·马沙多的女儿不再感觉到墙壁支撑着她的身体，她靠近法贡德斯，盯着他的小眼睛说："法贡德斯，我是他的女儿。如果你向任何人透露这件事，我会杀了你。这不是在装腔作势，我是认真的，明白吗？我去过深陷战争泥潭的地区，你知道，我目睹过人被斩首，头颅满地滚，身体还在继续移动的场景。我知道人的身体在失去大脑控制后是如何运动的。你明白吗，法贡德斯？我会来这里处理父亲的相关事宜，但是请你不要发表评论，闭上你的嘴，不要去跟任何人讲，也别发电子邮件，或是用别的方式到处宣扬马沙多对女儿隐瞒自己离职的事情。否则，我会杀了你，我会杀了你。"法贡德斯目瞪口呆地看着我。我知道他的第一反应就是广而告之，至少是告诉所有还记得那个被称为"能预见未来的记者"的报社同事，他也会告诉那些新员工，因为与父亲同时代的老员工只剩他一个了。这样所有的人，不管男女老少，都能知道人在强大到一定程度时突然失去一切会表现出什么样子。这是让人难以承受的结果。我知道这会是法贡德斯要做的第一件事：将死马的头插在棍子上，警告别的骑士那是一块危险的区域。但是，为了延长父亲的职业生涯，我要恐吓他一下，我要告诉他，我知道生与死的秘密，我了解对时间、诸神和肉体的背叛，那些战场上的背叛最为显眼，但是也有一种背叛以神不知鬼不觉的方式出现，温和地、持续地、具有腐蚀性地在炉里沸腾，藏在每个人的座位下面。曾是父亲好友的法贡德斯说道："这……这……"报社糟糕的大门还是老样子，糟糕的接待处还是老样子，门口那块糟糕的地毯也还是老样子。我深陷巨大的痛苦之中，面对父亲最后一个、也许是倒数第二个同事的嘴脸，我只能找到这样粗俗的语言来形容看到的事物了。我感到自己变得很有侵略性。经过的人们向法贡德斯打招呼，他微笑着。五分钟后，他在楼上会笑得更开心。"听着，听着，马沙多的女儿来这里说要杀了我。"说不定他还会告诉主管，大家会乐得前仰后合，一个女堂吉诃德骑在驽骍难得背上威胁说要大开杀戒。

我敢肯定他一定会那么做，但是更让我痛心、更让我生气的是，我落入了圈套，走进了那个地方，最终听到了关于父亲的那些话。就好像他被捅了一刀，我非但没有去治愈他的伤口，反而去问肇事者那把刀有多长。

事实是，那些天里我完全不知所措。

我拒绝经过坎波佩克诺广场，拒绝看到停在那里的汽车，但我也没有勇气告诉父亲，我发现了他设计好的"骗局"，而他这么做仅仅是为了不让我知道他所受的耻辱并守护好自己的秘密。类似的事情在我的生活中重演，相隔仅七个月，虽然主题不同，但是它们对我的杀伤力是相同的。发生在父亲身上的种种与我在通往和平谷的路上遭遇的凶杀案令我产生的厌恶程度相似。那两个陪同我们的小伙子，其中一个的尸体在我面前晃悠，朝车子走来，我以为它是向我而来的。只有身体，其余的部分都留在了沙子里。金色的黎明在山谷中破晓。也许因为父亲的原因，我没有留意马加里达·洛塔特地告知我她与埃内斯托·萨拉米达再次见面的细节。原本那是我的职责。我只是模模糊糊地听到我的同学说，她最终还是去敲了好景路一号的那扇门。我得知"银莲花"并没有进门，律师非常友好地拿着风衣来到门口。第四位被采访人友好地走下楼梯，陪着采访者沿着巷子街一直走到圣本托街。

之后,马加里达补充了更多细节,但我没有仔细听。直到她提到他们讨论了一些有关照片的问题。马加里达·洛塔说,她后来得知,1975年8月21日到22日的那个晚上,并不是萨拉米达想要模仿《最后的晚餐》中的耶稣,而是别人让他那么做的,但他没有留意是谁。有人让他坐在盖碗前,并请他将"这是我的身体"①改为"这是我的人民"。蒂昂非常喜欢这个场景,他甚至要求他们再模仿一遍。但在场的一些人对萨拉米达说"这是我的人民"的方式感到反感,他们把他面前的盖碗拿走了。后来,人们拿着文件来,拿着文件走,当时每个人手里都有一摞一摞的文件,餐厅里发生了小小的骚乱。他们就将混乱怪罪于埃内斯托·萨拉米达,因为他不属于任何一派,无人保护,处境凄惨。马加里达·洛塔好似发现了解开某个谜团的钥匙一般,但是对于我们来说,根本就不存在所谓的谜团。我告诉她,我们只打算收集有用的素材来制作名为《永不沉睡的历史》的纪录片的第一集,并且只对积极、伟大并赋予葡萄牙人民善良形象的内容感兴趣,这样老掉牙的故事就别在意了。我当时正处于莫大的痛苦之中。

"所以你对这个细节不感兴趣?"马加里达追问道。我不得不回答说是的,我不感兴趣。但是,她又补充道:"别忘了,那天,'青铜长官'和'熙德'一直吵到早上六点,他们互相指责对方是叛徒。萨拉米达说,他们把武器放在桌子上,用各种方式冒犯对方,几乎要互扇耳光,甚至可以将子弹射入对方的头颅,但是最终他们没有那么做。天快破晓的时候,这些人又拥抱在一起。你却认为律师告诉我的事情不重要。"马加里达·洛塔坚持道,"你觉

---

① 出自《圣经·新约》中的故事"最后的晚餐"。耶稣对门徒们说:"这是我的身体,为你们舍的,你们也应该如此行,为的是纪念我。"

得照片背后这样的故事没有用？好吧，你决定吧……"马加里达跟我要了照片，好像第一次看到它一般端详着。她细细观察着摆在桌上的器皿，就好像她从来没有注意到这些东西的存在。"它们在这儿：盘子、叉子、刀、各种酒瓶，还有萨拉米达前面的盖碗。安娜·玛丽亚，你真的觉得不该再听听他说的吗？"

没有必要了，那太浪费时间了。如果我们很快就要听到被教父称作"葡萄牙最高大的红橡树"的人，也就是被我们称为"熙德"的人说什么，那么我们为什么还要再采访一次上一位受访者呢？我的经验告诉我，第二次讲述总是比第一次更有趣，更真切，因为它被打磨过了。但是正因为如此，第二次讲述通常是不被记录在案的。也就是说，那是"一个无法受洗的孩子"。马加里达·洛塔同意了。

能与马加里达·洛塔共事是一件愉快的事情。

我的女同学"银莲花"有一点夸张，有些爱冒险，她挖掘八卦时有些大胆，但她也是那么敏感，那么能干，那么善解人意。她在我们所有人里最先注意到"伞形花少校"经历过痛苦的事情，在他提到他的"拉丁语迷"祖父的时候。马加里达就是这样，像一部遥感仪器。现在，我们可以放下有关埃内斯托·萨拉米达的部分了。基于已经搜集到的素材，"熙德"会继续讲述这个故事。关于这个家喻户晓的人物，马加里达读了成堆的报纸，看了成堆的视频，她对他实在是太好奇了。"熙德"在那天夜里部署了一切，他指挥的不是一两支纵队，而是所有走上街头的作战部队。他将全国各地的军队置于起义戒备的状态，在里斯本建立了一个协调行动的网络，成为北约战略家仰慕的对象。他掌控着物质和精神层面的一切，包括机场和港口，他擅于煽动人们的情绪，利用公路图制定起义的路线。她从最初就做好了采访"熙德"的准备。不幸的是，这场关键的采访因为战略家三十年前开始的任务一直被推迟，直到现在，他的行程表都是每天满满当当。这可以理解。一旦你进入历史赋予的角色，你会情不自禁地成为它忠实的仆人。历史的仆人。意识到这一点非常重要，马加里达·洛塔说。

在我们动身离开里斯本去见"熙德"的那天，我仍然对安东尼奥·马沙多的情况束手无策。早上与他告别的时候，我告诉他我要去里斯本以外的一个地区做报道，可能会比平时耽误更长的时间。这是我回来以后第一次与他当面直接提到我的工作，仅此一点就给了他机会可以说说他的工作。我等了一会儿，但纯属徒劳。父亲拍拍我的肩膀说道："别担心，我今天也会很晚才回来。"

十二

这是我们第二次尝试联系采访"熙德"。抵达普拉亚格兰德海滩[1]后,我们刚下山就遇到了我们想要找的人。出乎意料的是,他正骑在马背上。我毫不掩饰在这里能遇到照片中的"熙德"的激动。因为刚刚得知父亲的境遇,我想象"熙德"现在应该在树下过着岁月静好的日子。我设法专注于即将看到的画面。

那片沙滩的长度应该在三到四公里之间,风大浪急。我们抵达的时候已经是中午了。即便如此,潮湿的海风掠过,将我们的衣衫吹向一边。我们把车停在了山脚下,附近没有其他车辆,周围也没有人影,就连我们经过的那家餐厅也没有任何动静。远处,不难分辨出那寥寥几个在以海浪波峰为背景的景致中移动的身影。海浪击打着岩石,一匹栗色的马儿载着骑手奔跑,附近的教练挥舞着手臂,发出指令,咆哮声隐约传到我们耳中。马的肉桂色皮肤在沙子和灰色的海水衬托下显得格外醒目,与骑手的绿色装束形成鲜明的对比。

---

[1] 位于里斯本北郊。

显然，我们在观看一场训练。

受好奇心驱使，我们向沙滩走近，发现那匹马不停地从一侧踱步到另一侧，很快，我们意识到骑手和教练想让它涉水。训练内容似乎就是这样：让马踏入海浪，然后再多走几步。但是，马靠近海水后便后退、转头、甩尾，它坚决不听劝告，向相反的方向跑去。也就是说，在我们离转弯线只有三十米的时候，它向我们跑来了。可以肯定的是，骑手和教官在此期间注意到了我们，尽管他们表现得好像我们根本不存在一样。但是，我们确实在沙地里直愣愣地站着。马加里达·洛塔蹲下身子，迎着风，攥紧了一份由马背上的那个男人在三十年前亲手所写的计划书的复印件。三十年前，这个男人发动五千人一起反对一个衰败的政权，这样腐朽的政权在地球上留下了几个世纪的污秽。我的女同学简直不敢相信整个事件的发起者就近在咫尺。面对如此突如其来的状况，她的脑子里冒出了几个想法。固执的米盖尔·安热洛不需要开口，眼前的画面征服了他。他下车时已经背上了所有需要的设备，这会儿正打开他的背包和设备包，取出摄像机和电池，并主动将伸缩杆装在话筒上。我们要不要再靠近一些？让教练看见咱们？

"走。"我的女同学洛塔热切地说道。

事实上，因为距离近，教官看见我们后就示意我们离开。如果必须这样，我们可以服从，但这不是我们想要的。我们想要做的恰恰相反。事实上，我已有准备。因为不知道来到这里以后情况会是怎样的，我按照惯例随身携带了一张纸板，上面写了三个字母：CBS。当马靠近时，我让米盖尔·安热洛将纸板高高举起，骑马的人经过时，我所期望的事情发生了。马从慢跑变成小跑，并摇晃着它的下腹，慢慢靠近我们，发出低鸣。它低语着，嘴唇晃动了几下，在我们面前转了几圈，之后停下跺了跺脚，甩了甩尾巴，扇了扇耳朵，瞬间便安静下来。骑手可以与我们对话了。

"你们来自CBS？"

"是的。"马加里达·洛塔说。

马儿又原地转了一圈，教练依旧保持距离。马儿转过来后，骑手一脸阴霾。

"真是一团糟。我忙了一整天，正如你们所见，马到现在还不肯下水。不管你做什么，它只要一碰水就跑开。""熙德"说。他还没能驯服这匹马。

面对骑手的焦躁不安，教练在沙滩上一边走，一边用手指和舌头发出声响，那是一种极其强烈的爆破音。马儿做出回应，摇着尾巴离开，骑手弯下身紧贴在马脖子上，脚死死地踩着马镫，将他从高高的坐骑上欣赏到的景色让给了我们。"嗬、嗬、嗬……"教练大叫着，马儿画出一个宽大的椭圆，越过分割线向海浪冲去。下水后，这只动物突然狂奔起来，狂喜地离开，弄湿了沙子，在水面上留下了明显的蹄类动物足迹。整个沙滩都变成了这些足迹的晒场。马加里达仍处在一种震惊的状态。她近距离地看到了英雄的眼睛，它们比以他为主题的照片和电影中的看上去更具表现力。"银莲花"觉得真人身上散发出一种勇气，她虽然在很多文献上读到过相关记录，但她当时忽略了它的真实力量。她不能接受骑手不和我们说话或是不和她说话。关于这位战略家，马加里达·洛塔足足调研了一个月。我们怎么能原地不动、放弃或是坐以待毙呢？

她不甘心，从米盖尔·安热洛手中抢过纸板，跑到海浪前，将纸板举到空中，大喊道："我们有B计划，请听我们说……"马儿受到惊吓，跑开了。马加里达把她的外套扔在沙滩上，跑到山坡上挥舞着CBS的台标，更大声地喊道："拜托，您不需要中断训练，您可以骑在马上接受采访，就五分钟，不会超过五分钟……"

骑手收紧缰绳。"五分钟？如果只有五分钟，那就好办些。"他看了看他的手表，"阿诺尔多，就五分钟！"他冲着教练嚷道。

教练叫道："停，吁！"他靠近马儿，让它安静下来。

那匹马来到我们身边，表现得极为温顺。它对阿诺尔多言听计从，几乎一动不动，仅有几处皮毛像孤立的小岛一样时不时颤抖一下。卢西塔尼亚马微笑的眼睛和油亮的栗色皮毛中的深色嘴巴也在动弹，但是它的身体却犹如磐石。教练一边对它低语，一边用手穿过皮毛，抚摸着它。骑手就像坐在一块基石上，我们终于可以开口了。马加里达·洛塔准备好问题，我把麦克风递给她。风声当然会被录进去，但是没有关系，效果会像远处的雷声一样，最终出现在作品中，与海浪声一起完美地烘托大海、骑手和马的画面。米盖尔·安热洛已经捕捉了其他的环境音，比如海浪声和海鸟鸣叫的声音。我们必须动作迅速。马加里达·洛塔大声问道："先生，先生，1974年4月25日那天，最关键的时刻是什么时候？另外，还请告诉我们为什么……"

但是骑手的回答就像他没有听到采访人的问题一样。

"我来这里训练这只动物，因为《大海的英雄》明天就要开拍了，我保证这场表演会和我三十年前那个令人难忘的夜晚策划的行动一样精彩。"

"请告诉我们那天晚上的具体情况。我们有一份您制订的行动计划，我们走哪儿都把这份文件夹在胳膊下。就是这些。"马加里达·洛塔喊道，挥舞着手里的文件，想要展示给骑手并让其相信自己所说的。

骑手没有理会洛塔，继续说道："就像三十年前的那个晚上一样，这部电影的结局也必将完美无瑕。"

"这是为'BBC电影'拍摄的吗？"洛塔问道。

"当然不是，是为'BBC历史'频道拍摄的。你知道我为什么如此重视这次拍摄吗？我甚至好几天都没合眼。因为该死的葡萄牙历史学正准备把我和我的革命战友们变成一种耻辱。我们如果不把真相告诉BBC或是CBS，我们将成为一群白痴，或者说更可怕的是，我们将变成一群恶棍，遗臭万年。我不会允许这样的事情发生。"马儿安静极了，仿佛听懂了骑手在它的背上发出的控诉。骑手靠在马背上，直视镜头道："你们是来自CBS的，对吗？好吧，好好看看我，不要忘记我今天说的。我还活着。只要我还有一口气，我就不会让恶人践踏我或是我的战友们。你刚才提到了电影？提得好。有时我想，只有莎士比亚才有本事编造出这么多谎言。不幸的是，莎士比亚的戏剧在生活中日复一日地被广泛传播，而我们国家没有莎士比亚。这是一个大麻烦。这个国家缺少演员和戏剧，缺少剧作家。时间不停流逝。我厌倦了保持沉默。BBC给了我一个机会，我欣然接受。至少我能掌控与我相关的部分。"

"明天录制？"马加里达·洛塔试图与骑手建立起对话。

马儿再次低语，但被一旁的阿诺尔多稳稳地牵住。

"请稳住它，阿诺尔多。"骑手又转头对马加里达说道，"是的，明天一早。英国人六点到，我会在七点左右到这里。对我来说，这是一件非常严肃的事情，因为我不只是为了我的朋友们，更不是为了我自己。我是为人民这么做的，为了我的同胞们。"骑手重复了一遍。"有必要澄清所发生的一切，这样人们才能记下那些值得被铭记的。人们必须知道，如果被谎言驾驭，人们就会变得软弱，因为他们没有捍卫者作为榜样。一个失去捍卫者的民族就像是一群被遗弃的羊，任凭狼摆布。不过，你们还年轻，还不明白这个道理……"

"我们明白这个道理。"马加里达·洛塔说,"请告诉我们……"

"告诉你们,我打算拯救这些被剥削的人民,通过这部电影澄清某些事实,我不打算通过任何人发出预告。我要揭穿那些总是在小声传话的人,他们到处宣扬那个西班牙混蛋说的话,4月26日有人告诉他葡萄牙发生了一场革命,人民赢得了胜利。那个已经在病床上奄奄一息的流氓,却不忘侮辱我们。他说那是谎言,赢得胜利的不是人民,而是庶民。"

"那个混蛋是谁?"马加里达·洛塔问道。她第一次想到人民和庶民的区别。"那个混蛋是谁?"

"说这话的混蛋名叫弗朗西斯科·佛朗哥。他躺在隔壁国家的病床上,在葡萄牙革命发生后的第二天对美国人说了那番话。但是明天,在《大海的英雄》里,这一切都会得到澄清。"

马加里达知道我们正在与时间作斗争,但是她连基本的问题都还没问。她说:"请原谅我的坚持,但是,即使从今天回看,整场革命中,哪个时刻对您来说仍然是最重要的?"

考虑到他的时间已经不足五分钟,骑手暂停了讲述,他必须说得非常快。他说:"啊!让我想想。最重要的时刻?""熙德"继续思考:"阿诺尔多,我告诉过你,把它稳住。我在想,最重要的时刻,也就是让我对革命成功怀抱希望的时刻,是在权力移交给一位右眼眼镜片破碎的将军以后。那位将军,在4月25日前一晚和当天一早都一动不动,躲在他的房子里装死,等待结果,想看究竟哪方更有优势。权力移交给他两个小时内,他甚至没有见过我们,于是,革命断奶期就在那时候开始了。后来,将军通过那个镜片打量我们每个人,好像镜片变成了潜望镜,并命令每个人都报上姓名和参与的行动,说他打算向发动政变的人分发奖金。但是我们中的一位士兵站出来说，我们不想要任何回报。将军，我们不是为了这个而冒生命危险的。我们什么都不想要。这是一个神圣的原则。照顾好我们，将军。看，这一天还没结束，革命还在大街上持续，坦克还没回军营，那些带枪的小伙子下个月才需要睡觉。说这些话的士兵就站在我的旁边。回想起来，这是那个漫长的夜晚和漫长的一天中最美好的时刻，明天我会在拍摄《大海的英雄》时提到这些。三十年后仍然有坦克在街中央等待可能发生的事情，只需要在黑暗中响起一声口哨，然后……"

"明天就拍摄？就在这里？就在我们现在见面的地方？"

"是的，明天，就在这个时间段，我会接受'BBC历史'的采访。"马儿摇了摇头，踢了一脚。尽管阿诺尔多控制力很强，也无法完全掌控这只牲畜。马儿的身体保持静止，但耳朵和尾巴在狂风的推动下颤动着。湿气本该从海上吹来，结果却从陆地上吹来、从四面八方吹来。我把话筒举在高处有些吃力，米盖尔·安热洛就幸运多了，风阻止不了他捕捉画面。此外，我拿着照片，最后不得不给马加里达·洛塔使眼色，她似乎忘了我们事先安排好的流程。

"请稍等。"我的女同学说道。她意识到时间在沙滩上飞逝。

"请稍等，我还有一个问题要问。您在这张合影中认出自己了吗？"

洛塔将照片递了过去，骑手接过照片，眯起眼睛，端详。他的右手攥住照片，松开了缰绳，帽子垂到了脸上。"你们从哪里弄到这张照片的？"骑手问道，显然他对这张照片印象深刻，"你们不是BBC的人，对吗？你们是CBS的。是这样的，我现在不能说，否则就会重复，因为明天我会提到这个夜晚发生的事情。8月21日到8月22日的那个夜晚。你看，我的口袋里有一张折叠的纸，我的这位同僚也是，其他人也是，纸上写着诗歌。我们在那里战斗了整夜，直到黎明，但就像一首歌里唱的那样，'他们互相背叛、互相殴打、互相拳脚相加、互相囚禁，但是没有互相残杀'。那天夜里，我们就是那样。然而，最重要的是，我们所有的争论只围绕一个主题：人民。这张照片里，你们看不到人民。明天我会谈到那天晚上的事情。是时候讨论这个话题了……"

"熙德"一手握着缰绳，一手拿着照片。后来，他把照片交给了洛塔，看了看手表。"我们走吗？"骑手对教练阿诺尔多说道。马加里达走到马儿身边，将手放在马鞍上："还有一个问题，请不要离开。"

"银莲花"对着话筒说道："这么多年过去了，您如何评价您所扮演的角色？"

教练很难让马安静下来，它已经开始用马蹄不停地刨沙地了。阿诺尔多被迫绷紧了它嘴边的缰绳。早就到了约定的时间，但是"熙德"十分慷慨。他在摇晃的马背上微笑道："你问我如何评价自己的角色？"

"是的，请给CBS做一个简要的概述。您的概述。"

马儿突然转身，我们三人只得紧随其后。"是的，是的，您怎么评价？"我们紧跟在马儿身后。

"很难说。关于我的重要性，我真的不知道如何评价。但是，请谨慎，告诉CBS团队，提及我的时候要谨慎。我是那种有时躺下，但从不睡着的人。我时刻保持警惕，时刻警觉，时刻准备着一切重新开始。我就是这样的人。现在，请允许我……"

"不。"马加里达·洛塔说，"还没结束。我还有一个问题。这对我们非常重要。您如何看待自己在未来的角色？您认为国家还需要您吗？您还是不可或缺的吗？"

马儿挣脱了阿诺尔多的控制。它的前蹄合在一起，摇晃着身体，准备飞奔。骑士说："不可或缺？当然，我将永远是不可或缺的。我就像熙德，死后尸体被捆在坐骑上，手中绑着剑，被送去战场，仍能起震慑作用。我会像他一样。我的身体即便变成一具尸体也要赢得战斗。我不能再说更多了。要想一匹马既勇敢又温顺是极为困难的。这种性格上的合体在人类身上从未有过。你明白吗？现在我必须和它一起踏浪去了。我们已经晚了。"

"来吧，阿诺尔多！"

"熙德"将手放在自己的帽顶上，向我们致敬。阿诺尔多则与我们挥手道别。一摆脱束缚，马便沿着海滩奔跑起来。它来来去去，骑手的身体在它背上时而笔直，时而前倾。马加里达·洛塔待在原地，观看训练。她身着黑裙，一动不动。我了解"银莲花"，她还沉浸在刚才与历史人物交谈的那一刻，那个制订革命计划的人，所有行动的"大脑"。正如她所说，"名人中的名人"。不过，现在她最感兴趣的是观看马、骑手和教练在海浪中训练。沙滩上没有别人，山谷中也空无一人，天空中只有云朵和飞鸟。马加里达·洛塔是一个纯洁的人，我不能去打扰她。米盖尔·安热洛从远处捕捉到了那个画面，他调了焦距：栗色的马在午后的灰色海水旁奔跑。风很大，天上没有太阳。

我们费了不少工夫才将马加里达·洛塔从海滩上叫走。当我们爬上山坡时，我的女同学表示她不想再见到那个男人。绝不。她不想再近距离与他接触，不管他是站着还是骑在马上。那是一个无法复制的时刻，她只希望能被很好地记录下来，让更多人看到和听到。她不明白自己怎么能在不知道这些人存在的情况下活到了二十九岁，现在她有一种错过了一切的感觉。她说不清楚，但是感到痛苦和悲伤，也无法解释为什么。人、风景、事情完美与否都触动不了她，她觉得自己错过的不足以用伟大、毋庸置疑和全面来形容。山坡上，马加里达·洛塔觉得失落又惆怅。

米盖尔·安热洛的情况则完全不同。他一直是一位分析家。分析不能让我们免于平庸，但可以让我们免于尴尬。我已经说过好几次了。我们寻找维特拉时，他看着沙滩说："这里可以用来拍摄亨利①和贝克特②在诺曼底相遇时的场景。有那么多可以拍的主题，我们却跑来拍这个。在葡萄牙浪费了多少感情……"我的男同学说道，他忽略了对"熙德"产生的好感。但是，后来在回城的路上，他同意，"熙德"毕竟是一个重要人物，一个有些意思的人物。两个小时前，当我们在通往海滩的曲折小道上行驶时，米盖尔·安热洛还对"熙德"颇有微词。他说我们正在找的是一个自以为是的人，一个认为自己高于一切的人，因此，无论走到哪里，他都不会拥有雕像。如果真的要立雕像，人们必须同时建造三座。一座是他作为革命战略家应得的半身像，一座是发现他的罪行下令逮捕他的法官的雕像，第三座是最大的，象征整个葡萄牙社会对他的宽恕。我们哪里知道我们要找的是一个多面人，他说道，似乎又在警告我要"盯着他"。但是现在，米盖尔·安热洛看到了骑在马背上的"熙德"，记录下战略家在海边驰骋的画面，听到他所说的之后，想法变了。也许"熙德"的身上聚集了多个时代的特点。他的身上有好几个人物的影子：他拥有亚西西的方济各③的心脏、理查

---

① 亨利二世（1133—1189），中世纪的英格兰国王。
② 亨利二世亲密的朋友，依靠自己的才华成为亨利二世的得力助手，但最终二人反目为敌。
③ 亚西西的方济各（约1181—1226），天主教托钵修会主要派别之一方济各会的创始人。

德·伯顿①的不同面具,以及安德烈亚斯·巴德尔②的铁拳。米盖尔慢慢地驾驶着自己的吉普车,得出的结论是:为那个不可或缺的人物找到一个广场并在其中安置一座纪念碑向其致敬是一件很容易的事。米盖尔·安热洛为何改变了看法?大海、海鸟、马、教官、海浪……所有这些元素组合在一起,成了他的新论据。我的同学们都沉默了。三个人在返回的路上都几乎没有开口说话。

---

① 理查德·伯顿(1925—1984),英国戏剧和电影演员,代表作有《埃及艳后》《驯悍记》等。
② 安德烈亚斯·巴德尔(1943—1977),德国一个极左翼恐怖组织的领导人之一。

十三

这一章是多余的。它记录了可以舍弃的一天、一次完全多余的行动。我不应该回到普拉亚格兰德,但是我这么做了。我独自回去,而且,开着我父亲的银色轿车。

如何描述我们与"熙德"会面后发生的事情?如何解释我零星的想法和我多余的行动?正如我所说,我的同伴们对"熙德"骑马时展示出的灵活轻巧印象深刻,而我自己也无法走出那雾蒙蒙的景色,那些海浪,那在沙滩上的相遇,更不用说那些从马身后溅起的层层浪花了。骑手、马和教练,尤其是某些采访的片段,都和我一起回到了家。我进家门时,父亲并没有在等我,而是趴在书桌前打盹。

我看着安东尼奥·马沙多,想起罗茜·奥诺雷给照片里那位交叉双臂、眺望远方的军官起的绰号确实有道理,照片上的他望着古巴、地拉那①或是的黎波里。罗茜是基于"熙德"的种种表现才想到了这样一个绰号。我想,罗茜想到的这个维度既不是悲剧,也不是喜剧,更不是情节剧,仅仅是为了抒情。这么多年过去了,那

---

① 阿尔巴尼亚首都。

个人睡在马背上，就像父亲睡在他的办公桌上一样。有那么一瞬间，我觉得他们俩是一样的。蛇形灯发出的光照亮了安东尼奥·马沙多的头顶。他的下巴垂在胸前，但他的双手警觉地握紧，两只拳头僵硬地放在桌面上。他和在普拉亚格兰德骑马的那个人一样不受保护。我盯着他合上双手的拇指。从我记事开始，就知道拇指敲击键盘所用的力量是一样的，现在那两根手指正处于休眠的状态。我走近一些，说了几句话，他没听见，我咳嗽了几声，他也没听见。可能是想着我今天会晚些回家，所以他便没有去坎波佩克诺广场的梧桐树下，而是回家随心所欲地打起了盹。父亲醒来时，假装很清醒："今天我回来得早。你呢，已经到了？"他起身看了看时钟，好像他要离开似的，但是这种生活已经不再属于他了。他假装犹豫道："也许我得回报社一趟，我得看看那里发生了什么。今晚，有一篇漫画要发表。几点了？"他站在客厅中央问道，撒着谎。我甚至觉得是父亲在海边骑马。不过，他没有想到我会向他提出请求。当我这样做时，他十分惊讶地坐了下来。

"我想请您帮个忙。"我对他说，"明天我能借您的车吗？我需要去海边，自驾比较方便。"

父亲一开始愣住了，然后皱起眉头，之后便红了脸，几乎无法抑制他的兴奋。他双眼发亮，神情从容地把钥匙和驾照递给我，还告诉我车子的最新状况。他说刹车有些危险，油门也很容易卡住，他建议我小心驾驶，说那是一辆旧车了，并让我研究研究地图，现在城里每天都开新的路段，沿海的公路有些危险，他已经迷路了好几回，提醒我要把油箱加满油。也许我需要他帮忙去检查检查油箱和风挡玻璃。已经快到3月中旬了，干燥的天气快要结束了，天气预报预测会下雨。他说我该穿上风衣，或者保暖外套，因为去海边的路上西北风总是很大。他现在就可以去街上看看，看看他把车停在了哪里，因为他不记得了。如果是这样，他第二天就不去报社了。他就能待在家里，他已经很久没有倒休了。啊！能倒休一天，是多么幸福的事情。

那一刻，我看到一扇门打开了："是的，明天休息一天吧。"

安东尼奥·马沙多已经很久没有休息了，很久没有从工作中抽离一小会儿。或许他从来没有休息过，或许预见未来的人从来没有时间休息，他的大脑必须保持嗡嗡作响，将过去与未来联系起来，照亮现在。到了第二天早上，现在变为过去，不再重要。也就是说，从早到晚的这段时间，安东尼奥·马沙多发挥的作用很大。即便在美国，他在知识分子界的作用也得到了认可。安东尼奥·马沙多，一个标杆。现在他把他的车借给了他的小马沙多，这个借口让他得以在很长一段时间以来第一次真正地休息。很好，安东尼奥·马沙多，下楼抽你的烟吧，在我绝妙的请求中恢复过来，从你的睡梦中清醒过来，走在我们的树下，不是坎波佩克诺广场的树下，而是我们半岛战争大道的树下。我想了一夜。第二天早上，我向金乔方向出发了。

我确信这一整章内容都是多余的。

和前天一样，普拉亚格兰德还是空无一人，那里仿佛没有夜晚或是间歇。同样的海鸟、同样汹涌的海浪、同样潮湿的海风，一切如昨。但是，海滩上没有马、没有骑手、没有教练，也没有来自BBC或是任何其他电视台的团队。不该是那样，已经下午一点了。可是，真相应该被揭露。我不会遇到任何惊喜了，一切都是想象出来的。就这样，现实是赤裸又残忍的，曾经作为很多电影取景地的普拉亚格兰德并非任何名为《大海的英雄》的电影拍摄地，无论是虚构的还是纪录片，它都不是什么取景地。我早就预料到这一点，因为某种难以言说但又可以理解的原因，某种感觉，像鞭子抽在空中，仅此而已。

就是这样。前一天晚上，当我走进家门，看到父亲在书桌前打盹时，我就意识到安东尼奥·马沙多所经历的一切与可能发生在"熙德"身上的事情之间存在着联系。"可能"，藏于大脑最黑暗角落的愚蠢告诉我，它纠缠于智慧之光最无法企及的灰色绞线之中。一种偶尔会发光的灰光。"明天，普拉亚格兰德一个人都不会有。"太阳在雾气中升起，沙滩上空无一人。我向安东尼奥·马沙多借车，为了证实事实并非如此。我希望看到这里有人，几个英国人扛着设备和机器。我甚至希望沙滩被暂时封锁了。马奔跑于海浪中。我想看到《大海的英雄》正在拍摄之中。但是，什么也没有，就像我说的，空无一人。

事实上，山坡上，两辆马车被拴在一起。两辆锃亮的汽车停在巴洛克式建筑前，一辆挨着另一辆。普拉亚饭店在营业中，两个人踩着木板，进进出出。是两名服务员，一位身穿白衣，另一位穿着一身黑衣。我走进饭店。果然。但是，我唯一没有预料到的，就像我前一天没有预料到会有一匹马和一名教练一样，就是"熙德"正背对着门口坐在餐厅最里面。战略家把他的尖顶帽子放在桌上，旁边有一个高高的玻璃杯和一个离茶杯有些距离的碟子，地板上散落着几张餐巾纸，其中一些就在他的脚下。他背对着入口，面对大海，坐在挨着栏杆的最后一张桌子旁。

我应该先了解清楚究竟发生了什么，还是索性让不确定性继续，将我的猜测视为理所当然，让这一章成为多余？我该怎么办？走向被罗茜·马沙多称为"熙德"的那个人？对他说，昨天我们和您见过面，您在沙滩上训练，到底发生了什么？可是我没有这样做，我看着"熙德"静止的背影，僵在一旁。需要有什么把我从僵立的状态中拉出来。此时，就在餐厅内，阿诺尔多正俯身在柜台上与两名员工交谈。

那一刻，我以为录制已经完成或是被推迟了，可是当我靠近柜台，看见教练拉长的脸，证实事情不是我想的那样。驯马师身材魁梧。他认出了我，张开双臂，悲伤地发出"哦！哦！"声，这是他与动物沟通时用的喉音。他解释道："我们一直在这里等，可是到现在他们都没来。我们不知道发生了什么。"接着他又说道，"我们从早上六点就一直在这里。先前我们被告知，拍摄将在七点三十分左右开始，那时的阳光柔和，但最终没有人出现……"两名服务员和餐厅老板也很失望，老板甚至走了过来。

白衣服务员补充道："你问这个干吗？我们大老远赶来，特地为来自BBC的尊贵的客人们准备了咖啡、冰块和三明治，结果，根本就没有这回事。"

阿诺尔多则指着山坡说道："那马呢？马就在拖车里，它不能在那里待太久。不能对如此价值不菲的动物这么做。这样的一匹马，蹄子泡在水里好几天，容易得风湿病。可是我们付出的所有努力都白费了。我已经擦干了它的蹄子，在它的背上盖上了毯子。我给它接了一大桶温水喝，为它保暖。另外，我想知道，谁来支付这些费用？我不知道谁来付钱。他会付钱的吧，是他雇了这匹马……"

餐厅老板走了出来。他身着西装，打扮得十分讲究，看样子也为拍摄做好了准备。他说："我不知道究竟发生了什么。我感到心疼的是那个人遭受了打击，又一次打击，好像他遭受的打击还不够多似的。对吗，阿诺尔多先生？"

阿诺尔多说："哦！你无法想象我和多少人沟通这件事。当然了，他们都是英国人。我有他们整个团队成员的姓名和电话号码，不过，总是他们给我打电话。他们都说着流利的英语，我感觉是BBC的英语。他们的号码显示是从国外打来的，以0044121开头的号码，应该是伦敦的号码。但是，我刚才给那些号码拨过去，它们要么不存在，要么不接听。是的，他也试着打了电话，但是被告知号码不存在，或者已停用。可是，所有的准备工作都就绪了，他们想让他用这样的台词开场：'我，大海的英雄，高贵、勇敢、不朽，明天将再次托起葡萄牙的辉煌……'他们甚至做了翻译。然后，我不知道为什么，我有一种感觉，觉得事有蹊跷。但是我什么也没有说。我有什么资格警告别人？是一些不安好心的小混混设计的恶作剧。一场低俗的恶作剧，一场令人失望的恶作剧……"教练说。

"我不知道……"餐厅老板说。

餐厅老板是"熙德"团队的人，他知道教练在说什么。而"熙德"独自一人，背对着我们，在餐吧的阳台上坐着。阿诺尔多、老板、黑衣员工、白衣员工，还有我，一起望着战略家。我们感到无比惆怅。餐厅老板说："别看他坐在那里，面对大海，琢磨着这个卑鄙无耻的行径，但请相信我，他所承受的痛苦比我们看着他而受的苦要少。他是一个强者，4月的大英雄，被冤枉入狱，受尽折磨却不反抗，他身陷囹圄，却在策划如何解救我们，他的思维是民主国家的人们才具备的。当时，即便是法国国家元首也认为为他提供逃跑的机会才是正确的,而他本可以做到。他有很多次机会,但是他不愿意。他在牢里待了多少年?好多年。他什么时候屈服过?从来没有。这样的人不适合普通的、复杂的游戏,真的,他不适合这样低劣的游戏。狗娘养的。要是让我知道是谁干的!"

黑衣员工说:"这可不是英国人干的,我的老天,这是葡萄牙人干的。这事情有民族特色……"

"我们该怎么办?"白衣员工问老板。

"听着,别婆婆妈妈的了。你干吗要可怜他?"西装革履的男人说,"母鸡才有羽毛①。别为他感到惋惜。没过两天,他就要接受意大利或是德国电视台的采访了。坐在那里的那个男人不属于咱们,伙计们,他属于世界。别再说什么惋惜的话了。"餐厅老板还说,大家都可以离开了,他会留下,一直陪着战略家。

"我该走了。"阿诺尔多说。教练摇摇晃晃地从餐厅离开,没有和我们说再见。

山坡上,那个锁着马的大箱子开始挪动,一个大玩具慢慢消失在朦胧的地平线上。

我沿金乔公路返回,一路为自己的所作所为感到羞愧。我无权去验证自己的预想正确与否,我甚至想象着自己要为这一天的崩塌负责。我得出的结论是,愤世嫉俗在世界上有它的力量,它能预测事实,自远处就看见它们,它召唤黑暗与邪恶,总是与结局和灾难密切相关。愤世嫉俗会转化成具体的行动,我在反对那个骑在栗色马背上的快乐男人。回家之前,我不知所措。我将父亲的车泊好时,感觉自己就像白杨树的叶子一样脆弱。我不想这个世界上的任

---

① 葡萄牙语中,"可怜、惋惜"与"羽毛"可用同一个单词来表达。此处有双关的意思。

何东西踩踏另一样东西，走进家门时，我不想再冷漠地经过父亲身边。安东尼奥·马沙多不会问我任何关于为什么要用车的问题，谢天谢地，否则我该说些什么呢？告诉他我去证实了那些与他同辈的人，那些照片中的英雄，如今都被信息化、技术化和全球化的新世界拖垮，因为这个新世界不给纯朴和想象留一点空间？很庆幸他什么都没有问。

　　好在安东尼奥·马沙多假装自己休假了，而我假装自己对他的离职一无所知。好在我告诉他，好像他并不情愿似的，最好休几天假，我想这样可以缓解他的情绪，至少可以让他免于在树下度过一整个下午和晚上，最后按照旧时间表回家。比我年长三十三岁的父亲，接受了我的建议。既天真又纯朴，是的，他接受了女儿的建议，完全接受了。看，如果安东尼奥·马沙多休几天假，他可以待在家里，每天睡到很晚，去看看电影，做其他人在休假时都会做的事情，他甚至可以不用预测未来。况且，如今的世界里，未来很容易读懂，不是吗，安东尼奥·马沙多？除了一个栗子大小的洞能透出亮光，未来漆黑一片。在这个没有尽头的污秽的宇宙中，虚无与意义之间存在一种平衡。预测这样的世界是如此简单，如此容易。所以我们自然而然地交谈着。撒谎、假装，我们就能免于一场我们不想说出口，也不想它发生的现实崩塌。多年来，父女二人第一次坐在客厅的沙发上，谈论着一个不存在的假期。我们哈哈大笑。所以，这是可以省略的一天，这是可以省略的章节，只是为了遗忘才有些用处的章节。我们需要物质来遗忘，就像我们需要物质来记住一样。它们互为条件。两者在一起，就像两个贝壳，构成了我们的灵魂。米盖尔·安热洛和马加里达·洛塔不知道我重返普拉亚格兰德。我没有告诉他们我去过那里，也没有告诉他们永远不会有一部叫作《大海的英雄》的电影。干吗要告诉他们呢？

之后，我们马不停蹄地拜访了"查理8"。

我们约好3月18日去见他。3月16日，一场暴风雨袭击了葡萄牙。还没等雨停，一条紧急讯息就飞越大洋来到了我身边，那开头听起来像是中国人的诗歌。鲍勃·彼得森就是这样。

再快点，再快点，再快点
我亲爱的松鸦
时间流逝，抓紧工作。

十四

  那个下雨的早晨距今已经有六年时间。即使是现在，我依旧能闻到从窗外飘来的潮湿泥土味。我眼前浮现出"查理8"的模样，就像很久以前看到他走进我们家一样，他孩子般的脸庞和友好的笑声，一切对于我来说都是那么轻松。火车缓慢地行驶着，好像发动机拉不动车厢似的，窗外是平坦的土地。自上周日夜里到周四早上，雨水不间断地袭击了中部地区。特茹河水位上升，快要决堤。灰色早晨的灰色光线预示了一天的阴霾。米盖尔·安热洛一言不发，马加里达·洛塔也对我们此行的目的表现出一定的克制。她的膝盖上放着一大摞文件。和其他人物一样，直到三个月前，"银莲花"对于这个被罗茜·奥诺雷称为"查理8"的人还一无所知。

  从我们12月进行的初次谈话推断，她觉得这个名字可以出现在包括广场、街道、公共区域和大桥在内的任何地方，并没有思考那会是一个什么样的人，或者他扮演了怎样的角色。这样的事情会发生在全班学习成绩最好的学生身上吗？任何未知都是有可能的。我们交谈了几分钟后，她的脑海中模糊浮现出一个与康乃馨相关联的乡巴佬的面孔，仅此而已。她甚至坦言，她觉得这样的人物与发生在二十世纪初的一个10月5日的那场血腥革命有关，在那场革命里，葡萄牙国王和王子双双被枪杀身亡。近五年来，她探访了众多身披世俗荣耀光环的人，成为研究皇家事务的专家，从随从的行头到穿戴，洛塔直接跳过六十年的历史。因为有这一层背景，拿着康乃馨的农民在她看来就是1908年在商业广场南翼枪杀卡洛斯一世的肇事者。此外，即便相隔六十多年，两场革命的一些场景几乎发生在相同的地点。不过，等我第二次从华盛顿与她通话时，"银莲花"已经纠正了自己的错误。直到最近几周，结合她对"熙德"所做的研究，她才明白"查理8"是谁，并制作了一张年鉴，详细研究这个已经消失了的人物的行为。过去的五天里，她埋头研究了大量的历史资料。现在，洛塔还在专注于她所做的研究，即便坐在靠窗的位置上，也完全没有注意外面被洪水淹没的场面。

———•———

透过污迹斑斑的玻璃，可以看到古老的修道院，光秃秃的土地上零星有几个黄色的仓库，道路上的积水一直淹没到树冠，但是"银莲花"完全沉浸在三十年前的那个春天的早晨。洛塔说："那天早上，他站在商业广场上，对方首领命令向他和他身后的一切开炮，他却岿然不动。这是我一生中读到过的最壮丽的场景。"

"银莲花"沉浸于那些历史画面中，没有在意外面已被洪水淹没，包括直立的杨树和那些只露出屋顶的房子，直到我们在目的地下车。米盖尔·安热洛因为没有开自己的维特拉而生闷气，马加里达·洛塔则絮叨了一路，就这样，我们坐着一辆出租车，穿过一片丘陵和树丛，沿着弯曲的小道抵达了"查理8"遗孀的家。即便路途曲折，马加里达还是不停地问："你回忆起小时候看到他坐在你家与你父亲谈话的场景，有什么感觉？你还记得些什么？他那天在卡尔莫广场说话的声音就像是录播的声音。他有没有和你说过话？他有没有在你小时候把你抱在怀里？你父亲邀请他去你家一起吃饭那会儿，他和其他人就已经被跟踪了。想到这一点，我就对这个世界感到厌恶……"

洛塔将米盖尔·安热洛营造的宁静一再打破，她认为与其来见遗孀，不如直接去他的坟墓。我们应该去那里，直接与他的名字对话，向全世界展示究竟发生了什么。她曾在照片中看到过，那是一座浅坟。在那块光滑的石碑上，他下达指令的画面是对其他所有革命者的致敬，他们或已在同样的墓地中安息，或是很快即将安息。马加里达继续说着，出租车则在不停地转弯，直到最后一道弯把我们引到了"查理8"的旧宅。门口，他的遗孀拿着两把雨伞在等候，我们刚到，她就将伞撑开了。洛塔说："想到他自己建造了这栋房子，现在我们要进去，那个人是他的遗孀，曾经年轻的她与他结婚、跳舞、听音乐……"我们穿过大门，"银莲花"一直全神贯注，在"查理8"遗孀面前默默地坐下了。女人穿得像个农民。我完全被暴风雨镇住了，感觉我们刚刚避开了风暴撞击客厅窗户那一瞬间可能造成的伤害。我们来得正是时候。雨滴敲打着窗户。灰色的雨水在一个灰蒙蒙的下午落下。而那个下午的主题是那位缺席的人物，他像在灰色的世界中发光的火柴。在我们交谈的过程中，关于他的赞美为我们勾勒出一系列人物形象。也许正因为此，我们决定从"忆往昔"餐厅的照片开始我们的采访。米盖尔·安热洛开始调试设备。

可是，如何重现"查理8"遗孀家中发生的事情呢？

他的遗孀开始下意识地自我保护起来。她用物质包围我们，想让我们先吃点东西、喝点水，让我们先去厨房，像在自己的家里一样。她心中的感受可以理解。我们试图从她的身上寻找关于另一个生命的记忆，但是对于她来说，死亡过于沉重，于是她想要点亮周遭，她请我们喝咖啡、喝茶、吃甜点，让这屋子里充满了母性的温暖。她的朴素更强调了这种常态，仿佛在告诉我们活着和死了没有什么区别。但是我们既不能接受壁炉的温暖，也不能接受那些让人觉得再普通不过的待客之道。我们不能这么做，我们只是代表CBS来执行一项还原记忆的计划。于是，马加里达·洛塔在摄像机镜头前拿出了那张照片，希望"查理8"的遗孀自由表达自己的看法。"请告诉我们你看到了什么。"她请求道。她们二人都做好了准备。

寡妇戴上眼镜，拿着照片端详了一番，露出了笑容。她穿着农家装，笑得很开心："啊！你们带来了一颗星星。又多了一颗。这么多年来我一直在寻找这张完整的照片，但是不知道去哪里找。只要是有我丈夫的照片，我都会抓住机会冲印两张副本，一张完整的，一张他的单人照，然后把它们挂在墙上。楼上，我有几十张我丈夫的照片，都是放大的，他坐在桌子旁，微笑着，看着我们。我也有这张，不过不是完整的。我的丈夫那时还是一个少年呢，很年轻。这个，就是他……"

寡妇说话时完全没有注意到她的领口上别着一个小麦克风。她忍住了，但是你能看出她喜出望外。她补充道："有人说，巧合是上帝在今生的指纹。你们今天就给我带来了这样的巧合。即便并非如此，看上去也确实是这样。我想请你们把这张照片借我用一下。"寡妇准备把麦克风摘下，好像我们远道而来的目的只是让她能从图像中认出她已故的丈夫。马加里达·洛塔制止了她,问她是否能认出照片里的其他人。

寡妇快速扫了一眼照片,说道:"照片里的女人们,我不认识。但是这些男的,是的,我都认得。我敢打赌,这张照片是在革命爆发一年之后拍摄的,当时,我丈夫参与的那场革命已经失控了。他说他帮着打开了一个水闸,但他们没有意识到他们打开的是会让河水泛滥的水闸。我丈夫说他能理解,他说没有自由的日子和学会自由生活所需要的时间之间存在某个数学比例关系。我丈夫是个圣人,他一直在学习,但在某种程度上他不需要这么做。他通过观察火车领悟了生活节奏。他的父亲是一名铁路工人。火车呼啸着来回,日复一日。至于这张照片,我不知道是在哪里拍的。如果是在某个'忆往昔'餐厅,那么就是了。我在照片里看到了我丈夫经常提起的那些人。这个人手里有把枪,但是我丈夫说那是在开玩笑,对于一个总是纪念耶稣受难日而没有复活节的国家来说,炎热的夏天就是狂欢节。尽管他不是信徒,但他在宗教中找到了很多表达方式。他说他觉得很多东西用言语不足以表达。有时候,他找不到合适的词语……"寡妇把照片还给马加里达,又试图摘下麦克风。雨一直下。

"请稍等。"马加里达·洛塔说道,"我们的采访才刚刚开始。"

"才刚开始?"

"希望您回忆一下,您丈夫在意识到'末日政权'行动会成功时对您说过些什么。这对我们很重要,对我们的纪录片很重要。"马加里达说完示意被采访者看镜头。

但是,她不该这么做。寡妇被吓到了,她借口说雨水一直在敲打窗户,试图摘下麦克风。我们只得告诉她,这只是一个初步的录制。我们向她解释了我们使用的是一个叫罗伯特·彼得森的美国人推荐的"猎人之道"的方法，他在制作一部系列纪录片，目的是歌颂那些鼓舞人心的历史时刻。最近，我的同事们正在捷克、匈牙利、德国、罗马尼亚和其他国家进行拍摄。而我们的历史时刻与众不同，是与鲜花联系在一起的。她可以畅所欲言，没有经过她的允许，她说的任何东西都不会出现在最后的成片里。寡妇听完，将手从麦克风上拿开，说道："那我没有什么要说的了。那些事情都有白纸黑字的记录。"

"但是，并不是所有的事情都被讲述了。在不能采访他的情况下，我们想听听您说的。这很重要。"

寡妇妥协道："那我再说一遍我知道的。那天早上，在瑙什滨河大街上，当一名中尉朝着反方向的军械库大街行进时，我丈夫意识到一场伟大的胜利即将到来。和其他人一样，中尉手里拿着一块白色手帕。首领打了他一巴掌，命令部队向这位中尉开火，但本应执行命令的上校却没有这样做，他说他不忍心瞄准他敬爱的战友。大家的目光都聚集在上校和中尉身上。当时已是早上十点。我丈夫觉得他们安全了，因为尽管五千士兵分散在各处，但却因友谊而团结在一起。我丈夫就是这样。从在非洲服役开始，他就认为友谊是可以带上战场的最佳精神食粮。与中尉的冲突发生在上午十点，我丈夫总说那是关键的'第一章'，决定了他在十点四十五分采取的行动。但是，白色手帕的第一幕并不是我丈夫上演的……"

寡妇望着被雨水敲打的窗户。

"一张纸的正反两面。"马加里达·洛塔鼓励寡妇继续说。

"确实。我丈夫从不希望将这两件事情混为一谈，他从没想过篡夺任何东西，包括书面信息或是任何他自己没有说过的话。他确实带了几条白手帕，是我给他准备的，不知道他用了没有，我只知道他口袋里装着一颗手榴弹朝第七骑兵团的车走去。这发生在我丈夫身上的令人难忘的一幕是那天的'第二章'。他总是声称转折点在那之前就已经到来。今天，任何寻找这个转折点的人都会说，有一个年轻人，手里拿着一块手帕，张开双臂，将自己置身于眼前的战火中。他总是说……"寡妇继续说道。这样的话，她显然已经重复过一百遍，否则不会说得如此连贯和不加思考。最后，她总结道："从那时起，我丈夫知道，好运即将来临。"

我们在壁炉前并排坐着。马加里达·洛塔没让"查理8"的遗孀起身，摄像机镜头就在她的面前，她无法逃避。马加里达看着她说："但是，对你丈夫来说，最重要的时刻是什么？或者说，给他留下最深刻印象和最具代表性的时刻是什么？"

寡妇有些抗拒："最具代表性的时刻？如果值得铭记的时刻那么多，我怎么能说哪个是最具象征意义的呢？我要从他曾经选择过的那些时刻中进行筛选，对我来说是一种冒险。有一天，如果别人在我的选择之上再做选择，那么选择永远不会停止，一个又一个的选择，我们将距离真相越来越远。如果我们一直沿用这种方法，那么几十年后，没有人会知道真相从哪里开始或是结束。"

寡妇叹了口气，最终妥协道："既然你们这么感兴趣，我不得不说，对他来说，最具象征意义的时刻似乎是在第七骑兵团投降之后，他所在的纵队沿着奥古斯塔街行进。他说，走了一段距离以后，他们快要抵达孔塞桑街时，他一转身，发现拱门上的钟似乎停下不走了。他说他感觉整座城市都在等待，他说他觉得自己不能想太多正在发生的事情，而应只考虑下一步。他说他看到大钟停了，有人在给钟上发条。当他们走过柱子时，人们开始欢呼，但他什么也没有听到，只听到拱门上发条的声音。我丈夫告诉我，他在罗西乌广场时,第一步兵团在国家剧院前投降了,他听见拱门钟又开始运作起来。嗒、嗒、嗒、嗒。他说,时钟在他的脑中一直嘀嗒作响。这是他曾经写下的话。他说这就是他能够等待和保持沉默的原因,这就是他有勇气去安抚人群、放火烧国民警卫队司令部又阻止火势蔓延的原因,这就是他有勇气利用中间人去与被罢免的政府首脑交涉、有勇气继续奉献自己生命的原因。他说,他和他的战友们为了让一个停止的时钟能够再次慢慢地、无休止地转动,轮番去给它上弦。他说,他知道那一刻,五千人正在拨动历史的指针。当自由来临的时候,钟面被照亮了。我丈夫告诉我,两天后他就可以回家抽烟了。那场景非常美,他说。我同意。那场景实在是太美了,以致之后想要超越它,生活将变得十分困难。我这么说,是因为我见证了后来发生的事情。任何曾经在这样的钟面上拨弄过指针的人都过不了柴米油盐的生活了。当时间的嘀嗒声成为一种例行公事时,日、月、年变得如此难熬。正是因为这个原因,他说不该过多地重复'那场景非常美',因为对于出生后经常听到钟声的人来说,这可能会显得荒谬。他说那场景对于我们来说很美,我们的时钟停了下来,但是对于我们的后辈来说,他们不需要知道有一些人愿意为了拱门上的时钟而献出生命。我丈夫常说,我们不能用那一天的祈求去填满后来者的脑袋。当每个人都可以忘记他们被需要甚至存在时,那该是多么幸福。我丈夫就是这样超脱。我的丈夫是一名隐居的英雄。"寡妇说完,又试图把麦克风从领口摘下。

"等一下。"马加里达说。

我了解"银莲花"。此刻,她虽然坐在寡妇对面,但她实际已经魂不守舍。寡妇的话将她带到了很远的地方,她拿着采访提纲的右手颤抖着。寡妇望向外面,想站起来看看水槽排水是否通畅,因为她能看见红瓦上冒着水泡。然而,马加里达·洛塔没有让她起身。寡妇的话超出了"银莲花"的预料,不过,她已经做好了充分的准备,不会在还有那么多问题要问的情况下浪费时间。已是下午一点,外面下不下雨都没有关系,我们既不饿也不冷,与寡妇一直惦记的不同,我们既不想吃东西也不想喝什么。马加里达·洛塔改变了提问的角度,她想知道他们过得是否幸福。

她意识到自己冒着侵犯别人隐私的风险,问道:"抱歉,请问您还保留着那些圆盘式的老唱片吗?您那个时代的人们习惯边听唱片边跳舞。"好学生"银莲花"对寡妇吟唱道:"Et si tu n'existais pas, pourquoi moi j'existerais..."[①]做了精心准备的"银莲花"把老歌从头唱到尾。寡妇也跟着哼唱起来。"银莲花"伴随着寡妇的笑声也笑了起来。开心的寡妇说道:"我们一直都很幸福。在快乐的日子里,他问我:姑娘,跳一曲吗?我们就去楼上跳舞。我从来不擅长那样的事情,但我会把脚放在他的鞋尖上,跟着他的舞步一起舞蹈。我是他怀里的一只鸟。Pour qui j'existerais.[②] 他在我耳边呢喃。我们常用法语交流,那是我们的感情语言。"

"真的吗?"马加里达·洛塔问道。洛塔可以很优秀,也可以变得很危险。带着窥探隐私的语气,她似乎想问寡妇,年轻时的

[①] 法语,意为"如果没有你,我将会在何处……"。
[②] 法语,意为"我为谁而存在"。

她脚踩在"查理8"鞋子上跳舞，袜子是什么颜色的。米盖尔·安热洛询问我们能否上楼去这个私密的地方看一看。于是，我们上了楼。在那里，气氛都变了。

如何解释这个星期四，3月18日，发生的一切？

寡妇站起身，先将麦克风贴在她的衬衫上，然后把一根手指放在嘴唇上，示意我们跟着她。我们开始爬楼梯，不敢发出任何噪声。楼梯是木制的，一直通往阁楼。放唱片的小桌子也是木制的。寡妇二话不说，向我们展示了丈夫的书房，在她的默许下，摄像机镜头开始扫视。她指着满墙的照片，那些记录了当天在商业广场发生的重要时刻的照片，装裱得当，还有那张"忆往昔"餐厅照片的副本。那张照片里没有酒瓶。然后，她给我们看了他读过的最后一本书，给我们看了他的身体在皮沙发上留下的印记，他的后脑勺经常靠在那里，沙发已经褪了色。那是他读书的地方，那是他打瞌睡的地方，那是他听新闻的地方，那是他做笔记的地方。寡妇轻声低语，生怕会吵醒别人似的。我们坐进沙发，特地避开那个印记，寡妇坐在旁边。也许是因为那个空间几乎完全被沉闷的木头覆盖，也许是因为别的原因，雨水落在玻璃上本该发出声响，但是我们什么都没有听到。我有一种感觉，我们已经进入了神话的中心，它就在我眼前，我望着它，却不知道如何命名它，也不知道如何进入它的核心。也许事物的核心并非一个中心，也许它是一种抽象的想象，如果不通过一个比喻，我们无法靠近它。我们进入了这个神话故事，却无法触及它。不过，"银莲花"找到了我正在探寻的方式。为了不吓到寡妇，她以肯定的语气说道："所以您的丈夫抑郁而终。"

"什么？"

"我问他是不是抑郁而终。"

寡妇确认了一下麦克风处在开启的状态,接着,她提高音量,断然回答道:"当然不是,大家都知道他是久病不治。不幸的是,那个邪恶的家伙出其不意地袭击了他,那个半夜行窃的小偷,所以他才走了。他并非抑郁而终……"但是,马加里达·洛塔比我更聪明,她小心翼翼地低声回忆起来,好像有人在那个房间里醒来似的,这个人一定是被许多烦心事所困扰。寡妇将双手夹在裹着农家裙子的膝盖之间。她在克制自己。"银莲花"用极低的嗓音说道:"您的意思是说,部队九年都不提拔您的丈夫,还把他放逐到无所事事的地方和岛屿,让他当狱警,而他,作为为国家重获自由做出最大贡献的那个人,不是抑郁而终?"马加里达想起前几天刚刚了解到的一些令她颇为震惊的事实。

寡妇紧张地对着镜头和麦克风,大声地回答道:"你知道吗?一切都是偶然。千万不要忘记,五千人发动了政变,他们互相承诺,没有升职、没有特权、没有差别。不管怎样,他们永远团结一致,没有区别,不管结局是好是坏。这是一个庄严的誓言。只是,时光流逝,他想坚守那个原则,不愿有什么分别。因为服役年限的原因,他后来当了狱警。没有人因此受到指责。不是他抑郁而终,而是世人怜悯他的离去。我的丈夫深受爱戴,他对每个人都非常友爱。他们说,如果他把手放在孩子的头上,这个孩子就会茁壮成长。为什么要伤害他?"寡妇问道。她不情愿地看着镜头,对着麦克风提高了音量。

我已经说过,马加里达·洛塔做好了充分的准备,她与寡妇的战斗是温和的,她的毅力惊人。洛塔没有放弃:"坦率地说,我的女士,我们有证据表明他也曾被憎恨,曾受到迫害。在等级制度中,他没有被视为一个解放者,而是被当作一个受牵连的人。我们有证据表明,当他去世时,许多人都去了军校礼拜堂,只为确认他已经死了。他们摸着他的手和脸，确认它们已经彻底冰凉。我们有证据，我们查阅了文件，走访了了解情况的人们……"洛塔轻声说道，为了不吵醒任何人。但是，除了我们，有人醒了。如何解释在山丘和曲径之间消失的那栋房子的一楼里发生的事情？

———·———

"女士。"洛塔说。

寡妇看着镜头，任由自己被拍摄，但是她把手放在了领口，握拳捂住了麦克风："其实，当他们把他派去海岛的时候，我想争取一下的。在他不知情的情况下，我想像其他女人一样，我想到请夫人们介入此事。我甚至打电话给共和国总统的妻子，但那位女士去购物了。我甚至打电话给武装部队参谋长的妻子，但那位女士去看电影了……"

寡妇声若蚊蝇，马加里达·洛塔也是，米盖尔·安热洛和我都一声不吭。我确信我们已经唤醒了某人。"银莲花"问的正是我想问的，也许是我们的摄影师也想问的问题。寡妇为何不明说，为何省略不该省略的？我们知道发生了什么，但是没有她那么清楚。"查理8"和他的同伴所遭受的报复有具体的实施者，他们有名有姓，位居一个自由国度创立的组织架构顶层，能将一切都合法化。寡妇比我们了解更多的内幕，我们想让她具体解释那些我们只大致了解的内容，但是她拒绝这么做。马加里达问了我想问的问题。我充满好奇的部分就是她也想知道的内容。寡妇握拳捂住麦克风说道："我丈夫对'自由'这个词进行了很多思考。他常说，自由过早地被那些无论是在拥有自由还是在被压迫的情况下都会被派遣的人所攻击，因为他们能适应一切。这些人生来就是为国家赴汤蹈火的，他们能在两者之间周旋，能够生活在任何政权之下。我丈夫的语言功底深厚，他管他们叫作'两栖动物'……"寡妇收回拳头，对着麦克风大声说道："发生在我丈夫身上的事情纯属巧合……"马加里达·洛塔对于寡妇的谨慎感到惊讶，她也提高了嗓音。我确定那个房间里有五个人，而不是四个。

"您真的认为纯属巧合？"

"银莲花"想知道，为什么所有退役的国际和国家防卫警察都依据不同的服务年限获得了不同级别的养老金，唯独她的丈夫没有得到任何补偿。这一事实应该证明了发生在"查理8"身上的一切并非巧合。

寡妇身上的麦克风还处于开机的状态。她看了看摄像机镜头，说道："并不是那样的，他们没有拒绝支付我丈夫养老金。根据法律，国际和国家防卫警察可以获得那笔养老金，但我丈夫作为那天晚上走上街头的五千人之一，不可以。有一个适用于'英勇行为'的法律框架，但是其中没有任何一项条款适用于我丈夫的'英勇'。"之后，寡妇将手伸到领口处，握拳完全盖住麦克风。即便如此，她还是用一种略带胜利者姿态的低沉语气说道："关于这些，我丈夫都知道。但是他想做的是将那些人逼到墙角，向世人证明，解放后，自由仍在大门外徘徊。建立了那么多年的新政权仍然和旧政权一样老朽。这就是我丈夫想要做的，而且这一切都被证明了。他做到了……"寡妇对着镜头咧嘴一笑，她将麦克风握在拳头中，紧紧锁在手中。她刚才所说的没有被录下来。接着，她松开手，大声说道："他们没有拒绝支付这笔养老金。这是不可否认的事实。除此之外，我什么都不知道。我丈夫的办公桌上堆满了我从未读过的文件。可能有一些文件能澄清这些问题。谁知道呢？"

马加里达·洛塔目瞪口呆，事实是，那个书房里还藏有一人，这个人比寡妇知道的要多得多。寡妇说完便将麦克风摘下了。米盖尔·安热洛将摄像机搁在膝盖上。然后，在摄像机关闭且被采访人没戴麦克风的情况下，我们得以了解为什么其他参与政变者得到了嘉奖，而"查理8"的功绩却被否认了。我们了解到，军事法庭的法官以"查理8"的无私和英勇行为并不适用当时的法律条款（44-82）为由，用一个黑色的大十字叉驳回了他的申请。但是，法律认为其他参与政变的人员的行为适用以上条款。这是屋里的那个人告诉我们的，寡妇本人毫不知情。单纯的农妇不知道，后来这份文件到了总理手里，总理立刻意识到它会引发轩然大波。

那个人说，总理很清楚，距离瑙什滨河大街上发生的那一幕已经过去了很多年，但"查理8"仍然将手榴弹放在裤兜里，无论走到哪里，都带着那件武器。这很危险。万一碰巧爆炸了，他身体的一部分还会在空中飞舞，玷污了总理的名声。总理洗了两次澡，给自己喷了香水。然后，他向国防部部长征求意见，"查理8"被拒付养老金的故事就这样开始了。说到这里，寡妇一脸惊愕道："嗯，我怎么会知道那些细节？我发誓这一切都过去了。"但那屋里的另一个人清楚寡妇不清楚的部分。于是，国防部部长认为应该征求一百一十一名法官的意见，把他们的意见综合起来，过一段时间，就可以对"查理8"的养老金申请案下定论了。但是，总理认为这个假设是一种非常危险的权宜之计。人们会认为，需要这么多法官可能是为了达到永远无法得出定论的目的。这样的处理方式也很危险。寡妇一定知道，总理顾问也被叫去征求意见。外面的雨一直下，一直下，一直下。

雨一直下。我们得知，总理顾问说，如果无限期推迟意见征询，就不会有所谓的反对意见了。根据圣奥古斯丁①的说法，人类的时间包含了现在，也即一切；过去，是我们记忆中的昨天；而未来，则是我们回归现在的明天。所以，这个决定是短暂且永远不会发生的，因为它属于明天。总理顾问是一个信徒。"为我们祈祷。"在没有时间的时间里，当所有人都想成为正义和善良的人，当所有人都想享有法治和人权，所有人都会被事先原谅。财政部部长也被要求就"查理8"养老金事宜提出建议，因为一旦将养老金发放给其中一名参与者，就有可能不得不将同样的权利扩大至五千人，国家预算将无限期地承受压力，这位部长建议将案件交予他了解的某个机构进行协商，这个机构由十一名法官组成。

十一名法官将抵达葡萄牙，在十年或更长的时间内举棋不定。这十一名法官实际上都是裁判官②，这似乎对大家都好。十一个做不了决定的法官。即便他们做了决定，结果一定是"否"。不过，令高层不适的意外还是发生了，因为他们派去监视整个投票过程的监视员疏忽大意。信使带回的十一位法官的决定是"是"，他们同意给予"查理8"领取养老金的权利，以表彰他的英勇无畏。"查理8"并不想要养老金，他想要新政权承认他所参与的自由运动。十一位法官在决议中表示：承认自由运动是新政权存在的基础。就在这时，双手放在膝盖上的寡妇抽泣起来："我从不知晓那十一个法官的决定，而让我最难受的是我丈夫自始至终都不知晓那个决定。怎么会是这样？我们什么都不知道。那对我们至少是一种慰藉。"

---

① 指奥古斯丁（354—430），古罗马基督教思想家。
② 在葡萄牙，裁判官一般负责地方上的法律事务，权力相对小于法官。

在潮湿的树木和积水的道路之间，这个书房里有人比寡妇知道得更多，也让我们得知了更多细节。总理顾问打开了十一人投票签署的文件，看到了"是"，他明白那无疑将是一颗炸弹，于是他的态度明确了。总理，现在您被孤立了。这会引发轩然大波。您未来将会遭遇许多事情，但没有一件会比这件更棘手。这是一个细节，隐藏其中的漂亮恶魔正在装睡。总有一天，即便人们为您打造一座铜像，您仍会因此受到质疑。我能为您做些什么呢？什么也做不了。总理吹响了号角，为了照亮他那充满疑虑的灵魂。号角，号角，请照亮我黑暗的灵魂。号角，号角。然而，有些人，好运气总会眷顾他们。总理不得不做决定的那天早上，国际和国家防卫警察与"查理8"的两份申请出现在同一个签名包中。寡妇当然不知道，但现在她知道了，顾问被紧急召去。用圣方济各的话说，这位顾问正在与魔法花园里的动物们一起祈祷，赞叹上帝的惊世之作。绝美的孔雀羽毛和栖息在棕榈树上的鸟儿的歌声，他在一片赞叹声中被召唤了过去。顾问说，感谢上帝。这份材料不完全是奇迹，但无疑是时间的恩赐。拖延的策略没能奏效，巧合却帮了大忙，这是另一种时间的策略。阁下可以放心地决定为第一批人员提供养老金，因为法律上完全成立。他们曾为帝国尽到了自己的职责。至于那个年轻人，阁下不能签名批准他的申请，因为您不能把他与国际和国家防卫警察混为一谈。

怎么不行？

于是，顾问请求靠近总理，与他耳语起来。您能听到我说话吗，阁下？顾问从牙缝挤出几个字来。国际和国家防卫警察保卫了帝国，而那个年轻人瓦解了帝国。这个论点是成立的，但是它不能被提及。然后，因为众目睽睽，他用非常清晰的声音继续说道，阁下，请您考虑一个每天能花上半小时思考巧合之谜的人的看法。事实上，您的确应该打心底里佩服那个年轻人，不是吗？那么，您怎么能将他与国际和国家防卫警察混为一谈呢？让我们假设您是出于纯粹的仁慈而授予国际和国家防卫警察养老金，这样，一切都迎刃而解了。天啊，老天把这个巧合放在桌上，他知道自己在做什么。请有所区分。您不要将他们混为一谈，但也不要公开谈论此事。这个世界上没有什么比沉默更好的了。黄金、纯金。沉默是金。我有一种预感。什么预感？这位年轻人让阁下不禁在公共场合佩服，私下却给您造成大麻烦，他一定属于那种满腹牢骚、爱管闲事、好撼动世界的人。一般来说，那种人所撼动的世界不喜欢他们长期待在那里，而是喜欢将他们吞噬。绝大部分耕地能够吞噬种在其中的作物，顾问警告说。天意。就这样，得到养老金的是国际和国家防卫警察，而不是那位在卡尔莫广场与当权者进行了长时间对话的年轻人。"查理8"的申请被推迟了。他的材料被压在所有材料的最底部，被宣判了"无期徒刑"，直到今天都没有被受理。那位在我们身边醒了的人说完，又打算闭上眼睛。此人的存在是如此明显，你可以听到衣服蹭在木制家具上发出的沙沙声。寡妇对着自己的膝盖说："太可怕了，太可怕了，太可怕了。"摄像机已经关机了一个多小时，麦克风缠在电线里，被搁在沙发上。即便如此，寡妇还是小心翼翼地说话："无论怎么说，他们从来没有否认过事实。但是现在，他们即便想为我丈夫翻案，也为时已晚。太晚了。马加里达小姐、米盖尔·安热洛先生、安娜·玛丽亚小姐，请在你们为CBS制作的那集纪录片中说明，关于"查理8"养老金事宜，一直没有定论。请你们理解，我想尽我所能保住一切关于我丈夫的美好回忆……"

我们透过雨幕看见"查理8"一手打造的树丛景观。寡妇哽咽道:"欢迎你们随时来做客,我们俩一直都在家。"

我们发现自己处于一片混沌之中。

雨水与土地交融在一起。云连着树,天空与大地交织在一起。时间不复存在。我们犹如行尸走肉。英雄主义和胆小懦弱同床共枕。历史和遗忘同处一个智慧大脑之中。潮湿和阳光来自同一个地方,当人们宣布"不朽"时,一切早已被忘却。那是下午四点,我们无法离开那间生者被披上寿衣的房子。寡妇说,谁都没有预料到3月中旬会如此寒冷多雨,如果我们愿意,可以在她家里过夜。雨水笼罩着我们,虽然衣服没有被淋湿,但是潮气往我们的骨子里钻。寡妇说,如果我们留宿,她就去禽舍抓一只鸡,杀了做下酒菜,再去酒庄买一款她丈夫那个年代的酒,现在正是口感最佳的时候。我们三人先赶去圣塔伦,到了那里,却没有立刻出发去里斯本的火车。我们等了又等。最后,带我们回程的车厢像一条长长的船,在水面上奔驰。我们在"查理8"家中看到的那些人名在河水中流动,一会儿变成一长串句子,一会儿字母散开消失在河岸。幸好我们没有按照亲爱的米盖尔·安热洛的计划乘坐他的那辆维特拉,因为汽车根本无法在公路上行驶。通过广播,我们才得知这一情况。我说:"我们走进了神话的中心。"我的男同事对他身上背着的素材赞不绝口,在他看来,我们完成了对4月25日早上最好的祈祷:"寡妇在开机时描述的美好与在关机时诉说的伤悲形成了多么强烈的对比……"只有马加里达·洛塔想要回到过去,回到另一个时代,在世界伊始之前,在我们的世界伊始之前。正是在那个充斥着斗争、旗帜、背叛和代号的时代,小家庭和邻居们眼中的英雄在广场上被人群簇拥。她觉得身处那样的时代很美好。她生来就应该生活在那个艰难的时期，那个值得纪念的时期。她会为寡妇邮寄一张在"忆往昔"餐厅拍摄的照片的副本，好让她完善自己的画册。我们是什么时候分别的？

抵达里斯本圣阿波洛尼亚火车站，我在中庭感到浑身发热，洛塔也是。当然，我们俩发热是出于不同的原因。米盖尔·安热洛背着行囊，俯身看了看我们，然后把手放在我们的额头上。他说，我们的温度没有他的高。

十五

午夜时分，我回到家，发现父亲坐在书桌前。我穿过客厅，浑身湿透，悲痛万分。雨水和悲伤是我此次旅行带回家的两件"行李"。父亲正在抽烟，假装写作，我不会告诉他我已经知道他离职的内幕，我也不打算告诉他自己从哪里回来。我像小时候一样走近玻璃门，他示意我上前，完全不像过去那样对我不闻不问。彼时，他在写他的专栏《变化与责任》，我们与罗茜·奥诺雷住在一起，他被称为那个能够预见未来的人。"过来，安娜·玛丽亚。进来，进来看看……"安东尼奥·马沙多边说边向我挥了挥手。

我想到了"查理8"和他的遗孀，还有他的书房，我联想到父亲也应该不在了。为什么"查理8"走了，而父亲却没有？那些在身体投降前就已经放弃了信念的人，没有继续活着的权利。这句话应该贴在每家每户的大门上。我想，如果他没有放弃，他的信念还能继续成为维系我们生命的钠。我没有穿过那扇玻璃门，我害怕如果我侧脸瞄到电脑屏幕，会看见父亲正在玩扑克牌。我没有靠近他的书桌，而是想到了截至目前我们遇见的所有人，从努内斯大厨到蒂昂·多洛雷斯，从"伞形花少校"到埃内斯托·萨拉米达，从"青铜长官"到"最高大的红橡树"。我不想越过那道玻璃门。所有人都以自己的方式放弃了，但没有一个像安东尼奥·马沙多那样以如此荒谬的方式放弃信念。"过来，过来看看这个……"父亲对我说道。

我没有过去。我不记得列车被水淹以后，我们在车厢里被困了多久。我们泡在泥泞中，一直待到半夜。我甚至记不起曾跟那些持手提灯在车厢外巡视的工作人员的对话，我也不记得什么时候下的车。其他乘客早就跳进泥塘，愤怒地离去了。我的衣服湿透了。我坐了下来。父亲起身，穿过烟雾，坐在了我的前面。我瘫倒在沙发上。一条棕色的毯子披在了我的肩膀上。家里的猫用来睡觉的枕头被压在我的脑袋下面。过了好几个小时，我才回到自己的房间。

之后，我在那里待了四个星期。

安东尼奥·马沙多带着玛尔塔医生进进出出，他一会儿给她搬椅子，一会儿去客厅，想了解关于支气管肺炎的一切，想知道我还要卧床几天，吃什么青霉素，午餐该吃什么，晚餐该吃什么，该打什么针，该如何护理。您女儿的支气管发炎了。严重吗？"我女儿的支气管？"他无比担忧，但是他也无比幸福。父亲把车停在家门前广场的树下，他几乎不出门，忙着照顾我。我又变成了一个弱小的生命，他走近我，好像看到我重生了一般，需要长期得到他的照料。当他计算我躺在昏暗的房间里的天数时，我觉得他没有说实话，他认为那段时间很不寻常。"醒醒，醒醒。得了这么严重的感染，你难道不感到虚弱吗？加油好起来。"我怀疑他在梦中想象我会永远躺在那里了。父亲深信他的嘴唇就是一个天然的温度计。有一天，他将我的手放在他的嘴边，亲了亲我前几天还滚烫的手。他担心地说："这么凉！"我承认，我的手在安东尼奥·马沙多的手掌中停留了很长时间。

这一时刻对我来说如此漫长，父亲侧身坐在我的床边，按摩着我的手，好像要在我的身上印出一份爱的编年史。这是长久以来我不允许他做的事情，但是我无法对他的"默片"做出回应。我常常想，自我回家以后，他的一个手势就足以让我对他做出回应，而我把我们彼此不交流的责任推给了父亲。实际上，并非距离将我们分开，而是一段沉重的回忆让我们彼此疏远。他问道："你吃过抗生素了吗？"然后他又坐到了我的床边。我们已经亲近了这么多天，本应是我主动接近父亲，但是每每到了那个时刻，我的思绪就回到自己满十二岁的那一天，我无法原谅他。我挪去了客厅沙发，蜷缩在靠枕之间，他给我送食物、递水："你想要热一点的还是想要凉一些的？"我又回到了那天，这间房子里挤满了欢呼雀跃的人们，那是1988年夏天的某个星期天，家里的窗户都敞开着。我无法原谅，我应该原谅他，但是我做不到。那一天从一场幸福的电影开始。那是一个传统的生日派对画面，现在回忆起来，我却感到耻辱。安东尼奥·马沙多总是说，1974年，罗茜·奥诺雷来到里斯本与这里的人们尽情分享喜悦，两年后，这种喜悦占据了小马沙多的脸庞。这是马沙多每每在朋友聚会上说起撕碎的机票时都会重复的话。我觉得自己是许多人都经历过的苦乐参半的一个例证。一个生于革命时期的孩子，永远被亢奋与愤怒的人群围绕。这经历无可比拟。那一天也不例外。不仅每个人都喝得尽兴，有些人还高歌起来。一位在苏联实习过的工程师喝醉了，用低沉嘶哑的声音唱起《伏尔加船夫曲》，听起来像是一艘船在驶离岸边。父亲为了缓解沉重的气氛，把那个声音叫作猪嚎。我更喜欢可卡斯乐队，他们也确实到场了。和我同龄的孩子们在屋里到处乱窜，把一切能扔的东西都扔到空中。可是，漫长的晚餐过后，待客人都散去，罗茜·奥诺雷和安东尼奥·马沙多有一些非常重要的事情要告诉我。他们请我坐下，他们俩在我对面坐下。既然我已经十二岁，那么我应该能理解了。跟我说话的是父亲，母亲则温柔地看着我。十二岁了！真是难以相信，感觉一切都像是昨天刚发生的事情。他们告诉我，我已经十二岁了，我的教育有保障，我的成长一路都得到了呵护，免于一切伤害，免受生活可能给我造成的所有负面的影响。既然我已经年满十二岁，他们是时候分开了。

当一个人十二岁的时候，周遭的现实还没有得到确切的定义，与生命接触的地带仍然粗糙多孔，外面的世界并非独立于我们而存在，世界就是我们，世界围着自己转。罗茜坐在还摆满着用过的餐盘和敞口的酒瓶的桌子旁，看着她即将抛下的女儿。女儿自然是跟着安东尼奥·马沙多过了。在这个刚满十二岁的小姑娘眼里，世界上没有比父母更好的人了。但是，她的父母是那个时代的产物，她的母亲爱上了另一个男人。出于教养，他们希望等我满十二岁的时候告诉我，他们希望这件事情在和谐的气氛中发生，气氛越欢乐越好，毕竟，生日宴会是一场关于真理和忠诚的派对。他们有一个可爱的女儿，她乖巧聪慧，所以她会明白，两个成年人相处，当其中一方不再爱另一方时，他们不能因为生活而继续在一起，要敢于寻求幸福。勉强在一起，谁也不能给予另一方幸福。自己不幸福，又怎么能给予别人幸福呢？发明幸福？幸福不是发明出来的。逻辑被解释得一清二楚，就像"二加二等于四"一样。一会儿是母亲在说，一会儿又换成了父亲。他们最终达成了协议。女儿，你的母亲爱上了另一个男人。但是，为了让女儿不遭受一丁点儿痛苦，他们咨询了心理学家、儿科医生、皮肤科医生、昆虫学家、酿酒师、古生物学家等。这些名称是她多年后仍能回忆起来的词语。其中一位,也许是古生物学家,建议他们在欢乐的气氛中宣布他们要分手的消息。被切成两块的生日蛋糕还在桌上。也许我记错了,也许是昆虫学家给出的建议。毕竟,我是革命者的女儿。

生活的平凡终会降临在我们身上。

他们说,我仍将生活在我出生的环境中,也就是半岛战争街上。我还能与小朋友们一起玩,上原来的学校,住原来的房间。妮妮还是五点来接我,带我去学芭蕾舞、游泳和英语,还有周六的钢琴课。安东尼奥·马沙多周六不能去的时候,妮妮就送我去上课。只要一放假,我就能坐飞机去布鲁塞尔和母亲住些时日,甚至还能认识我的新爸爸。女儿,亲爱的小马沙多,你的妈妈要回到来里斯本之前生活的地方,你以后会在那里和她见面。安东尼奥·马沙多说,你永远不必在爸爸和妈妈之间做选择,你还将和我们两个人生活,只是在不同的城市和不同的时间,使用两种语言,掌握双语是一件好事。我们已经计划好了一切,你今天满十二岁了。如果你睡不好,告诉爸爸,他会带你去看医生;如果你想我,告诉爸爸,他会带你去坐飞机。你不会受苦。是不是,安东尼奥·马沙多?我记得自己看着他们两人,觉得爱情已经死亡。爱情从未存在过。都是谎言。现在,他们要从每一页上都抹去那个词,抹去它曾经存在的印记,把它从书本和石头上擦掉。还会有人说出这个词吗?他和她,还有他们的拥抱,我所了解的他们之间的爱,是罗茜·奥诺雷踮起脚尖的舞步,是他们在我面前的亲吻。我扑向他们,兴奋地尖叫,觉得自己有些多余,我想要回到在我出生之前他们亲密的地方,某个地方,那个神圣的地方。而如今,这都成了谎言。他们即将分手了,没有争吵,没有愤怒,没有背叛,没有激情,他们就这样礼貌地分手了。这就是我所说的，当你十二岁时，现实像一层薄薄的外皮，与皮肤相连，但还无法完全脱落。只要在一端轻轻拉扯，现实的肉体便显露出来。这就是我十二岁的那一天。我不知道自己在口是心非和家庭变故的虚幻中过了多少天，发生的一切对我来说就像一场冒险，我甚至觉得可以从里面得到一些好处，尽管我不确定。那天早上，安东尼奥·马沙多的妻子乘坐卡车离开了，她带着行李摇摇晃晃地穿过阿连特茹大区①、西班牙和法国，直到比利时。我从未听说过有谁这么做过。她听从某个心理学家的建议，给我留下了一张彩色地图，让我知道她要去哪儿。但是，自打那天以后，我再也不想见到罗茜·奥诺雷·马沙多了。绝不。她来找过我好几次，但是我没有见她。有很长一段时间，我也不想和安东尼奥·马沙多说话。父亲对我加倍警惕，他建起了一座桥，我也建起了一座锯齿状的墙，由无情的守卫守护着。现实变得不再精致，我的喜好也变成看屏幕上被子弹、炸弹、飞机轰炸的城市画面，从欧洲到非洲，从亚洲到美国。那些是我感兴趣的话题，也是我谈论的话题。只要是与摧毁有关的话题，都是我所关心的。根本没有什么正义可言，那种天平两端有平衡的天真想法全都是谎言，根本不存在。地理这门学科的研究对象就是炸弹爆炸的地方。我想要很多炸弹，把它们藏在背心和鞋子里，别在腰带上，装在背包里，或者就放在我的手心里。我只对拥有它们的男孩和女孩们感兴趣。想象中的炸弹。我知道事实可能并非如此，但是我认定了就是那样。也许另一个小马沙多会穿梭于里斯本的半岛战争街和布鲁塞尔的伯恩哈特剧院之间，又唱又笑。她在两个父亲、好几个母亲，还有剧院里的哥哥们之间又唱又笑。我不会这样。我的性格是大自然赋予的，

---

① 葡萄牙七个大区之一，位于南部。

与安东尼奥·马沙多和罗茜·奥诺雷无关。他们赋予我生命的那天并没有对天使说"一个坏脾气的小家伙"。是的，我不想再见到她。就这样，罗茜·奥诺雷从我生命中消失了。

安东尼奥·马沙多则开始频繁带女人回家，今天这个，明天那个，但是很明显，他不想和她们中的任何一个过日子。他用雇主的轻率对她们召来挥去。但是他极有礼貌，又极具有革命性，每次与她们分手前，他都在电话中将自己的情人描述一番，征求罗茜·奥诺雷的意见。现在，我该怎么办呢？我怎么跟她说？很明显，父亲从未停止爱自己的妻子。他去布鲁塞尔看她，回来后谈论她，谈论她的伴侣，谈论他们的孩子，还有剧院里的其他人。罗茜做得很好，那是她的世界。愿她留在自己的世界里。这是不可调和的。我总是拒绝去看她，也从不要求她来看我。我相信是古生物学家或是昆虫学家，也许是心理学家或是皮肤科医生，建议他们不要强行攻破我的防线。也许他们以这种方式尊重我也是革命性的，因为走在时代的前面是前卫的现代男女的主要职责。当然，这会对自己造成伤害。否则，你怎么知道自己是现代人？如今，十六年过去了，我在康复中，父亲打开窗户让我看看外面的街道："你来看看，这条街道被雨水冲洗得多干净……"我说我这就去看，我听从了他的建议，这就是我所能做的了，无法更进一步。该拿安东尼奥·马沙多怎么办呢？

也许我不该回来。

我被困于客厅和卧室之间，想起在波托马克河附近度过的那个雪夜，我甚至觉得那些都没有发生过。其他时候，我觉得那是一种诱惑。教父的形象暗示了一个例外。正如他所说，在和谐天使对抗邪恶天使的那一刻，美丽善良的天使创造了奇迹，说服我担负起恢复一个民族短暂梦想记忆的使命，而我只是试图努力做好自己的工作。可是，当我来到这个我自认为要找到解决办法的世界时，现实向我走来。先是我唯一的亲人的状况令我焦灼不安。我想起了在木头和玻璃房子里发生的事情，我没有听取关于安东尼奥·马沙多祖国的重要历史时刻的评论，而是不情愿地看着教父指向我的父亲。去，去看看那个预测未来的人所构想的乌托邦到底怎样了，去，鲍勃·彼得森，派她过去，她还欠着一份没有偿还的感情债。我接受了。但若真的是这样，我如何偿还？又如何摆脱呢？

居家养病的第十九天，父亲出门了。于是，我进了他的房间，那里面摆放有罗茜·奥诺雷的近照，时间在她身上从未留下痕迹。其中一张是她的出浴照，胸前只裹了一块皱巴巴的浴巾。照片是从一台电子文印机器中打印出来的。另一张照片中，还印有以下文字留言："在家里等我。这次，我再也不走了。罗茜。是我，你还记得吗？"照片上的日期是今年1月。为什么不能说呢？这是在偷窥。我还偷偷打开了父亲书桌上的电脑。我察觉很多罗茜发来的邮件都已被删除，但有一封是3月中旬发来的，并且重复发送了好几次："我不明白你为什么要把我推开。我可以马上去找你。"最近的一封邮件是4月5日发送的，写着："安东尼奥，你想一个人死去。好吧，找个沙漠去死，你知道它闻起来很臭。我已经在这里。罗茜。"那些没有回复的消息大部分是投诉和紧急通知，但是有几封是若昂·法贡德斯·德索萨发来的。法贡德斯比我想象的要实在得多，他请求父亲去报社财务部办理这个或是那个手续，在后来的邮件中，他又告知父亲他亲自去所有部门索要了文件，一切手续都已齐全。最后，他解释说他把文件留在了报社接待处，父亲只需要经过那里，在十二个画叉处签名，再把文件留在那里即可。在4月2日发送的最后一封邮件中，法贡德斯绝望了："伙计，去看医生吧。不过你也可以去……我不再打扰你了。再见。若昂·法贡德斯。"一共有六七封没有回复的邮件，但父亲也没有将它们删除。我关掉电脑，关上房门，回到自己的房间。安东尼奥·马沙多回来了，电梯在上行。我听到钥匙在锁眼里转动的声音，还有他的脚步声，他驻足门口，敲了敲我的房门，说了些外面发生的无关紧要的事情。我在偷窥他，他也在监视我。我们是两个间谍。有时候父亲以为我在睡觉，他像一个快乐的守夜人进出我的房间。"她好多了，玛尔塔大夫！她在睡觉。我不知道她睡了多久……"有时候他会心疼，怪我不该在那个下雨的夜晚全身湿透地躺在沙发上。我知道他想问："你去哪儿了？你去哪儿了？你去找谁了？还把自己折磨成这个样子。"

但是，我不会告诉安东尼奥·马沙多，我们去了"查理8"遗孀家。也不会告诉他，在出发前，我翻阅了他的档案，查找了有关"查理8"的记录。在一堆凌乱的纸张中，我发现了几份文件，包括那十一位地方法官签署的文件的副本。文件被收件人永久地雪藏了，等待被彻底忘却。安东尼奥·马沙多从一开始就知道，这就是为什么他能像女巫一样预见到"查理8"的未来。"查理8"故居之行对我来说异常艰难。我知道的那部分，寡妇不知道。她说话时，我能听到"查理8"的声音。她不说话时，我也能听到"查理8"的声音。他从坟墓里站了起来，和我们三人窃窃私语。我们知道寡妇对于所有问题会给出的答案。我们手上有寡妇没有给我们看的文件副本。完全不必多此一举了。而你，安东尼奥·马沙多，你什么都知道。你知道"查理8"在那个多事之秋的独特之处。《瘦小的无冕之王》，这是"查理8"的道别仪式开始后，你发表的关于他的最后一篇专栏文章的标题。你的周六专栏，内容总是十分辛辣尖锐。我一直在翻阅你堆积如山的文件，在你的柜子里里外外找寻，事后我总会将它们恢复原样，这样你就不会察觉到，你也没有察觉到，你什么都不会察觉到。距离我们探访"查理8"故居已经过去了两周半，安东尼奥·马沙多什么都没有察觉到，而我仍然被困在自己的房间里。

我只想被房间里的那几面墙包围着。

"查理8"的声音一直在我的脑海里盘旋。房间的墙壁上掠过寡妇的身影，她为"查理8"的名誉而战，生活在有关他的记忆之中，捍卫他，期待着有更多以他的名字命名的桥梁、广场，更多刻有他名字的墓碑，以及更多关于他的书籍和电影。她编织着她的网，盼望着有一天，他的名字和以他为榜样的记忆能被全国人民知晓，她一点一点地为此努力着，既不冒犯任何人，也不大声疾呼什么，只在没有录音的情况下才说真话。所以，寡妇的采访内容很好选择。丑陋的部分，她都闭口不谈。记录下的部分都是美好的。我不会再继续下去了。沉浸在黑暗中，我得出的结论是，没有必要继续采访"忆往昔"餐厅照片中的其他人物了，我们已经有足够的素材。有时候，我会看着墙壁想象纪录片该如何制作。"熙德"骑在栗色骏马的马背上，逐浪驰骋，拍摄《大海的英雄》，或许现在他正在接受意大利或是德国电视台的采访；埃内斯托·萨拉米达和他母亲的精彩对话，在讽刺、放弃和幻想中再现葡萄牙集市上所能听到的最淫秽的民谣歌词。萨拉米达博士的母亲，啊！他的母亲，太有趣了，太有趣了。他们每个人都出现在我房间的墙壁上。遗憾的是，我们无缘再会了。无论我们在王子街区的工作室如何处理这些影像，无论我们是否再回首过去，从生活的角度而言，它们都只是盲目的旅程，不会再有续集。"伞形花少校"出现在墙壁上，与他的第二次会面没有被记录下来。我能听到将军还是准将时攥着手枪从楼梯台阶走下的脚步声，他以威胁他人的方式来捍卫自己的荣誉。我想象着那只不稳的手将茶壶摔在地上。如果"伞形花少校"赢得九场诉讼中的任何一场会怎样？如果他如愿了，所有令他蒙羞的新闻、报纸和广播都会在他的名字旁边标注"无辜"，会怎样？但愿如此吧，我想。墙壁上又投射出蒂昂·多洛雷斯的身影，在他那座空荡荡的房子里游荡。我需要知道在他身上到底发生了什么。在挂着烟花海报的墙上，我看到他用脚拨弄装着羽扇豆的碗，我的直觉告诉我，这不仅仅是一个混蛋伎俩。这些画面，还有我们的笑声，也都映射在四面墙上。接着，是在"忆往昔"餐厅里的努内斯大厨，他说他不会公开表态，因为他是一位被动的见证人，并非革命的参与者。只见他一会儿戴着厨师帽，一会儿没有戴厨师帽，画面混乱。有时候，他骑着"熙德"的栗色马，讲述他是如何请求士兵们砍下他的脑袋并把它制成弹药。有时候，"熙德"会走过来示意"停止"。够了，我做了我该做的，把我活埋了吧，但请不要再损害我的形象了，同志们，我请求你们。到头来，留给我们的只有这些画面，就是画面而已，仅此而已。请让我静静吧。我就是这样度过了那几天。昏暗的房间里，我轮换角色，创造和分配角色。"青铜长官"理智、有条不紊，对生命有敏锐的洞察力，他是记忆的守护者，再次向我展示了装满文件夹的照片、剪报、录音带，都是很久以前的物件了。正如马加里达·洛塔所说，他又变成了体育场里那个"拿破仑"。我盘算了一下，我们只需再收集一些档案材料就能完成项目了，录制的内容不但够用，还绰绰有余，八成的素材最终会被舍弃。这也是我决定取消与诗人英格丽德和弗朗西斯科·庞泰斯夫妇会面的原因。父亲离开房间去给玛尔塔医生打电话："大夫，她一直没有起床。您知道是什么原因吗？是病情反复了吗？"

马加里达·洛塔打电话来说诗人的问题。

真是个大麻烦。对我来说，省去他们很合适，我赞成将他们排除在外。对此，我有充分的理由作为支撑。诗人夫妇在照片的右侧。英格丽德坐在弗朗西斯科·庞泰斯身后，半边身子被他遮住。她身后是微笑着的罗茜·奥诺雷。合影里的两个女人都笑着。诗人对着蒂昂·多洛雷斯的相机微笑，罗茜对着桌子另一边的安东尼奥·马沙多微笑。身后站着的是大胡子的奎、洛雷纳和卡萨雷斯。洛雷纳已经销声匿迹。我们不需要他们中任何一位的素材。从某种程度上说，诗人们也销声匿迹了。他们住在偏僻的乡间别墅里，白天睡觉晚上写作，定期出版作品，很久不与老朋友联系了。据我所知，他们也不与安东尼奥·马沙多往来了。从一开始，我就对他们的重要性有所质疑。现在，在与"熙德"及"查理8"的遗孀会面以后，我确认了我的想法：诗人夫妇可以省去。

马加里达·洛塔不这么认为。她恼羞成怒地在电话另一头说：怎么能不去采访语言功底那么优秀的人呢？他们能为这部关于回忆的纪录片增色不少啊！如果我们把他们排除在外，损失就太大了，因为诗人，也只有他们，才有能力进行隐喻，她说。有时候，我会对自己说，安娜·玛丽亚，你不仅对人类的痛苦不敏感，你对诗歌也不敏感。我觉得你只有在邪恶中，或是在邪恶的影响下才感觉良好。请定一个采访日期,马加里达坚持说。"如果你同意,我来联系这两个被放逐到犹太的'僵尸'。"米盖尔·安热洛也一直在研究诗人夫妇的近期照片,他知道这些努力可能都将白费。可惜,时间在不停地流逝、流逝。你没有意识到吗?时间转瞬而逝。那段时间,洛塔和安热洛组合已经开始重新关注欧洲的王后和王子们,他们带着大使来葡萄牙卖药和矫形鞋,共和国为他们举办皇家规格的招待会。作为拍摄宴会的专业人士,他们二位都必须在场。我一直没有松口。直到鲍勃·彼得森出现在屏幕上,开玩笑地问,我的"支气管树"是否已经结出果实。Your bronchial tree.①不过,他不是在华盛顿与我通话的。他飞到了大洋彼岸的伊拉克,那里的袭击日益加剧,令许多人深感不安。鲍勃从巴勒斯坦旅馆的院子里给我打来电话。他决定了。在他看来,历史的"垃圾箱"在哪里被清空,哪里就越有值得被记住的正面的东西。再快点、再快点、再快点……突然,我们失去了通话画面。于是,鲍勃给我发来一条信息,但是内容很少,里面提到了松鸦。那条信息如此简短,完全符合鲍勃的风格。"Be fast, please! Bob"②鲍勃就是这样。

采访已经不容推迟,也没有必要让鲍勃·彼得森觉得我不服从他的指挥。于是,我们商定在5月初去拜访诗人夫妇。当我走出自己的房间,恢复日常生活时,父亲又回到了烟雾中,变得寡言少语。我知道,他度过了四周的幸福时光,而现在,这段幸福时光已经结束。

于是,我们去了诗人家。

---

① 英语,意为"你的支气管树"。
② 英语,意为"请快点!鲍勃"。

十六

　　诗人夫妇将会面时间安排在"黄昏"。这个时间点极不精确,我们有些摸不着头脑。在马加里达·洛塔的坚持下,我们在日落时分出现在约定的地点。但是日落与黄昏不是一个时间,这个概念应该更加严谨地被纳入我们的生活。习惯了开阔地带的落日余晖,我知道太阳消失后,光晕还会持续一段时间。这就是我们看到藤蔓覆盖的房子被黑暗吞噬的方式。我们马不停蹄,驱车两百八十公里,到达后想下车伸伸腿。可是,那栋房子里没有一点生命活动的迹象,我们不得不继续待在车里,直到屋里的光圈一点点亮了起来。即便如此,我们还要接着等待。那是诗人夫妇洗澡、如厕、吃早饭的时间,而普通人在这个时间段在吃晚饭。一直到夜里九点左右,相当于我们普通人的早上八点,一扇窗户被推开,玻璃后面出现了弗朗西斯科·庞泰斯的身影。

———·———

　　我们知道我们来这里是为了什么。

诗人夫妇的一些习惯在过去的几年里已是众人皆知的了。他们自己解释说，昼夜颠倒是逐渐形成的生活习惯。他们睡得越来越晚，起得越来越晚，直到日夜完全颠倒。这样，他们从早上六点到十二点之间可以不受外界干扰，集中精力进行创作，再用一小部分他们的"夜晚"时段进行有限的社交活动。其他人的下午对他们来说是深夜。所以，不管发生什么，他们都是在夜里出门，在夜里接待客人。别人的夜晚就是他们的白天。我们在车外等待，直到弗朗西斯科·庞泰斯巨大的身影出现在门口，向我们招手。

我们走进家门，在灯火通明的房间里，我才真正看到了弗朗西斯科·庞泰斯，或者说，我又一次见到了他。房间很宽敞，里面摆满了微型物件和低矮的座椅，直到找到合适的角度我们才知道如何让自己安顿下来。一旦安顿好，感觉还不错，只是日夜颠倒让人觉得有些不适。诗人夫妇的身上，还有屋子的某个角落，都散发着清晨沐浴的气味，夹杂着咖啡和烤面包的香气。两种气味结合在一起让气氛变得过于家庭化，这些对于我们来说都是不必要的。马加里达向诗人夫妇说明会面原因时，我不禁想到从某个年龄开始，岁月便逐渐在人身上留下痕迹。

弗朗西斯科·庞泰斯没有认出我来。我记得自己被他抱在怀里，骑在他的圆膝上，还把手放在他的黑胡子上。他的男中音让每一个从他口中说出来的词语，哪怕是最粗俗的词语，都显得掷地有声。"下去！"那命令声于我就像是打雷的声音。我记得被他有力的双手托着，还有他身上刺鼻的雪茄味。现在，要不是米盖尔·安热洛向我们展示了他最近的照片，我也认不出他了。令我感到高兴的是，与诗人初次见面的马加里达·洛塔因为能够近距离接触他显得十分兴奋，她在最开始就表现出在与其他被采访人会面的最后时刻才会表现出来的热情。我没有体会到的兴奋，她感受到了。马加里达的沉默意味着崇拜。我们三人照常继续等待。首先开口的是弗朗西斯科·庞泰斯。

"我准备好了。"庞泰斯说，"我妻子马上来。"不过，诗人说需要去隔壁房间确认一下，他在谈起妻子时带有一些男性的屈尊。"英格丽德的节奏和我的很不一样，她吃早餐的时间很长。她利用这段早上的时间记下自己在睡梦中想到的一些事情，为她的工作做准备。"

诗人知道他给我们留下了深刻的印象，因为当他说到"早上"这个词时，他不由得看向窗外，外面的景色很美，月牙当空。当庞泰斯看向另一边时，他的眼睛里似乎装着诗人英格丽德，那个被我父母亲昵地称为"魔杖"的女人。我故意一个音节、一个音节地说出我的名字，自从为鲍勃·彼得森拍摄纪录片以来，我还是第一次希望这两位被采访人中至少有一位认出我来，他们都曾与我那么亲近。我的尝试并不成功。但是，我至少明白了，作家需要全神贯注于内心生活，他们无法将感官分散到其他世界，尤其是像我或我的同学们这样无足轻重的人的世界。此刻，诗人英格丽德已经坐在一把吱吱作响的竹椅上。她很苗条。虽然她的丈夫体重增加了不少，她却比以前瘦了。"魔杖"保持着她独有的美丽。她的头发因为刚刚沐浴而湿漉漉的，像往常一样垂在腰间，高高的颧骨保护着灵动的双眼，散发出光芒。从前，为了亲近我的小世界，她和我坐在地板上玩耍，慢慢地说话，模仿孩子的声音。那么多次。而今，她已经不认识我了。她的眼神在我们三人身上闪烁。我们坐在凳子上。女诗人主要被马加里达·洛塔吸引了，她从一首诗念到另一首诗，那都是她最近读过的几首诗人夫妇创作的诗。洛塔因为能够结识作者而特意将那些诗背了下来。她甚至说:"因为我们爱你们。"庞泰斯不习惯于这样的殷勤,他想换个话题,开始询问我们每个人的名字,他对洛塔这个姓氏很感兴趣。这个姓氏源自海上的辛劳,寓意海洋的收获、生命的富足、人类的食物。轮到我了。"魔杖"问道:"还有你,你叫什么名字?"

我再次说出我的名字,不过,我已经不再为这样客套的问题所动容,打动我的是女诗人丝毫未变的身材。和她的老朋友罗茜·奥诺雷一样,她与时俱进,思维依旧敏捷,但是她没有认出我,即便在谈话中听到安东尼奥·马沙多的名字,她也没有记起我来。也难怪,安东尼奥·马沙多只是一个人,一个凡人,他创作了大量关于变化——简而言之,就是关于未来的文章。他几乎对世界上每周发生的事件都能进行准确的预测,尽管几十年如一日,一切终归烟消云散。现在那个记者已经不在,从他一怒之下离开了办公桌的那天起,他就已经不再是曾经的那个记者了。从那天起,他的名字就从每一页报纸上消失了,只留下一个墓志铭。但是,诗人们的状态是不同的,他们能保持恒久不变。他们与灵魂的交流没有波动,也没有局限性。我看着书架,但丁、彼特拉克[①]、荷尔德林[②]以及哲学家葛兰西[③]和阿尔都塞[④]在夜晚都会跳出书本与他们交谈。莎士比亚裹着厚厚的红色斗篷,令披着亮黄色外衣的黑格尔和马克思黯然失色。两位诗人也在夜里对历史上犯罪的循环往复进行分析,他们曾经发表过相关的作品。不过,诗人也很实际。"那就让我们看

[①] 彼特拉克(1304—1374),意大利诗人,人文主义先驱之一,对十四行诗的发展有重大贡献。
[②] 荷尔德林(1770—1843),德国著名诗人,古典浪漫派诗歌先驱。
[③] 葛兰西(1891—1937),意大利共产党创始人和领导人之一,二十世纪著名马克思主义理论家。
[④] 阿尔都塞(1918—1990),法国哲学家,法国共产党的理论代表之一。

看，这些美国人想从我们这里得到什么？"

弗朗西斯科·庞泰斯说道。

马加里达直截了当。她回答说，美国人只是想知道他们当时在哪里、他们的感受如何、三十年后他们如何看待那场革命，以及革命给他们留下的最深的印象是什么。

诗人夫妇面面相觑。庞泰斯欲言又止，他还是请英格丽德·庞泰斯先回答这些问题："女士优先。"想想自上世纪以来，每个自重的情人都会说女人是男人的未来。女诗人说："请允许我从最后一个问题开始回答，这是我觉得最舒服的话题。"

英格丽德思索片刻后便对着米盖尔·安热洛的机器微笑，似乎很高兴能够以另一种方式讲述她的生活。她冲着马加里达·洛塔微笑道："我们所拥有的最美好的记忆是我们自己。"英格丽德说，"我们的相识非常美好。弗朗西斯科和我在那之前素不相识，从未见过彼此，也从未听说过彼此，我们连对方的姓名都不知道。但是那天早上，我们被同样的预感所触动。在彼此并不了解的情况下，我们都认为应该亲身体验整个事件。于是，我们都走上了街头。罗西乌广场上到处都是装甲车，革命还没有定论。人海中，我们看到了彼此。刚见面时，我们不得不散开，让士兵们从商店门口经过。随后我们跟随人群一起去了卡尔莫广场。后来，革命愈演愈烈，我想看看究竟发生了什么，不得不踮着脚尖向机枪所指的方向张望。他搂住我的腰，我跳到他的肩膀上。我不知道他的名字，他也不知道我的名字，但我们是如此兴奋，完全不必做自我介绍。当装甲车载着被废黜的总理离开时，我以为他会把我从他的肩膀上放下来，可是我弄错了。弗朗西斯科握紧我的脚踝，一路背着我沿街奔跑，直到我们穿过希亚多后,他才把我放回地上,询问我的姓名。可以说,我们的一切都始于那里。这是我对那天最美好的记忆。"英格丽德对着镜头微笑,弗朗西斯科·庞泰斯则靠在英格丽德的肩膀上笑。女诗人总结道:"正如你们所见,那是一个滥大街的场面。每场革命中都会有女孩跳到男孩的肩膀上。至少几年前是这样。"

夫妻二人看上去心满意足。

"银莲花"问道:"所以,这也是弗朗西斯科·庞泰斯在那天留下的最美好的回忆?"

诗人笑了许久。"并不是。老实说,那天给我留下最深刻印象的是国际和国家防卫警察特工对聚集在黄房子前的人群的态度。"

"怎么讲?"

"正如英格丽德所说,到达希亚多后,我把她放下。从那里,我们携手前往安东尼奥·玛丽亚·卡多佐街。大约在晚上八点半的时候,我们看到警察在22号警戒线边上冲等待施暴者投降的人群开枪。那是一个特别的时刻。在一片混乱之中,我们看到那次暗杀行动中遇害的四名人员中的一名就在我们身边倒地。被枪击的五十人中的好几个就在我们面前。我们能侥幸逃脱,实属万幸。里斯本人民的鲜血在街上蔓延,人行道上的红色脚印成倍增加。我想,终于,真正诚实的事情发生了。"

"诚实?为什么?"马加里达觉得十分奇怪,打断了他。

"我亲爱的小姐,我们在卡尔莫广场等了一下午,期待具有决定性意义的时刻到来,但却什么都没有发生。许多人爬到了树上,窗台上伸着无数只脑袋,人们翘首以待,这不是什么好兆头。我们的头顶上,平静的天空甚至落下了雨点。广场上,只有几只信鸽在踱步,几发子弹击中了石头,一位胸前挂满勋章、戴着独目黑眼罩的将军站在那里,还有一群别着鲜花的士兵和一位没有胡子的上尉,他不惜一切代价想避免人身伤害。你们想欣赏一部更滑稽的军事歌剧吗?这位上尉很天真,他也许精通弹道,但他不懂政治,不懂历史,更不懂诗歌。他读过《路易·波拿巴的雾月十八日》①吗?或者,他至少听说过圣茹斯特②针对国王的演讲?当然没有。至于我,没有人能让我相信我们不是在看一场葡萄牙人自欺欺人的闹剧。英格丽德还在我的肩膀上时,我已经怀疑我们目睹的不是真正的变化。但在安东尼奥·玛丽亚·卡多佐街的那一个小时里,我相信会发生一些值得铭记的事情。"

"您是指交火?"

"我不知道那算不算得上是交火,因为火力从同一个方向而来,随即就安静下来。一夜之间,四名死者被抬离现场,五十名伤者被送去救治,一切仿佛是机缘巧合,或是一场车祸,仅此而已。大街上,没有一个平民百姓对施暴者开枪。只有一位摄影师令国际和国家防卫警察感到惊讶,他的裤腿一直拖到脚边,手里的相机咔嗒作响,那是我们这一侧发出的唯一有尊严的声响。那声音为我们带来了荣誉。我认为摄影师们在那些天里变成了伟大的战士。至于发生的其他事情都令人不好受。之后的日子里,里斯本人民生活在欢声笑语中,被笑声治愈,继续他们的生活,他们对伸张正义漠不关心,报上刊登两张污秽的照片就足以将他们打发。随之而来的是对和平行动的讴歌,有关和平的论调如雨后春笋般涌现。在我看来,革命在上尉于卡尔莫广场上发出投降的呼声之前就已经结束了。否则,这就是一个懦弱的故事。就好比一个说'开枪',另一个说'你先开枪',最后谁也没有扣动扳机。没有任何宣言,没有所谓的政变,

---

① 马克思创作的政治著作,生动描述了1848年二月革命到1851年路易·波拿巴的政变,并对这个时期法国阶级斗争的历史经验作了深刻总结。
② 圣茹斯特(1767—1794),法国大革命时期雅各宾派领袖之一,主张实行恐怖统治。

也根本没有什么革命。都是谎言。有的只是矛盾。你们想知道诗人庞泰斯对那天留下的最深刻的印象是什么，这就是答案。"

英格丽德为了缓和气氛打断了丈夫的话。

"弗朗西斯科，这就是为什么在那些日子里，你创作出了一些当时最好的诗作。当其他人还陶醉在田园诗里时，你写下了伟大的诗篇，讲述了你已经预见到的一步一步向人们逼近的幻灭。其中有一首是在我看来写得最好的，至今没有发表。就是那首《有一天》。那是你在我们目睹了几个男孩壮烈牺牲后创作的一首诗，你的直觉已经洞察到了将会发生什么。说实话，从那首诗可以看出，你仍然相信那些男孩，你站在他们那边。"

弗朗西斯科·庞泰斯努力回忆，却回忆不起来。女诗人吟道："《有一天》。有一天，男孩们会受到赞美……"庞泰斯一下想起了这首诗。尽管作者的妻子比他记得更加清楚，马加里达·洛塔还是请弗朗西斯科·庞泰斯对着镜头将这首划时代的诗诵读出来。一位出色的女诗人能在丈夫还没有完成写作时就已经将作品背诵出来。原因显而易见，一来她是女人，二来她是诗人。英格丽德·庞泰斯的勤勉派上了用场，她能及时纠正丈夫朗诵这首还未发表的诗作时犯的小错误。庞泰斯准备好了，他要对着CBS的镜头朗读那首他在彼时有感而发创作的作品。这首诗创作的年代距今已经十分久远，这是一首简明的小诗。灯火通明的屋子里，诗人灰白的头发漫不经心地摇晃着，仿佛他即将朗读的这首诗是他在孩童时创作的。他的声音洪亮，诵读姿势也很夸张，好似一个站在舞台上的小男孩："《有一天》。有一天，男孩们会受到赞美。他们将在花团锦簇中穿行。他们终会笑逐颜开，高举双臂。"诗人面对镜头笑了起来，好像这首诗实在太荒谬了，并不是他自己写的。但弗朗西斯科·庞泰斯随即又将双唇收拢，开始背诵第二节："有一天，男孩们会受到惩罚。被天主教四枢德惩罚。他们会被泼脏水。"读到第三节时，他的语气表达出强烈的愤慨，因为这部分内容表达了诗人巨大的失望。镜头完全对准了他的脸。"有一天，那些英雄会被遗忘。他们的名字将与贝壳和鱼刺一起。只会出现在一些从未被人们读过的书中。"诗人结语道，"就这些了。"

"抱歉打断。你当时还增加了一小节，但是你刚才没有朗诵。你不记得了？如果你不记得，我记得。我可以来背诵这一节吗？"英格丽德可以游刃有余地背出被遗忘的章节。诗人的妻子可以将诗人想永远遗忘的东西保留在脑中。英格丽德即将朗诵最后一小节诗，米盖尔·安热洛则准备好了特写镜头。英格丽德整理着头发，凸月挂在窗外，像一个歪歪扭扭的橘子。她开始道："但是总有一天，这一天，日子会像诗一般美好。男孩们没有放开奴隶的手臂。奴隶们没有否认康乃馨的颜色。我们还在那一天伊始。"英格丽德背诵完最后一句时，她的丈夫摇了摇头，仿佛在说"求求你，饶了我吧"。这首诗创作的年代距今太久远了，他当时十分脆弱，对男孩们充满怜悯。但是，英格丽德告诉他，在镜头前，这首诗听起来不错。她的肯定对丈夫是一种巨大的安慰。女人的声音营造了休战的氛围。如果她不是丈夫的未来，至少她一直是他的安慰。事实上，幸亏英格丽德记起了这首被遗忘的诗作。《有一天》。不管有没有诗，"天"这个字在诗人的乡间别墅中引发了特殊的共鸣。那是他们吃早餐的时间，而对我们来说，是夜里十点。我们已经愉快地结束了工作？是的，那首诗就是对所有问题的回答，我们不需要再多问了。当然，还有最后一件事情，就是指认那张照片。但是，弗朗西斯科·庞泰斯坚持带我们去露台赏月。

我们高兴地暂停了采访。

住家周围传来狗叫声，凸月高挂，银色的月光洒在人间。诗人关掉了院子里的灯，我们聊了聊风景描绘在诗歌创作中的作用。庞泰斯说，风景主题已经从他的诗歌中消失了，因为没有什么比还原内心世界的声音更有趣的了。描写橄榄树是一种浪费，重要的是描写它的果实——橄榄。果实在哪里？需要寻找。所以，他们夫妻二人生活的真谛就是寻找。醒着的时候发现周遭的人都在酒店和宫殿里浪费时间参加大大小小的会议，这令他们越来越愤怒，只能用沉默的鞭子控制自己的情绪。幸运的是，他们决定退出。社会上的流言蜚语，他们知道最多的就是关于他们的，而且比他们想象的要多。事实是，离世俗越远，就越了解这个世界；离政治越远，就越能看清权力的路径；离昔日的朋友越远，就越能体会自己感情的变幻无常；离具体的城市越远，就越能表达对家乡的爱。话说得难听些，里斯本这座城市像罗马一样拥有七个"乳头"①，但吸吮它们的嘴唇毫无二致。坦率地说，作为诗人，里斯本对于我们已经不再具有吸引力，他说。把"里斯本"这个词写在纸上就像在额头上画一颗葡萄牙卷心菜。我们只写罗马。庞泰斯在露台上悠闲地踱着步子。已经二十三点了。如果我们继续这样，等月亮慢慢往上爬，听路旁的狗在暗处吠，我们很可能会在那里工作到午夜——诗人夫妇吃午饭的时候。实际上，女诗人确实打算邀请我们与他们一起共进午餐，但是我们拒绝了，还有将近三百公里的旅程在等着我们。而我们距离采访结束就只差一步了。我将照片拿出来放在露台的小桌子上，

---

① 里斯本与罗马一样，建造在七座山丘之上，被称为"七丘之城"。

庞泰斯夫妇俯下身去，但是光线太暗，我们得回到客厅去。于是，一行人回了屋。

诗人夫妇并排坐着，交头接耳。

他们对照片并非无动于衷，恰恰相反，他们能轻易记起照片拍摄的日期，根本不需要去翻看照片的背面。英格丽德腰间挎着一个印第安小包，她从里面取出一块手帕。她忍住了抽泣。庞泰斯要求米盖尔·安热洛停止录像。他们已经有一段时间没有看到那张照片了，它代表了他们人生中的一个里程碑，也许正因为它所承载的东西过于沉重，他们一直不愿拥有这张照片。你们是在哪里找到这张照片的？他们询问道，但却没有期待得到答案。诗人看着我们，好像在谈论一位逝世的亲人。他说："这是我们人生的一个转折点。即便早知今日，我还是会在那晚走出餐厅大门。"英格丽德泪流满面地反驳道："我不会。如果还能回去，我不会走出'忆往昔'餐厅的大门。即便离开，我也会很快回去。早知今日，那天夜里，我不会离开'忆往昔'餐厅。"

于是，诗人夫妇开始了一场温和的讨论。作为旁观者，我们发现如果设法将他们的叙述要点整合起来，就能在这间山间别墅中寻找到我们从未得到的答案。英格丽德和弗朗西斯科·庞泰斯在一张长桌旁坐下，我们坐在他们的对面。从那一刻至今，已经过去了六年。有没有可能还原那一幕？很难。从他们的交谈中可以听出，他们似乎是在8月21日晚上偶然进入"忆往昔"餐厅的。他们原本是要经过圣安唐门街去庆祝安东尼奥·马沙多和比利时女演员喜结连理的，女演员为爱——对安东尼奥·马沙多的爱，放弃了回国。他们四人原本坐在一个角落里，后来餐厅里一下来了二十几个年轻人，他们坐在写着"已预订"的长桌旁。其中一位年轻人走到他们四人面前，邀请他们一起吃晚餐。他们接受了邀请，因为有多份文件需要被合并成一份统一的文本，这是能令国家摆脱混乱的最直接而现实的方法。实际上，有多份文件内容互相对立，但没有文字解决不了的问题，只要是用同一种语言书就的，英格丽德说。庞泰斯负责在晚餐期间写出摘要文本，将那些持对立观点的文件整合起来。人们陆续离开，只留下了核心人员。难点在于，每份文件都体现来自世界不同地区人们的不同利益关切。"忆往昔"餐厅的餐桌上有一张世界"利益"地图。亲爱的弗朗西斯科，洛雷纳的文件来自苏联，奎的文件来自中国，"熙德"的文件来自介于古巴、瑞典和利比亚海域之间的某个地方。亲爱的英格丽德，"青铜长官"的文件来自美利坚合众国，也许它几个小时前就出现在弗兰克·卡卢奇[①]的办公室里。亲爱的，我们那时还是一帮孩子，我们知道这一点，但不能因此就说命运不掌握在我们的手中，那是一种选择。亲爱的，你说到了点子上，所以我在措辞上下功夫，努力合成一份像样的文本，即便革命没有成功，至少最终能达成一份看着不错的协议，毕竟我们对那次革命寄予那么大的希望，蒂昂都被叫去为签署最终协议的那一刻拍照留念。现在看来，我们做的是对的。用他们的话说，这将是第一张具有历史意义的照片，它该被命名为《工作中》。萨拉米达曾经是富高宗教团体的成员，每天为这个祷告、为那个祈福，后来他居然为龙虾做起了祷告。那天，龙虾成了穷人的

[①] 弗兰克·卡卢奇（1930—2018），1987年至1989年任美国国防部部长。

口粮。革命时期,穷人也有能吃上龙虾的时候,那是为未来挨饿做准备。他对着龙虾说:"这是我的身体。"这就是为什么他在照片中的姿势是那样的。亲爱的弗朗西斯科,你不该要求萨拉米达模仿那个动作,看看一小时后发生了什么。你也不应该告诉奎拿起枪,那本该是象征和平的时刻。奎当然兴致勃勃地接受了你的提议,他就那样出现在照片上了。而且,我认为努内斯带着三齿鱼叉出现在照片里也不是个好主意。你看,他在这里,也成了这张照片中的一个暴力元素,那一刻本应是象征和平的。亲爱的英格丽德,我预测不了后来发生的事情,我们当时确信一定会水到渠成,蒂昂甚至也想出现在这第一张,也是唯一一张照片中,他如愿了。我也没有想到萨拉米达会去碰他不该碰的东西,他居然掀开了盖碗的盖子。没人能想到这点。

"碗里装了什么萨拉米达不该展示给别人看的东西?"

诗人夫妇这才意识到了我们的存在。英格丽德将眼神从照片上移开,对我们说道:"是羔羊肉。"说完她便哭了起来。亲爱的,不是羔羊肉,是普通的羊肉,我们姑且这么说吧,否则会吓到别人。亲爱的,那是羔羊。有人活捉了一只白色羔羊,把它宰了放进那个大盖碗里。那张桌子是"已预订"的。谁干的?我问。亲爱的英格丽德,直到今天都无人知晓答案。某些心怀不轨的人蓄意为我们制造了那样的场景。我觉得是克格勃干的,他们在世界各国都有眼线,那是在警告我们。但是,也有些人不这么认为,有人开始怪罪萨拉米达。最初,大家并没有为碗里的东西赋予什么象征含义。从一开始,盖碗就在我们面前,看上去像是个装饰。萨拉米达把盖子揭开时,大家看到了里面的东西,也只是惊讶而已,谁也没有想到萨拉米达脑子里掠过的那句话。当他开始念叨"这是我的人民、这是我的人民"时，"伞形花少校"大吼了一声"啊！看他们都对我们可怜的人民做了些什么"。气氛顿时凝重起来，大家这才意识到先前没有意识到的内容。"青铜长官"大吼道：把这个破玩意儿从我眼前拿走！快！亲爱的，我必须提醒你，他是当时唯一懂道理的人。事发后，卡萨雷斯说那是克格勃干的好事，"熙德"则怪罪于CIA①，奎却把责任推到了饭店厨师和服务员身上，他把他们叫出来，威胁他们说，如果不说出是谁搞的恶作剧就给他们颜色看。最后，雅卡·洛雷纳指责起萨拉米达来，他说只有右派学生才会事先知道碗里装了些什么，所以才故意把盖子打开，还说出那样有讽刺意味的话来。如果不是早有预谋，谁能想到这样的台词？没有人。雅卡·洛雷纳把萨拉米达推向墙边，想揍他一顿。他说萨拉米达又一次撒谎，因为"四二五"当天晚上他就对自己的行踪有所隐瞒。雅卡·洛雷纳说有人看见萨拉米达那天午夜和凌晨一点之间明明出现在斯诺比酒吧。他深信就是萨拉米达准备了羔羊肉。就这样，他们非但没有将盖碗里的东西处理掉，反而卷进了一场不必要的争斗中。于是，我们离开了餐厅。他们肯定缠斗到第二天凌晨，并且无果而终，也不会再有第二张合影。我们早早离开是正确的选择。如果大家都对餐桌上那个关于人民的场景出离愤怒，那么我们必须撇清自己的关系。我们不能投身于一项注定失败的事业。我们不喜欢失败，特别是那些能被预见的失败。亲爱的，你知道的。亲爱的弗朗西斯科，我与你的想法正好相反，早知今日，我会在那天夜里留下，也会请求你不要离开，我很后悔。亲爱的英格丽德，我不后悔。人生苦短，人各有志。

---

① 美国中央情报局的英文缩写。

马加里达·洛塔问道:"这么多年过去了,回首往事,你们觉得到底是谁制造了那场闹剧?"

"不知道。"弗朗西斯科·庞泰斯说。

英格丽德再次用手帕擦拭泪水。"亲爱的,别这么说。那只羔羊出自我们的内心。究竟是谁把它放在了桌上并不重要。它出自我们的内心。"

白天,或者说,夜晚继续着。

诗人夫妇当着我们的面开始评估他们的生活。自然,他们意见相左。在庞泰斯看来,唯一能证明他们的生活前后一致的证据就是其他人的遭遇。每个人都付出了代价。亲爱的英格丽德,他们都在付出代价,而且是昂贵的代价。你看看他们都是怎样的结局吧。比如,几天前,电话响了,我接听后得知,蒂昂·多洛雷斯卧床不起了。他把自己所有的摄影作品都交给了一个公共机构保管,他相信会万无一失。三周后,这个机构被卖给了不知道什么人,现在那些照片既不属于他也不在其他任何人名下。他们将他的作品都清空了。谁也不知道成千上万的底片去了哪里。蒂昂在研究所门口,几天不吃不喝,现在他已经卧床了。太可惜了,亲爱的英格丽德,他是有史以来最好的摄影师之一。现在他瘫在床上,连富乐斯多起重机都没办法把他拉起来了。我们离开得对。这一切都是可预见的,他们都各得其所,一个接一个地钻进古罗马的城墙之下。还有"伞形花少校",亲爱的英格丽德,你知道他的情况吗?据说他赢了两起对政府的诉讼官司,现在每天守在报社门口,要求报社在曾经诋毁他的栏目中发表致歉信。他手里攥着一把瓦尔特。但是事情没有那么简单。他还要用他的瓦尔特很多次,因为他在里斯本民事法院提起了九项诉讼。赢了两起官司？还有七个等着他。我们坐在诗人夫妇面前，没有说话。弗朗西斯科·庞泰斯指着"青铜长官"，他在合影中表情严肃。亲爱的英格丽德，这是"青铜长官"。你知道青铜是由什么制成的吗？你不知道，对吗？那个实用主义者，从来没有半句废话的人？近三十年后，一些富有想象力的人说，曾经有一支军事纵队以老法院大楼的门为目标，发起了代号为"开罗"的军事行动，但一直都没有抵达目的地。你看，亲爱的英格丽德。他们说，4月25日黎明时分，柱子震动了，这么多年过去了，那些门完好无损。据目击者说，这支由装甲车、几辆运输车、潘哈德战车和其他战车组成的纵队已经在城市周围徘徊了三十年，迷失了方向。据说这支纵队每天夜里都在巡视。"青铜长官"有几个文件夹，里面塞满了他们发给他的有关军事纵队的资料、地址和证词。里斯本则与这支纵队的士兵们一起沉睡了。这些士兵中，有些已经年迈，有些已经死去，但还在战车机舱内服役，他们衣衫褴褛，有些还赤身裸体。二十辆铁锈斑斑、迷失了方向的装甲车在寻找"开罗行动"的目标。"青铜长官"出于顾忌，对那些证词进行了记录。我的意思是，他不相信那些证词，但是对于他来说，每一份证词，即便是假的，都包含一个事实。所以他除了收集材料，不做其他事情。所以你看看，"青铜长官"变成了什么样子。至于"查理8"，就更不用提了。亲爱的英格丽德，至少他的遗孀不必四处奔波去纪念他了。

诗人夫妇背对街坐着，我们则面对他们。那宛如橘子似的月亮升起在空中。我们没有录像，即便录了也是浪费，因为我们无法将这样的对话变成能用的素材。诗人将他们的避世称为品格胜利的方式，对于其他人来说，这是对倒台的纪念。对于马加里达·洛塔来说，这是一个极好的生命压舱物。如果我们没有来，那将是一场无名的损失。然而，在离开之前，当我们已经走向门口时，马加里达对英格丽德说："她就是安东尼奥·马沙多的女儿。你不记得她小时候了吗？"马加里达是一名出色的记者，但也可能是一个危险人物。她坚持道："你们管她叫小马沙多。"女诗人却把头转了过去，机械地伸出手道："很高兴认识你们。"当她说到"高兴"时，她的手还握着我的手；当她说"认识你们"时，她的手已经与米盖尔·安热洛的手握在一起了。我们就这样道别了。

我们了解到，那个时间段正是庞泰斯精力最充沛的时候。女诗人精力旺盛的时间段则在她的黎明和早晨之间，就是我们下午六七点的时候。我想我们已经破坏了他们的夜晚，也就是他们的白天。在我们身后，诗人夫妇的家中灯火通明；在我们面前，穿过大门，我们的夜晚降临了。神秘而宏大的夜晚，狂暴的光影，满是狗叫与月色，激荡着纯粹的诗意。我们快步走到了吉普车停靠的路边。

十七

5月4日黎明的返程用几句话就可以概括了。我们缓慢穿过村庄后便扎进了高速公路的黑暗之中,沉重的车轮轧在沥青路面上飞快地转动。米盖尔·安热洛开得如此之快,我感觉我们时而在飞翔。就这样飞驰了两个半小时。然而,抵达目的地后,我们都已不再是前一天午后出发时的模样了。改变的原因各不相同,六年后回想起来,个中原因比当初意识到的更耐人寻味。

我在回程的途中十分平静。与我所期望的相反,诗人夫妇没有认出我,但这也省去了一些激动泪流的场面。虽然没有那些情感宣泄,但是我们获得了重要的信息,得以开展我们的工作。此外,令人感到欣慰的是,那些曾与诗人夫妇亲近的人对他们来说已成为过去,他们回首往事只是为了肯定自己当初的规划。让我们面对现实吧,这就是一个完美的结局。对我来说,认识到这点不仅在预料之中,而且完全是可以平静接受的。但是习惯开快车的米盖尔·安热洛却与我相反,他毫不掩饰地表达了自己的想法,他从未如此愤怒。刚走出诗人夫妇家家门,他就嚷嚷起来:"啊!真是令人失望,这两个混蛋在搞什么闹剧!他们到底想要什么?"

回来的路上,我们的摄像师似乎情绪极不稳定。混账,两个混账东西。他说感到被羞辱。我觉得我们刚才待了几个小时的住所不是什么避难所,也不是什么世外桃源,而是一个纯粹而精致的用以逗乐和嘲笑他人的地方。他们经历的那些事情在他看来只是一场供他们消遣的骗局,整间房子就是一个剧场,在那房子的后院可以上演背信弃义。诗人英格丽德俯在弗朗西斯科·庞泰斯肩膀上讲述政变那天的模样简直就是令人无法忍受的自恋。在米盖尔看来,他们争先恐后背诵的那首诗恰恰证明了那些主张将他们从市政府开除的哲学家是有道理的。那两个人是谁?他们以为自己是什么人?他们凭什么觉得自己与众不同?谁给了他们区别于人民的权利?人民,究竟是什么?人民,对于很多人来说是同时生活在一块土地上的人,在他们眼中似乎就是那只死去的羔羊。这只死去的羔羊代表所有人,唯独不包括他们。他们有什么权利将自己排除在外?谁向他们保证他们不会像我们其他人一样变成盖碗中的一部分?米盖尔·安热洛在那个盖碗中看到了自己。他觉得他作为一个公民被捆绑、虐待、肢解,而我们对那些我们称为"不朽之士"的人的采访证明,无论是三十年前还是之后的小规模冲突,一场未完的斗争一直都在进行着。但是他们,住在被藤蔓覆盖的房子里,躲进了世外桃源,他们以为自己住在底比斯[①]附近,当他们愿意的时候,只需要爬到城墙外,自上而下向全人类问好。凭什么?米盖尔·安热洛质问道,他放慢了车速,好让自己的声音被听到。沥青马路漆黑一片,周围的田野在月光下泛着金色。

不过,我们的同伴还是将英格丽德和弗朗西斯科·庞泰斯区分了开来,他的敌意主要是针对那个男人的。

[①] 古埃及中王国和新王国时代的首都。古希腊人称之为"神之城"。

男诗人公开表示希望看见里斯本街头血流成河,自己却躲在屋子里写诗谩骂他人的被动。显然,一年后,他被要求帮忙起草一份和解文件,而他以餐桌上看到受害者的形象为由走出了"忆往昔"餐厅的大门,因为那对他来说不是什么好兆头,那既不代表现在,也不代表未来。内心深处,他不愿面对受害者,不愿他们振作,也不愿他们复活,仅此而已。然而,多年来,庞泰斯在里斯本街头目睹了人们对于革命的遗忘,用他自己的话说,他不再指名道姓,而是只创作关于古罗马的诗篇。面对这样的情形,他本应该与那些遗忘的人交涉,在黑夜里斥责他们的行为。结果,他在公路边买了一栋浪漫的房子,在别人工作的时候睡大觉。在米盖尔看来,这些都是无法克服的矛盾。

米盖尔·安热洛似乎想在车道上停下,好让别人听到他的声音。他还危险地把头往后扭,想得到我的回应。他有话要说。庞泰斯,一个混蛋。如果他想听到枪声,他为什么不自己去瞄准呢?他为什么不亲手把残缺的文件补充完整?他用自己的手指指着叛徒?是时候揭开这个骗子的面纱了。就这样,米盖尔一直出离愤怒着。他坐在方向盘后面,汽车又飞奔起来。他变成了一名无情的法官,审判那两个已经在他们的下午时段重新开始写作和阅读的人,如此,所有的人类景观都将埋在古罗马的土地之下。是的,我们去了一个喜剧剧场,如果我们在那里笑得还不够,现在我们有责任在车里放声大笑。米盖尔说着还看了看手表。马加里达·洛塔没有发表评论,她在座位上沉默了。这是她向往已久的拜访,她觉得很神圣。"太夸张了,你太夸张了……"她时不时反驳道。我想起那个下雪的夜晚,我在波托马克河边鲍勃·彼得森教父的书房里看到了那些信件。但是,在当时那种情形下,我没有提及此事。我记起那些对新成立的共和国表达怜悯的信件，米盖尔·安热洛的这番话令那些话语又浮现在我脑海中。很长一段时间以来，我很清楚共和国是由人治而非法治的，因为其核心成员心知肚明，他们只要略施手段就能颠倒黑白、混淆是非。这太明显了。我的同伴们生活在哪个世界？我不需要去诗人夫妇家找寻答案，我从根源上了解这个过程。如果那里有一个痛处，我们都清楚，只是没有找到一个合适的词语来形容它。我自己已经逃离了它，也不喜欢谈论它，因为只要说出口，这些词语很快就组成了一部荒谬的情节剧。突然，我想到了罗茜·奥诺雷·马沙多。她总说我们的背景音乐带有"哭泣的节奏"，因为里斯本只是表面上现代化了，而我也一直都像个孩子。所以在我看来，月亮在诗人家里就是一个滑稽的装饰品。现在它跟在我们身边西沉，好似一张狡猾的脸从太空看着我们，嘲笑我们披星戴月，驾车在晴朗的夜晚沿着公路狂奔。

米盖尔·安热洛在某个时刻停止了咒骂。

他放慢了车速。公路上一路畅通。我的同伴们开始了温和的争执。摄像师似乎把他的搭档与诗人夫妇归为同一类人。"所以，满意了吗，马加里达？"他问她。她回答说是的，她非常满意，诗人夫妇证实了她需要证实的一切。"所以，这是一个圆满的印证。不是吗，马加里达？"洛塔眼望前方回答了米盖尔的问题，但是汽车的噪声令她的声音断断续续，我听见"银莲花"说她证实了一些假设，但是关于这些假设所具备的意义，我没有听清楚。我感觉到我的同伴们有一份与CBS平行的日程安排，我似乎不在他们的安排之内。"所以你很高兴，是不是，马加里达？"是的，毫无疑问，洛塔回答道。我的女同学突然在某个时刻提高了嗓音，频繁转身道：

"如果他们说的不是实话呢？""可能有些细节对不上，但他们说的与主要事实相符，这就够了。安娜·玛丽亚，你现在知道你母亲在8月19日，也就是'忆往昔'餐厅晚餐的两天前，撕毁了她的机票。我估计你知道这件事后会觉得很有意思。"

"你还知道了什么，马加里达？"

"既然你这么坚持，米盖尔·安热洛，我就回答你。我还知道了已经过世的洛雷纳就是那个指责埃内斯托·萨拉米达撒谎和背叛的人，他这样做是不公正的。毕竟，亲爱的，这对伟大的诗人夫妇只是证实了那天晚上'忆往昔'餐厅中的气氛其实很紧张……""银莲花"一脸满足。

"你对此很满意，是不是，马加里达？"

"银莲花"似乎有无穷的耐心，面对搭档的无礼，她表现得专注、仁慈和大度。"是的，对我来说，与诗人夫妇会面交谈非常重要。至少，很多我们不解的内容都得到了澄清，比如蒂昂·多洛雷斯的状况。所以，我们去采访他的那天，他失去了自己所有的摄影作品，而我们当时并不知道这一点。现在我们知道他的工作室为什么空空如也了。那个空荡荡的白色的家。我们说的是那个卧底摄影师，那个给我们的'沙皇'拍照的人，那个私下给戴着带把手眼镜的将军拍照的人，那个给躲在国民警卫队司令部的储藏室、厨房和衣柜里的海军上将拍照的人……"马加里达·洛塔的声音充满了整个车厢，她的智慧和感性造就了她一贯的模样——班里成绩最好的学生，美丽而有见地的"银莲花"。她转过脸来说道："安娜·玛丽亚，你得给蒂昂·多洛雷斯的继子打电话，问一下他的继父究竟怎么了。你要是不打，我来打。生命不该就这样在没有得出一个有价值的结论的情况下结束，我们不能让这个男人就这样在床上一病不起了。我们难道不能为蒂昂·多洛雷斯做点什么吗？"我觉得有时候，我那已经飞走的同情心、慷慨、仁慈和信念可以通过这样的方式来挽回：马加里达说出了我想不到的事情。对我而言，坐在车后排的我只想早些结束这个项目。是的。只要父亲的问题一解决，我就想立刻飞回华盛顿杜勒斯国际机场，然后直奔2020M街，跟鲍勃·彼得森打声招呼，把装有三百分钟录像带的袋子放在他的桌上。用最为简洁的话语对他说："亲爱的鲍勃，都在这儿了。我完成了。"

我们做到了，罗伯特·彼得森。项目完成了。

我们经过服务区，给车加了油，但是三个人都没有下车。经历了一阵高昂的情绪之后，米盖尔·安热洛又恢复了他一贯的矜持。马加里达·洛塔离开诗人夫妇家后很谨慎，她相信诗人说的是实话，至少他们说的能让人了解那天晚餐时发生了什么，也就是我随身携带的那张镶框照片背后的故事。她不喜欢看埃内斯托·萨拉米达在盖碗后面张开手臂的动作。"银莲花"想着照片，想从照片里去掉那个盖碗，或者从照片里删去萨拉米达。照片上的那个盖碗。盖碗里的东西令马加里达·洛塔感动，而米盖尔·安热洛已经用尽了他的论点，只是安静地开车。坦率地说，根据诗人夫妇提供的信息，有必要再去拜访"查理8"的遗孀，弄明白她欲言又止时到底想要说些什么。一个月前，我们曾在"查理8"的书房进行采访。现在，马加里达·洛塔认为有必要回到那个地方，在那里待上一两个小时，沉浸在那位令人难忘的死者的证词之中。她说我们应该挑一个不下雨的日子去，这样水滴声就不会打扰我们聆听。她觉得，接下来，我们还应该去找前总理、国防部部长、财政部部长、虔诚的部长秘书和那十一位地方法官，与他们面对面，从而完成CBS的拍摄项目。因为发生在"查理8"身上的事也发生在我们每个人身上。马加里达想到了"熙德"。

"我的上帝，还有'熙德'！"当我们的吉普车超越三辆车时，她说道。

那是一次怎样的会面啊！引擎轰鸣中，马加里达·洛塔认为我们应该在第二天就回普拉亚格兰德，观摩《大海的英雄》的拍摄，见证他的表现，沉浸于他看世界的轻盈之中。一颗童心藏在成人身体里，有时候是一个早熟的孩子藏在年轻人的身体里。我们应该回去。给CBS拍摄素材是一回事，我们还可以给自己一份永久照亮我们生活的素材。现在，"熙德"作为一名演员，真的准备好扮演麦克白①了吗？洛塔转脸问道，好让我明白她在想什么。可是，我没有告诉她我自己去了普拉亚格兰德。压根儿没有什么《大海的英雄》，那个早上的"熙德"只是一个笑柄，我们甚至不知道是谁酿造的恶作剧。她坚持道："啊！'熙德'！马背上的'熙德'在我的脑海里，挥之不去。但是因为青少年时期就带有的弱点，我害怕近距离看到那个人物，我不想回去。我到现在仍能看见栗色马儿在海滩上溅起水花，它的背上是策划政变的战略家，旁边是驯马师……"从谩骂归于平静的米盖尔·安热洛不再沉默，他嘲笑马加里达·洛塔道："那你为什么不去？害怕失望，是吗？是的，马加里达，《死海古卷》里没有'主'这个字，而是用五个点代替了它，这是不可言喻的。这就是你不去的原因，我理解你。三个点代替了那位伟人。"

---

① 麦克白是英国剧作家威廉·莎士比亚笔下的悲剧人物。利令智昏的苏格兰贵族麦克白因为女巫的诱惑、野心的驱使，杀死了国王，犯下一连串罪行，最后走上了自我毁灭的道路。

我们继续保持沉默。月亮距离我们越来越远，一个歪歪扭扭的橘子快要返回太空。一个黄色的、温顺的、狡猾的物体。

马加里达·洛塔打破了沉默："我看，弗朗西斯科·庞泰斯所知道的关于'伞形花少校'的事情是符合事实的。但是，'伞形花少校'真的会腰间塞着一把瓦尔特四处走动，冒着掉脑袋的风险到处威胁没有公正对待他的法官和报社吗？我们应该再去见那个人，看一看他藏右手的那件外套下面究竟有什么……"马加里达·洛塔似乎不记得"伞形花少校"提起九项诉讼的原因了。这很自然。"银莲花"惦记的故事太多，"伞形花少校"的事她也就记不清了。我告诉过她有关"伞形花少校"被陷害的事，当时她就想与"拉丁语迷"的孙子再见一面。现在她想起了"伞形花少校"的事，想象着他用左手拿着瓦尔特四处威胁新闻界人士。将军不会用他不稳定的手去瞄准目标的，不管目标是什么。马加里达·洛塔处于高度警觉的状态中时，她的想象力是最高水准的。

"银莲花"也在想着"青铜长官"。

那个关于第二十五纵队的故事究竟哪些才是真的？她问。人们会觉得"青铜长官"是一个没有辨识力的人吗？他怎么会把时间浪费在那样的传闻上呢？传言说自4月25日黎明开始，有一支战车纵队朝着"开罗行动"的目标移动？诗人描述的究竟是一个怎样的幽灵纵队？洛塔问。这是一个充满怨气的社会捏造出来的故事，还是纯粹是由诗人编造的？不管这个故事的起源是什么，那画面很美、很美。三十年没有找到目标的战车车队，虽然装备破旧了，车轮、镜、炮塔、车灯和司机都没有了，但依旧不放弃，沿着街道不停地前进。我们需要马上回到《世界报》报社旧址所在的大街上，与记忆的守护者核实这个故事。如果不这么做，关于五千人的记忆就有可能被遗忘殆尽。这会是一个巨大的遗憾，马加里达·洛塔说。她想起"青铜长官"务实的个性，而他也是第一位对鲍勃·彼得森发起的这个项目提供关键事实线索的受访者。我们带着这个梦幻般的画面穿过了特茹河上的大桥。一队没有轮子的战车，满载衣衫褴褛的军人，甚至有尸体横卧在机舱内部。破车在街道上轰鸣，寻找一个叫"开罗"的行动的目标。我们三人在车里沉默了，吉普车车轮经过大桥时似乎剐到了某个易碎物品。我递给马加里达·洛塔一块手帕。米盖尔·安热洛放慢了车速，吉普车几乎停下不动了。

"我们现在去哪儿？"司机问马加里达。

"别管我。"

车继续行驶，马加里达·洛塔回头看了看，把手帕还给了我。不过现在，她不再是一副做白日梦的模样，而是看起来很谨慎。米盖尔·安热洛也通过后视镜嘲讽地看了看后排座位。黎明时分，几乎空无一人的街道上，几辆年轻人驾驶的汽车轰隆作响。我们不是往马加里达·洛塔的家开去？

不，我们不是。

我们正往阿尔坎塔拉的方向开，过了阿尔坎塔拉，上了山，到达巷子街时，车停了下来。马加里达·洛塔下了车，看了看司机。发生了一些我不知道的事情，我只记得当初我们曾经打车到那里，一起采访了埃内斯托·萨拉米达。我坐到前排的副驾驶位置上，把自己安顿好。米盖尔·安热洛却没有发动汽车，马加里达·洛塔也一动不动，背靠一棵树。那棵树的树干细细的，被保护柱支撑着，树上没有几根树枝，树枝上仅有三片叶子。车还是没有启动。

"去过你们的生活吧。"

"去吧。"米盖尔·安热洛说,"看看你是否会很快怀孕,这样我们就可以一劳永逸地解决这个问题了。"

马加里达·洛塔说:"你这个蠢货。"

刚才的对话,都是一些被省略的粗俗语言构成的,是那么不真实,令人讶异,我以为我们还在诗人家中,是他们强迫我们上演了一出闹剧,与隔壁吠叫的狗为邻。对话所暗示的内容在我看来像是假的,然而,我回头看到马加里达·洛塔在凌晨三点半朝着埃内斯托·萨拉米达博士住处所在的街道走去。米盖尔·安热洛正要说些什么。

"别说了。"我对他说道。

他把车停在两条街外,我们在那里又待了一会儿。米盖尔·安热洛似乎因为咒骂诗人或是高速驾驶筋疲力尽,回程的路时不时有弯道。他将车停在了人行道上,我倒是希望他对作家、"熙德""查理8"、远道而来将他们的生活搅乱的我,甚至是马加里达·洛塔发泄一通。为什么不公开而明确地反对马加里达·洛塔这么做呢?因为他不想。我的男同学看到的只是一张脸,仅此而已。我的眼前又出现了埃内斯托·萨拉米达的身影、那件印有"金属乐队"字样的T恤、木制楼梯、时而有光时而没有光的入口、右手边的房间、那位母亲、母亲的发髻、母亲的戒指、震耳欲聋的录音，还有母亲教儿子生存的艺术、儿子想迷失自己、母亲想让他自救、儿子用可怕的淫秽歌曲发泄情绪、母亲想让他表现得清醒、儿子想展示自己的不完美、母亲希望儿子有教养，之后儿子打开房门，展示他的卧室兼工作室，那个房间里有一张床，两把吉他上印有"金属乐队"的字样，母亲在客厅内等候，她戴着戒指的手搁在椅子扶手上，我们在萨拉米达的工作室里得知他毕生致力于寻找可以作为新暗号的音乐曲目，那是一个服务于新世界的密码。不是U2乐队的歌，不是布鲁斯·斯普林斯汀①的歌，都不是，哦！都不是。是一首没有歌词、没有节奏、没有可识别乐器弹奏的音乐曲目，有时候他觉得可能就是一声人类的尖叫或是某种猛禽的叫声。他寻找着、寻找着，闲暇的时候当一名律师——他几乎已经遗忘的事业。但是我们的女主角，我们生来美丽、魅力无穷、熠熠发光的女主角，长发飘飘，3月初在萨拉米达夫人的椅子旁落下了一件外套，她去取风衣后便和埃内斯托·萨拉米达上床了。我还坐在米盖尔·安热洛旁边，这个世界似乎变得淫秽。为什么我会这么觉得？我不知道。

---

① 布鲁斯·斯普林斯汀（1949— ），美国摇滚歌手，他的东大街乐队是美国最著名的摇滚乐队之一，其音乐以诗意的歌词和情绪化的表现方式打动人心。

十八

直到第三天,它才停止淫秽。

不可调和的影像开始慢慢靠近、合拢和重叠,最终与由梦组成的世界相容。我不否认这一点。我们与诗人会面的那个令人难忘的夜晚,马加里达·洛塔在回到里斯本之后去了埃内斯托·萨拉米达的家,依偎在他身旁。不真实的画面出现在我面前,我感觉自己像吸食了大麻一样。但是三天三夜的时间足以令我习惯它。这些年来,我一直追问我自己:我需要习惯什么?淫秽是我自己想象出来的。

我想象马加里达·洛塔走上好景路一号的楼梯,萨拉米达夫人邀请她在那个可怕的厨房里吃晚饭,那里的灶台让人联想到兰德鲁[①]焚烧受害者的炉子。我想象她被摆满敞口玻璃器皿的高脚家具包围,家具上镶有金色饰边,等待在永远不会到来的重要场合被开封。我看到"银莲花"被带进四面都被光盘覆盖的小房间里,床单和两把吉他上都印着"金属乐队"的字样。他和她,分别来自火星

[①] 亨利·德西雷·兰德鲁,二十世纪初法国罪犯,曾残忍杀害众多妇女并焚烧尸体。

和海王星，或者相距更远的两个地方，第一次相互触摸，彼此有触电般的感觉。事实上，我从未想象过马加里达·洛塔恋爱的时候会是什么模样，也没有想象过埃内斯托·萨拉米达坠入爱河的样子。展开这种想象不是我所擅长的，我为了重构历史而培养了这样的能力。为什么这样暧昧的画面会来扰乱我的专业工作呢？我甚至想象着会有一个孩子出生。

在之后的日子里，有关孩子的想法一直像是有预谋一般在我脑海里飞速滋长，我甚至觉得这个孩子会改变世界。用一首歌改变世界。也许不是一首歌，而是一声尖叫，一声没有音调的嘶吼。那将是通往未来的密码。第一天和第二天，我被一种形而上学的不适感袭击，实在找不到更好的词来形容这种感受，我的原则被踩碎了一地。第三天，我想象着他们之间意味深长的眼神，她的一头秀发，又柔顺又有光泽，而他的一头长发，灰白又邋遢。然后我想，在任何情况下都不应该去想象别人的生活。经过三天的时间，我回归了理性，然后坐着等待一个结局。我和米盖尔·安热洛一起等待这个结局，或者更确切地说，是他把我带到了我们常去的咖啡馆，让我坐下朝着某个方向看去。米盖尔·安热洛就这样显示出了自己的独特。看得出来，他很震惊，但是现在的他被一分为二，其中一个他嘲笑自己正在遭受的痛苦，另一个他则比第一个要坚强得多，只不过隐藏了起来而已。坚固的拱柱支撑着米盖尔·安热洛身体里那面脆弱的墙壁。第三天傍晚时分，摄像师对我说："盯着那个角落，你很快就会看到……"我的男同学脆弱的内心装着一堵坚固的墙。我向那里看去。5月，人群缓慢地移动，打量着周遭。每座城市都有光芒四射的中心，远道而来的人们在这里寄托着流放的梦想。我们身处其中一处受欢迎的地方，其魅力在于它既适合"宅"，又适合流放。米盖尔·安热洛假装注意到了长长的游客队伍和午后美丽的光线，但这只是一种伪装，他的目光始终没有离开安谢塔街和加雷特街的交会处。米盖尔·安热洛是那个想要优雅地受苦的人，但却无法做到。他与证据对抗，受尽折磨，被剥夺了理性。想要变得优秀，不需要付出那么多。他提醒我说："请不要把你的视线从街角移开，安娜·玛丽亚，我想让你看到他们从远处出现。那就是他们经常出现的地方，大约六点钟。最近的两周多都是这样。在你生病后的几天，就是我们冒着大雨去见"查理8"的遗孀之后。但是，你要为这负责。马加里达知道这些人物的存在，正如她所说，那些'名人'，可是，是你为她打开了通往这个世界的大门，为她量身定做了虚幻的世界。抱歉地告诉你，你有责任。"他故作诙谐道，"你应该为这一切受到审判、指责和惩罚。"

米盖尔·安热洛是在隐晦地责怪自己。他说："她会变成什么样子？等到幻觉消失了、过去了以后，一切就都结束了，结局不会好的。可是，能怎么办呢？她总说我们这一代男人里，没有一个是她愿意与之一起生儿育女的。在她看来，我们这一辈人只是一群没有梦想的被阉割的人。她说她不想跟我生孩子。现在，就变成了这样……"隐藏在米盖尔·安热洛体内的拱柱在说话。"安娜·玛丽亚，仔细看好了，他们通常从那边拥抱着出现……"我朝安谢塔街和加雷特街的交会处看了很久，直到他们出现在我眼前。虽然我已经等了那么久，并且在脑海里想象了会看到的两个人影，但是最终出现在我眼前的不是人影，而是幻影。

是一个瞬间。

萨拉米达出现了，他的胳膊搭在她的肩膀上，我敢发誓他的拇指在拨弄她耳边的秀发。马加里达·洛塔看着萨拉米达的脸,在解释着什么。他们一边聊天,一边慢慢地、有节奏地走着,脚步轻盈,如胶似漆,然后他的手臂飞快地从她的肩膀滑下,搂住她的腰,紧紧地抱住她,二人臀部相贴,耳鬓厮磨,这一系列动作都在短短几秒钟内、距离我们不远的地方发生了。之后他们背冲着我们,带着身体的火热和情人间的慵懒沿街走远了。米盖尔·安热洛成了那对情侣的解说员,说律师现在几乎一周七天都去他位于歌剧院后面的办公室。他说他会看着他们形影不离地走在一起。但是我不得不承认,我并不同情米盖尔·安热洛,因为他不值得我那么做。他能抗争,他有无穷的力量,在他的体内,一根拱柱支撑着另一根拱柱。而我并不该对眼前的一切负责。造成这种所谓无法弥补的损害的人不是我。我只是创造了条件令两个来自不同星球的人相遇,但我并没有将马加里达·洛塔从米盖尔·安热洛身边拉开,将她送入萨拉米达的怀抱。事情并非如此。是他们发现了彼此并互相理解,共同创造他们的命运。现在,看到他们爱意满满地在街上漫步,我想告诉米盖尔永远和她说再见,或者至少在很长一段时间内要与她分开了,因为那个看上去一败涂地的萨拉米达赢得了比赛。很可能是这样。人们来来往往,相遇、分开或是停下脚步。他们二人像是戴着玻璃面罩行走,完全暴露在别人的视线中,同时也免受所有伤害。这对刚刚坠入爱河的情侣表现得坚不可摧,粉碎了所有不看好他们的传闻。他们向着未来,要创造一个全新的世界。坦白说,马加里达·洛塔与她的情人在一起的画面令我眩晕。米盖尔·安热洛没有向我寻求安慰,他不需要。他只是认为我们不够专业。我们卷入了本与我们无关的事情,卷进了别人的生活中去。那是我们父母的时代,而我们阴差阳错地背负起相关的责任。我们算什么专业的记者?马加里达·洛塔以一种令人无法接受的方式搅乱了所有的计划。这是一个在道义上应受到谴责的案例。到头来，我们不是什么专业的记者，我们什么都不是，米盖尔·安热洛说。摄像师用这种方式来发泄不满。而此时，洛塔和律师已经从我们的视线中消失了。但是，他们好像还在那里，朝着一片众生都善良的平原走去。第三天的傍晚就是这样结束的。当夜幕降临、下城区灯火通明时，一切都不再淫秽了。

至于别的，都按部就班。

原本该存在于我身上的勇气都跑去了马加里达·洛塔那里。原本该存在于我身上的大胆也一样，还有敏捷。我的天真也去了她那里，我对荒谬的无感也传给了她，想要生儿育女的愿望也都去了她那里。留在我体内的是莫大的焦虑，把我推向更为暴力和充满纷争的地方。这就是我选择成为一名报道犯罪案件的记者，一名报道谋杀、抢劫、强奸、战争的记者的原因。我在沙漠中感觉很好，二十八岁时就独当一面，向CBS的观众报道那对双胞胎——我们的司机和翻译是如何被斩首，其中一人的尸体是如何穿过沙漠向我们走来的。我在报道时情绪冷静、用语简洁，分寸拿捏得当，得到了同行的赞扬。是的，鲍勃·彼得森和我想要的幸福就是希望整个世界都处于冲突之中，我们再以体面的方式去报道它，在摄像机的灯光下仔细分析那些冲突。如果有可能，我们俩会在每天黎明宣布一场战争开始，这样午餐时间就可以报道它了。冷静的作风和滔滔不绝的口才是我们的报道艺术。在这里，在这座宁静的白色城市，到处都是和平的钟声和玫瑰，他们相拥走在加雷特街上，十分醒目。她美丽明艳，他成熟奇特，引得人们频频注目。既相似又不同，所以他们结合在了一起。没有什么淫秽之说。第三天，我得出了结论。一切都适得其所。

然后，我做了一些决定。

那些天，马加里达·洛塔没有与我们碰面，她在家和歌剧院附近出没。米盖尔·安热洛绝口不提这件事，但是很明显，他想尽快结束他生命中的这一章。他不停地吹口哨。我安慰他说，素材已经足够了，我们不用去采访奎了。那个曾经留着大胡子、拍照时掏出手枪的"硬汉"现在已经变成了一位安静的生物老师，他的胡须早就不见了，脸上干干净净，每到秋季就开始教那些只吃甜甜圈的年轻人认各种食物。他还能为纪录片增加什么有用的内容呢？米盖尔·安热洛可以休整了，他可以安心整理素材。一个讲授红色浆果与抗氧化剂之间的区别，以及提醒学生应避免使用劣质白面粉的人，不能为《永不沉睡的历史》第一集再增加什么内容了。我了解奎的动向，我知道他不值得采访了。很长一段时间里，奎都只是和学生们在开花的灌木丛中露营，告诉他们蜂蜜是如何出现在口味各异的人士的餐盘中的。奎面对我们的报道，应该说不出什么来。啊！如果蚂蚁从地球上消失，也许他能说上两句。啊！如果白蚁也消失了，那对他的学生们来说会是怎样的一场灾难啊。奎曾是个狠角色，他开过枪，被逮捕过，又被平反，现在他的任务是教学生为什么某些实验中不能使用小白鼠和其他可爱的动物，即便它们可以挽救许多人的生命。大自然母亲高声说话时，我们与老鼠能有什么区别？这位至高无上的女王统领一切，而我们却像傻瓜一样在毁灭她。直到五年前，在我前往美利坚合众国之前，我都在关注奎的动向。现在，奎的学生们已经成为所有飞禽走兽和啮齿动物的保护者。没有必要采访奎了。露营的夜晚，月亮升起，安静祥和的黄色圆盘高挂在天上，地上的学生们进入了梦乡。我们不打算采访奎。我们对这位举枪的奎太了解了。他可以被略去，对吗？顺便说一句，亲爱的米盖尔·安热洛，我们也不会带着你的设备去拜访不朽的卡萨雷斯了。

"你确定？你打算连卡萨雷斯都一并放弃了？"米盖尔·安热洛兴奋地问道。我们在王子街区的工作室里。

是的，米盖尔·安热洛，他对我们有什么用处呢？卡萨雷斯也被逮捕过，被指控谋杀，但这是子虚乌有的罪名。卡萨雷斯什么也没做。正如他们所说，当时的葡萄牙已经处于革命的"后热月①"阶段，之前经历了"小巴士底狱"和"恐怖统治"阶段，然后是"小热月"，之后是在任何社会动荡之后总会出现的"陷阱期"。卡萨雷斯就是拿着一把G3步枪在衣柜里被逮捕的。他没有认罪，也没有必要认罪，因为那些罪名都是谎言。理论上，他认为葡萄牙革命流血不够，所以可信度低。而这不是残忍，是社会净化的义务。他在想他的导师、诗人弗朗西斯科·庞泰斯关于革命规律的思考和总结：在街头的祭坛上自我净化，为了一个无瑕的未来，你会变得纯洁。卡萨雷斯仅仅停留在理论层面，他曾对法官们说："法官先生们，我是这么想的，也是这么认为的，但是我什么也没做。"他像耶稣一样举起双臂。卡萨雷斯，不朽的卡萨雷斯。米盖尔·安热洛能理解我的意思。卡萨雷斯也可以被略去。这样，我们就不用去他位于国道附近的办公点拜访他了。那是一条土路，汽车四处停放，一片狼藉，就像达利②的画上画的一样。只有熙熙攘攘的人流

---

① 这里的热月指热月政变。热月政变推翻了雅各宾派的统治，宣告了法国大革命中市民革命的结束。法国历史由此进入维护大革命成果时期。
② 萨尔瓦多·达利（1904—1989），西班牙超现实主义绘画大师。

经过那里，汽车修理工的地盘。不，我们不去采访卡萨雷斯了。上他那里修车的人，有些看上去像无赖，而他是一个正直的人、一个坚定无比的革命者，他会将手腕伸出去，而不是用脏兮兮的油手与对方握手。车修好后，若是引擎依旧有问题，他会大声地自言自语。如果修不好，他会如数退款。然而，也有人拒绝进入那个修车工的地盘。很多人永远不会将自己的整车交给那个危险的人物。对于这些人来说，三十年和一百年都一样。就是这样。所以，"忆往昔"餐厅照片上的三个大胡子男人都不会出现在《永不沉睡的历史》的第一集中。其中一位，我指的是雅卡·洛雷纳，几年前已经离世，像一只小鸟一样被安葬在孤独之中；另一位变成了一名单纯的生物老师；还有一位成了一名敬业的汽车修理工。我们也不会采访安东尼奥·马沙多和罗茜·马沙多，原因不言而喻。至于努内斯大厨，他本人不想接受采访，否则他的那句惊世骇俗的话原本可以被用在纪录片的某个地方："把我的脑袋从我身上扯下来，把它当作子弹。"可惜，他不愿接受采访。我们沿着若昂五世街向工作室走去。"我们录了多少盘磁带？六盘？每盘九十分钟？一共五百多分钟？画面实在太多了，我们要集中注意力。"除此以外，还有那些档案素材，至少要占整个片子的六分之一。制作一部五十五分钟的纪录片，我们录制的素材不能超过三百五十分钟。还需要做脚本和翻译，之后才能出"原片"。

"应该很快，不是吗？"

"非常快。"我说。

5月16日，一个星期天，鲍勃·彼得森回到了他位于怀俄明大道的家。里斯本时间下午五点，他与我进行了视频通话。我见他还穿着长袍，看上去心情不太好。另外几位记者都已经完成了工作并且顺利返回，只有他一直不太信任的索丽娜·库扎以她的同胞们还没有忘记1989年12月25日那个夜晚为由推迟了采访。最终，索丽娜放弃了，因为她在布加勒斯特联系的所有被采访人都说，他们在1989年的平安夜感受到了枪声，仿佛一切就发生在昨天，甚至那些希望老总统被击毙的人都说他们感觉枪声像瘟疫一般传遍了罗马尼亚的每一个角落。他们不愿谈论此事，鲍勃在大洋彼岸得出这个结论。他想知道我的延误是否与索丽娜的情况类似。我在视频这头沉默了。我们进行了七次采访，每一次我都曾想过要放弃，但是，每个黎明时分，我又觉得总还是有一些值得记录的东西。鲍勃·彼得森问我，"永不沉睡的历史"这个概念是不是错误的。The Waking History[①]。我告诉他，是的，是错误的，但是尽管如此，我们三人还是在最近的一次共同采访中发现，在大约二十个小时的时间里，拥有罕见白羽毛的和谐天使在里斯本上空盘旋。二十小时，够还是不够？这就是我们挖到的枪管。鲍勃奖励了我。他将屏幕转向延伸至厨房的露台，让我欣赏一群松鸦啄食浆果。不过，我没能看见那些蓝色小精灵，只听见它们啾啾的叫声，这就足够了。第二天，鲍勃才发来短信，又是押韵的文字简讯。鲍勃就是这样。

不要迟到
你做得很好
把磁带装进你的包里
也带上你自己回来。

于是，我的问题来了。我需要尽早启程，但是还要处理与父亲

[①] 英语，意为"永不沉睡的历史"。

相关的未尽事宜。

　　那是接下来的一个星期天,也就是我们与诗人夫妇会面后的第二十六天。父亲在等我,他没有抽烟,坐在客厅的沙发上等我回家,眼睛死死地盯着大门。我在他面前坐下。他靠近我,握住我的手,就像那段时间我卧床不起的时候一样。这是那些日子里他养成的一个习惯,或者说是一个癖好。坦白说,我挺喜欢。他攥着我的手,好像他刚刚做了一个决定要让我知道。我能接受这种方式。能回来真是太好了。不管怎么说,我要感谢鲍勃·彼得森当初的坚持。我回到了以前那个家,找到以前的同学,他们还是那样充满智慧和敬业,尽管处境凄凉。还是那样甜美的风景、沉默的人们、明媚可爱的城市,只是这个国家,让人难以忍受。而父亲,不管怎样,还和我小时候一样,过马路时会把我抱在怀里。我们一起度过安静却又紧张的时光,这就是我的感受。现在他握着我的手准备和我说些什么,但是我很难听进去。我已经说过了,在我启程回国的同一天,费伦茨去了匈牙利,大卫·切赫去了布拉格,比尔·布赫纳去了柏林,索丽娜去了布加勒斯特,而我回到了里斯本。不管任务完成与否,大家都已经回美国了,只有我拖延的时间过长。可是,我该怎么办呢?如果父亲为了不用在树下消磨时光而假装休假,如果我不告诉他我和两个同伴在三个月的时间里干了什么,如果我还不能把法贡德斯交给我的文件放在他的书桌上,好让他的离职符合规定,我如何告诉他我的工作截止日期是哪天呢?我该如何是好?如果我不能打破挡在我们中间的那面玻璃,我如何告诉安东尼奥·马沙多我很快就要返回工作岗位呢?就在那一刻,父亲挥舞着我们的手,好像我们即将一起前往一个不知名的花园。我以为他会对我说:"留下吧,别回去了。那里太远了,安娜·玛丽亚,留下吧。"可是事情并非如此，父亲握着我的手说："我知道你该回去了。打算什么时候出发？"

父亲停下了手中的动作，等待我的回复。我有些吃惊，回答说："几天后。"他打开双手，我将手从他的手中抽了出来。事实上，我没想到。我告诉他我已经休养好了，会尽快预订回程的机票，很快出发。我很难掩饰自己的困惑。他的回复令我感到更加惊讶："感谢你告诉我。这样会更好。"

我感到一种莫名的失望，虽然我不该有这样的感觉。毕竟，我自己想成为那个可以被舍弃的人，但当被告知这一事实时，我却感到不适。摆脱父亲的管教是我的人生目标之一，但同时我并不欣赏这样的自由。不过，这并不重要，我已经习惯于比想象中还要坚强，比我的个人情感所能承受的更为坚强，我只需要做出反应，而不是在意自己的怨气。父亲起身对我说晚安。晚安，安东尼奥·马沙多。我们就这样结束了那天的对话。

那是6月初。我着急乘坐英国航空公司的航班离开里斯本，途经希思罗机场返回华盛顿。但在那之前，我需要格外谨慎小心，以保证我离开时尽可能平静顺利。最要紧的是，我需要择机将装有离职文件的信封搁在父亲面前，比如他吃午饭的时候。就在前一天，我把法贡德斯提供的文件摆在了十分显眼的地方，希望安东尼奥·马沙多能在那十二份文件上签名，但是信封在卷轴桌的石制高脚杯旁没有被动过。一天后，他依旧碰都没碰那摞文件。

这很棘手。父亲从假装办公的模式切换到了假装休假的模式。他整天待在家里，他的银色汽车就停在花园里。现在他抽的不再是登喜路或荷兰卷烟，而是伽马烟。他用厨房用纸擦拭家具上的灰尘，用粗针缝补他的袜子，以比萨为主餐，对他的境况闭口不谈。

父亲不再订购《新闻周刊》①《时代》②《国家报》③、法国的三份报纸或是巴西的两份杂志。当然，家里还有很多这些报纸和杂志，到了夜里，成群结队的书虫会从其中冒出来，上面的头条新闻也都有年头了，都是些越来越稀缺的版本，有些甚至可以作为文物被收藏了。父亲不再买葡萄牙报纸，不再在繁忙的时间外出，不再回应那些向他点头致意、提出尖锐问题的人。您认为这件事最终会怎样结束？您这么认为？马沙多先生，您觉得我们如何才能摆脱困境呢？世界的轴心是不是正在转移到我们不受尊重的其他地方？告诉我们发生了什么。父亲不再与他的读者交流，更多的是用烟草烟雾而非言语来做回应，这也是他的习惯。提出问题的人自己给出答案。就是这样。现在，父亲会坐在那里看电视，不管电视上播的是什么，动物也好，慢镜头或是快镜头也罢，对他来说都一样。妮妮也不再在周二和周六之间来家里打扫、整理或者帮忙购物了。安东尼奥·马沙多只需要在那些文件上签字，我再把它们交给好脾气的法贡德斯就可以了，我还没有为威胁说要杀了他而向他道歉。我同意，文书工作的确让人头疼。我知道，这些文件集结在一起会给人一种傲慢的感觉，但不管怎么说，秘书处工作人员收集这些必要的记录是出于对安东尼奥·马沙多的尊重。经理伊雷妮在一张便笺条上亲笔写着："请先生签字。伊雷妮。"这事不费吹灰之力。我想离开了，我想尽快离开自己的祖国。我想把文件交还给法贡德斯，对他说声谢谢，也许还会向他道歉。所以，我需要与父亲面对面。为此，我做了充分的准备，可是机会来临时，我又胆怯了。我把要说的话逐字逐句进行排练："您看，您在打叉处签名，只有十二

---

① *Newsweek*，美国三大新闻周刊之一。
② *Time*，美国三大新闻周刊之一。
③ *El País*，西班牙发行量最大的报纸。

处，其余的内容都已经拟好了，我会把文件送给……"时机来了，我却没能说出口。我觉得只要开了口，就是在处决他。从诗人家回来后的一个月，"忆往昔"餐厅照片的图像已经处理完毕，每个人的轮廓和面孔都被突出和放大了，整个团队以不同的镜头再现，罗茜·奥诺雷的字迹在画面中缓慢移动，最后静止。罗茜圆滚滚的字母写出的那些人名显得十分饱满。"我们都在场"。图像背景被处理成了黄色调，充满了沧桑感。马加里达·洛塔再次缺席，她没有看到米盖尔·安热洛最后处理的这些细节，预感到我放弃了最后两名被采访者是在掩盖一种逃避。米盖尔·安热洛受到不被信任的打击，他输掉了比赛，但也准备好打翻身仗。就像抒情歌曲常说的那样，不管米盖尔·安热洛喜欢与否，马加里达·洛塔都恋爱了。6月12日那天，我回到家后，想把照片放回几个月前我取出它的那个地方，但是父亲在书房里抽烟。

他当然没有去碰他的退休文件，他正置身于伽马烟的白雾中，整个书房都充斥着烟味，那烟雾像是从煤窑里散出的，从他的"宝座"升起，一直弥漫到玻璃门外。我走近他的卷轴桌。安东尼奥·马沙多的手在飞快地敲击键盘，我确信他不是在打字，只是单纯敲打键盘。尽管显得如此忙碌，他还是对那一大堆摆在他面前的未签名文件置之不理。我鼓起勇气，将第一张纸递过去。父亲转过头，全神贯注在键盘上，仿佛看不见那张纸。这出哑剧没法继续了，我轻轻地挥舞那张纸，请他在上面签名。父亲则将视线从纸张上移开。无论是现在还是永远，我们都不能像两个懦弱的生物一样继续生活下去。我父亲曾对我说："我知道你该回去了。打算什么时候出发？"他对我的态度已经很明了，我为什么不能对他明确态度呢？

我没有放下那张纸，问道："你为什么不签名呢？"他没有回答。重要的是不能成为一名懦夫。我的眼中闪过一丝挑衅。我向他提出挑战："你不愿签名，是因为他们想把一个不知道罗斯福或是希特勒是谁的实习生派给你？显然，这个实习生知道如何生存，而安东尼奥·马沙多却不知道。仅此而已。"父亲回答道："我不签。"我站在原地，看不到出路。是什么让父亲的手指在键盘上来回舞动？我站在他的书桌前，默默地闭上了眼睛。我看见父亲骑马奔跑；父亲在口袋里装了一把瓦尔特手枪；父亲带着一个塞满草稿和照片的乱七八糟的文件夹；父亲拿起搁在地上的碗吃羽扇豆；父亲在"忆往昔"餐厅里为餐食加盐；父亲寻找能成为未来暗号的一种噪声；父亲白天睡觉、晚上写作；父亲躺在军事学院的礼拜堂里，人们把脸凑过去，确认他的脸已经冰凉，然后互相说道："看，他死了，他确实死了。这家伙终于要永远地消失了？"

但是我的父亲并没有死。安东尼奥·马沙多拒绝屈服，所以他没有死。"别再坚持了。"他说。我继续问道："所以你打算一直这样？"他回答说："我永远不会签那玩意儿，现在不会，将来也不会。"他的手指又扑到了键盘上，我觉得他会把键盘敲坏。父亲骑着栗色马儿奔跑，浪花此起彼伏，他根本停不下来。普拉亚格兰德装不下他的固执。父亲预见了苏联解体、阿富汗悲剧、阿拉伯联合共和国解散、非洲难民潮、巴尔干地区争端、欧洲的自命清高，还有不可一世的美国像其他小国一样被袭击。只要有纵火者就会有火灾，而那些纵火者就在我们中间，看上去和蔼可亲，但实际隐秘又凶狠。这一切他都预见到了。更重要的是，他不断地告诫葡萄牙人民，葡萄牙式的忧郁会葬送这个国家，那些住在配备大理石浴室和金银水龙头的豪宅里的人会开怀大笑着逃之夭夭，像奥斯曼帝国的王子一样，冲着别人吐口水。"有电视和汽车的中世纪村庄"，这是父亲多年前曾总结的一句话。他预见到了，日复一日，年复一年，后来发生的事情证明他完全正确。至于他自己、他的女儿和他心爱的妻子，安东尼奥·马沙多没有预见到什么，即便他尝试了，结果也是错误的。对于世界，他曾是一名先知；对于自己，他是一个盲人。现在，既然我已经着手处理这个微妙的问题，我打算将其进行到底。我请他签好字，然后我自己将文件邮寄给伊雷妮。我又一次请求他。"不。"父亲坐在书桌前说道。于是，我将事态升级了，我决定触碰禁忌之地。"罗茜·奥诺雷什么时候来？你不打算告诉我吗？"我问道。"她不来了，安娜·玛丽亚，她不来了。"父亲没有正视我，又开始疯狂敲击键盘。"好吧，既然如此，她可以来了，因为我18日就回去。下周五，你就自由了。"我对父亲说完，我们就能完全互相理解了。事实上，一直以来都是这样，我们两人只需要几句话就能理解对方的意思，我们训练有素，而我也喜欢这样。他问："你什么时候到华盛顿？"这是父亲在转移话题，我明白这一点，我非常明白。"我下周五启程。下个周末，你就可以和罗茜·奥诺雷相聚了。我把这些文件留下，也许她会劝你签字，然后她帮你送去报社，省得麻烦别人了。有一群人在为你操心，你难道不知道吗？"

安东尼奥·马沙多执念于我的出发时间："你早上出发还是晚上出发？"我告诉他："晚上。"父亲一边说，一边敲着键盘。"改签到早上出发。那趟经过马德里的航班，票价不高。你可以算笔账。两趟航班的价格是一样的。"父亲继续像对待农具一样对待电脑键盘。我失去了耐心，像从前一样尖叫起来。我大声喊道："打住，打住，求求你了。我一直在追着你的那些疯朋友，我受够了，我已经受够了！其中一个骑在马背上，另一个在口袋里揣着一把瓦尔特，还有一个住在满屋子都是所谓'暗号'的房间里，安东尼奥·马沙多则在家避难,像一只寄居在腐烂果子里的蜥蜴,生活在黑暗中。是不是这样?所有那张照片里的疯子,似乎只有那两个已经死去的有价值。"

我带着儿时的怒火对他说。

他将手从键盘上挪开,惊讶地看着我。他的脑海中浮现出冒险片的场景。我了解他,我从他的眼睛里看到了。安东尼奥·马沙多起身,坐下,又起身。他指责道:"你一直带着那张照片到处逛。是你,原来是你……"

父亲并没有指望我承认什么,就算我承认了,他也要亲自确认,好像我无法回答这个问题,或者没有任何诚信度可言。他像猫一般敏捷地走向他的书柜,转动"雅各的梯子",爬上五级台阶,在最后一层靠近天花板的柜子里搜寻着,那上面堆积着书籍、照片和灰尘,好像一个储藏室。当他意识到自己的东西已经不在原位时,他居高临下,用手指指着我呵斥道:"叛徒,你拿走了不属于你的东西,你连一个字都没有跟我说。你做了,是的,你做到了。你的贼眼盯住了这件事情,你没有权利这样做。你没有,你没有权利这样做。你不是那个时代的人,你不能成为守护那些美丽和纯洁的人和事的人。你不能,你不能,安娜·玛丽亚。你带着恶意去看待我的朋友们,你那可怕的镜头,你渴望看到你周围充斥着血腥和死亡的迹象。你拿着我的照片挨家挨户去……"父亲一边说,一边从梯子上下来。他靠在玻璃门上,在那里站了好一会儿,什么也没说。

"照片呢?你把照片放哪里了?去拿来。"

我们像过去一样争吵。但是，这次不是他的权威令我去房间取出照片，也不是我对他命令的恐惧，而是他的痛苦。我取回照片并把它放在卷轴桌上。我想爬上梯子，把它放回原处。我应该在一天前，或者至少在几个小时之前，也就是在匆忙讨论他的退休事宜之前就这么做，但是我已经走出了这错误的一步。父亲喊道："停下，不要再碰它了。你已经把它弄得够脏的了。发生的一切都是纯洁的、美丽的、独一无二的。我看到了，我经历了，我就在那里。别碰它，别再碰它了……" 我不会去碰它了，父亲正在受苦。"我很了解你，安娜·玛丽亚，你不是让我的朋友们回忆那些日子，你是去享受他们的颓废的。你是去偷窥，暗自庆幸，用你的镜头改变你所看到的和所听到的，然后你就可以说：我认识他们，他们并不是人们说的那样。但是你不知道，我们已经不再是当初的我们了。颓废后，我们就变成了另一个人，你这样的人没有资格进入他们的生活，也没有资格去体会他们曾经拥有的魅力。因为你的世界充满了幻灭。你的同龄人可以这么做，但是你不行。一个没有你这么铁石心肠的人可以这么做。我想象你的喜悦，安娜·玛丽亚，我想象……"那一刻，我父亲对我横加指责。

"正是因为这个原因，我不是独自去的。"我告诉他，"相信我，我不是独自一人去的，我带了该带的人。"

但是，父亲听不进去，我也没有能力以他能理解的方式向他解释发生的一切。

父亲认输了，他走到房间的另一边，一屁股坐在沙发上。我也一样，我们俩都被囚禁在我们的战场上。坐在他面前，我可以看到他的脸是那么红润。安东尼奥·马沙多对他的女儿说："如果可能的话，早点走吧，最好明天就走。有一班法国航空公司八点零五分起飞的航班，途经巴黎。走吧，尽快走吧。或者，至少离开这个家……"很明显，我把父亲灵魂深处的一潭池水搅乱了。我预订的航班是在18日，周五的，还有六天时间。我该怎么做呢？让这一刻随风而去？我像了解自己的双手一样了解父亲。也就是说，我们其实从来都不了解它们，甚至无法描述它们，但它们于我们来说又和身体其他任何部位不同。所以，理所当然，我该让今天发生的一切就这样过去，听父亲的话，不管他说了什么，对也好，错也罢，公平也好，不公平也罢，我在自己的房间里等到第二天就是了，别说任何触及要害的话，也别谈什么处境。于是，我一直在等待。一时间，我能感觉到他被深深的怨恨所支配。我想跟他说说我们进行了三个月的项目，但是他拒绝听。"听着，不是那样的……"他挣扎着，语气坚定有力："闭嘴。"我回顾了自己的过往，不记得父亲曾对我说过这两个字。父亲的举止罕见而决绝。

我躺下，可是没有睡着，又起来。他也没睡。我们像两个鬼魂在房子里游荡。他甚至当我不存在，自言自语道："我知道庞泰斯和奎以他们的方式告诉她那个羊羔的故事时，我女儿得多么地高兴。我知道……"他在客厅的家具间徘徊，独自呢喃。阿尔及利亚诗人的遗言挂在墙上，守护着父亲的足迹。我想去找点热的食物。家里什么吃的都没有，热的冷的都没有。煤气阀门已经坏了两天多了，得过很久才能修好。"你的航班提前到哪天了？明天？你也可以途经马德里，在巴拉哈斯机场转机等待两个小时就可以了。去吧，去西班牙国家航空公司代表处跑一趟吧，别打电话了，接电话的那个人什么都不懂。按照他们要求的做就行。你需要亲自去一趟，走过去，明白吗？"他手里拿着一本电话簿，"或者你也可以去旅行社，就在另一条大街上，两步路。"直到第二天，星期二，我才明白了安东尼奥·马沙多的用心良苦。醒来后，家里没电了，没有任何一个电器能用。他醒了，在客厅和卧室之间踱步，然后他又躺下，把自己锁在房间里。我慢慢地、慢慢地才解开了那个像拧紧的水龙头一般的谜团。家里的水、电、煤气、电话都欠费了。父亲的银行账户已经赊了六个月的账，他还没有和玛尔塔医生结算。父亲不想见罗茜，也不想我在他身边，他打算孤独地反抗，他想阻止我目睹他最后的投降。开门，请开门。我低声请求了两个小时，怕邻居们听到。之后，我开始以我所知道的各种方式和我力所能及的各种方式大声请求。我不停地说，为了他能一直听到有声音在呼唤他。我隔着门把我从未对他说过的话都告诉了他。之后，卡萨雷斯来了，奎来了，"青铜长官"在那天晚些时候也来了，"伞形花少校"第二天早上来了。十七年来，我第一次给罗茜·奥诺雷打了电话。我不能离开我的父亲。是的，我终于抵达了神话中心的核心。我独自一人停留在其中。

笔记

直到六年后，我才完成了脚本。
今天下午将它发送给了鲍勃。

里斯本，2010年6月15日

写给罗伯特·彼得森的脚本

漆黑的城市，街道空无一人，电车轨道看上去像一条条血脉，奥古斯塔街拱门作为背景出现在画面中，但拱门钟上没有指针，钟面也模糊不清。它的圆盘在我们面前慢慢放大，模糊的钟面告诉我们时间早已停止。米盖尔·安热洛制作了几个关于这块时钟的图像，只需要根据音乐进行选择即可。不过，片子的开场应该是静音的。

如果不是因为这是名为《永不沉睡的历史》系列片的第一集，我不会有这样的想法，而会遵循以下原则：光明偶尔瞒过了主宰悲喜剧的天使，1974年4月25日的夜晚，沉默被那首阿连特茹民歌开头的踏步声打破。之后，士兵们经过里斯本古老的街道时，踏步声从地面传来并不断拉长，贫困在碎石路上散落一地。里斯本沉睡之时，脚步声和歌声越来越响亮，持续不断。泛黄的监狱大门紧闭，教堂的高门寂静无声，宫殿的挑檐也在熟睡，电台的二楼灯火通明，阿连特茹民歌就从那里传出。此时，拱门钟的钟面上出现数字"12"和"4"。午夜零点二十分，踏步声响起，革命的信号被发出。钟面上依旧没有指针。脚步声渐行渐远，逐渐减弱，但是没有消失，会一直作为背景音。根据米盖尔·安热洛在这六年间准备的素材，画面先是一片黑，行军和奔跑的士兵的身影慢慢浮现。他花了很多精力来制作和协调这些画面。当士兵们在黑暗中行进，军营大门被打开时，出下面这段画外音："不知怎的，我觉得自己没进门就躺在了床上，我觉得自己年纪轻轻就已经死了，在非洲战争中被四分五裂，是的，死了，客死异乡，没有子嗣，几乎不识字，只有远处一个草垛等着我，还有我的母亲和一个年轻的女人，几乎和我一样年轻，穿着一身黑衣，我的照片挂在门口，在圣徒和纸花之间。接着，我想我死在非洲没有任何用处，所有在监狱里死亡的人也都没有任何用处，什么用处都没有。我一点也不后悔被埋在异乡，我不后悔进入松木棺材，我死不足惜，我也不为任何人或是任何事感到遗憾。若是被国际和国家防卫警察抓捕，我就按照此前被告知的，坚称自己选择的歌曲已经提交了审查。但是，我当时确信歌曲没有被播放出去，因为与我们的预测相反，没有一家军营发生士兵政变，也没有一支军事纵队上街游行，就这样，我穿着衣服和鞋子在我房间的床上睡着了……"这是埃内斯托·萨拉米达的话，会被好几个人声念出来，那是几个并列的男声，米盖尔·安热洛还制作了参与政变的士兵身影成倍增加的效果，体现出有五千人参与了"末日政权"行动。但是，说出这话的人将是"青铜长官"。机场里，飞机停在停机坪上；特茹河上，船只停泊在码头。钟面仍然只有两个数字，没有指针。这些都是我的朋友米盖尔·安热洛剪辑好的效果。钟面保持静止。

"青铜长官"即将出现，宣布将要发生的事情。

他对各种奇迹的叙述要被完整采用，包括关于五千人都自愿变成一个人的那段陈述。以下这段"青铜长官"的话是非常重要的："奇迹，是的。作为一个不可知论者，我想使用一个更平和一些的词语，但是我没有找到。为什么是奇迹？因为在同一时间恰巧发生了那么多意想不到的事。来，请在为时已晚之前记下我所说的这些。"显而易见，这段话需要被完整采用。我找不到其他任何话语能比这更好地定义《永不沉睡的历史》这部纪录片的精髓了。此外，还要加上保留五千人记忆的意图，尽管片中无法提及"青铜长官"承担起这项任务的原因。那些原因甚至得被完全删除，它们不能被保留在工作室的档案中，更不用说出现在CBS的办公室里了。它们不符合这部纪录片自始至终的创作理念，即"黑暗中的一丝光亮"。我们对解决冲突不感兴趣，我们对明明可以清楚明了的东西变得混沌不感兴趣，我们只对找寻那经过时间洗礼依旧完好无损的、插着鲜花的枪管感兴趣。涉及"青铜长官"的部分就都结束了。

接下来，在"青铜长官"的画面消失前，俱乐部电台大门的画面就可以出现了，这是米盖尔·安热洛从档案资料中小心翼翼翻找出的影像。轮到"伞形花少校"登场了。他的画面需要出现在八名占领电台的士兵在凌晨安然打开大门的图像之上。大门顶部被树枝遮掩，作为背景出现在片中，然后镜头慢慢靠近并放大。"伞形花少校"说："我们不想吓唬任何人。相反，我们想让他们知道，我们是在那天晚上和一生中保护他们的人，让他们远离耻辱、不公和傲慢。"此时，钟面上会出现数字"3"，紧接着是数字"4""5""6""7"，以及自25日凌晨至那天早上发布的各类公报的片段。米盖尔·安热洛效率很高，他利用蒙太奇将单词凸显，并以《海浪上的生活进行曲》作为配乐。"伞形花少校"的采访则被舍弃了。我们只能这么做。关于他的"拉丁语迷"祖父、他在儿时穿的靴子、他的树木，以及最重要的三个谎言，都被舍弃了，尽管我们对他的遭遇充满敬意。因为他的故事可能会分散主题。纪录片也不包括他遭遇背叛成为受害者的部分，更不用说他针对政府和其他机构提起的九项诉讼。这些都会让人觉得未来是如此不完美，所以事情的起因也不可能是纯粹的。关于"伞形花少校",重要的是英国皇家海军陆战队乐队留下的音乐。直到六年后,我才得以以一种对鲍勃·彼得森有用的方式将我自己的所爱和我欠他的东西区分开。

这时,"查理8"的遗孀该出场了。

——·——

在她转述其丈夫所说的在商业广场、军械库大街和瑙什滨河大街发生的一桩桩、一幕幕中,骑兵中尉拒绝向"查理8"开枪的部分要被保留,"查理8"身后站满了围观的人群。此时,奥古斯塔街上的时钟钟面上出现数字"9""10""11"。寡妇讲述罗西乌广场的行军时,钟面上显示数字"12",指针同时出现在画面中。作为一名遗孀,她激动地说自己丈夫在那时拨动了历史的指针。那个下雨天,她是这么对马加里达·洛塔说的:"我丈夫告诉我,他在罗西乌广场时,第一步兵团在国家剧院前投降了,他听见拱门钟又开始运作起来。嗒、嗒、嗒、嗒。他说,时钟在他的脑中一直嘀嗒作响。他说,他知道那一刻,五千人正在拨动历史的指针。"此时,拱门钟的指针开始转动。米盖尔·安热洛同时将康乃馨的画面移入,我建议屏幕上布满鲜花。

这一刻当属于康乃馨。

此时的画面应该被花瓣占据。去年12月,鲍勃设法将我们五位记者聚集在位于宾夕法尼亚大道的四季酒店大堂,我们在那里讨论了纪录片的剪辑，我们得出的结论是，柏林墙倒塌时给人们带来的喜悦、布拉格街道上的旗帜以及布达佩斯的旋转楼梯等画面可以被混剪，但是鲜花是葡萄牙特有的。康乃馨。我建议鲜花的画面之后，直接切入对大厨努内斯的儿子的采访，因为大厨本人拒绝出镜。马加里达·洛塔后来拜访了大厨的儿子，只需要使用以下这段话："我父亲说，那天他一早就赶去下城区，打算买些上班穿的衣服。当他看到士兵们在商店之间行进时，他意识到发生了什么，喜出望外。他常说：'我忘记了一切，大喊道：伙计们，带上我，把我的脑袋从我身上扯下来，把它当作子弹。'"幸运的是，大厨的儿子作为父亲的崇拜者，扮演了他父亲应该扮演的角色，他对父亲的敬仰毫无条件。但是他对于厨师父亲的赞赏用在此处不合适，也不会被用在别处了。它将永远留存在大厨儿子和我的心中。

下面该萨拉米达登场了。他的部分会很简短，因为他穷其一生都在思考那个以尹伊桑的大管独奏曲为主题的可以通往未来的代码，他认为那声音能将生者与死者统统唤醒，将东西方团结在同一片土地之上。他时刻怀揣录音笔。他关于勇气和恐惧的叙述，以及他和他的同伴经历的自我怀疑的部分，至少有一些是很有意思的，但是用在这部为了体现"光明天使短暂飞过里斯本上空"这一主题的概括性很强的纪录片中，显然不合适。他会说："所以，等我醒来时听说一列满载士兵的坦克从卡尔莫街驶来，民众尾随其后欢呼，你们应该能理解我的感受。我复活了，穿着衣服和鞋子。"这和他与他那戴着女王戒指的母亲所说的一样。但是，有关他的所有采访，只有这句话对纪录片是有用的。蒂昂·多洛雷斯的采访也几乎全都被略去了。

那些涉及家徒四壁的房子和睡袍的画面，特别是关于他在国民警卫队司令部里拍摄照片的部分都无法被采用。作为纪录片《永不沉睡的历史》的开篇，它不该有任何喜剧或是悲剧的效果。我们将采用街头拍摄的画面，因为我们希望打造出抒情叙事的效果。至于史诗般的效果，就留给比尔·布赫纳、詹姆斯·费伦茨和大卫·切赫吧。而索丽娜·库扎直到现在都无法做到去芜存菁，这也是这些年来我希望能够做到的。继续说脚本，回到蒂昂·多洛雷斯的部分。最后，穿着女款睡袍的摄影师在纪录片中会面对着马加里达·洛塔说："我忘记了自己是一名摄影师，张开双臂向他们走去。我大喊着：哎！从我身上走过，把我当成你们的地毯吧。我开始追赶他们，我解开自己衣服的扣子，露出胸膛，说我父亲死在佛得角的集中营里，我咆哮着讲述我的生活，亲身感受周遭发生的种种。"配合这段讲述，米盖尔·安热洛挑选了一些展示奥古斯塔街上的群众欢欣雀跃画面的照片。这些照片都是别的摄影师拍摄的，而非蒂昂·多洛雷斯。那天，蒂昂·多洛雷斯在事发一段时间后才想起自己是一名摄影师。不管是谁拍摄的，重点是在画面上能看到树上爬满了人，窗台上伸出无数脑袋，一位记者站在装甲车上拿着话筒对群众喊话。此时，拱门钟的钟面显示时间为下午五点，指针也清晰可见，非常清晰，分针在"12"和"1"之间欢快地跳动。五点零五分。这里，装甲车或者装甲车后的嘘声都不重要，画面被静音了。米盖尔·安热洛的完美重构。

更确切地说，照片应该展示出军车上载满了士兵，他们的枪杆上都插着鲜花。伴随这些画面，可以出诗人夫妇的陈述。只需采用英格丽德俯身在丈夫弗朗西斯科·庞泰斯的肩膀上讲述军营被袭击的最后一部分。虽然采访画面拍摄质量非常高，但我们只需要她回忆自己肢体语言和心跳加速的那个段落："后来，革命愈演愈烈，我想看看究竟发生了什么,不得不踮着脚尖向机枪所指的方向张望。他搂住我的腰,我跳到他的肩膀上。"就这些。幸运的是,说完这段话最后一个字后,英格丽德看了一眼她的丈夫,弗朗西斯科也冲着诗人妻子笑了。这个画面一定要保留,以保证弗朗西斯科在这部纪录片里有所呈现。但是,他有关革命的描述,包括交火、气愤、地上的血迹、报复等,都不能出现在《永不沉睡的历史》中。关于这场革命,所呈现出的应是"和平",一切都是以和平的方式进行的。坦率地说,诗人夫妇吟诵《有一天》的部分甚至也可以被采用,但是,只需要弗朗西斯科诵读第一段、英格丽德诵读最后一段的部分即可。弗朗西斯科吟诵道:"有一天,男孩们会受到赞美。他们将在花团锦簇中穿行。他们终会笑逐颜开,高举双臂。"我同意,在这种类型的纪录片中增加诸如庞泰斯这样的诗人的吟诵,会制造出一种"乌托邦"的效果,尽管我们知道诗人本人并不喜欢这首诗,他在吟诵这首作品时甚至自我嘲弄了一番。我当然不会忘记诗歌中段关于贝壳和鱼刺的比喻,还有泼脏水的部分,但是这些都被略去了。英格丽德吟诵的最后一小节关于"日子会像诗一般美好"的部分,可用可不用。至于夫妻二人讲述的关于萨拉米达在盖碗前嘀咕"这是我的身体""这是我的人民"的部分,是绝对要被删除的。一来在这类纪录片中不宜出现死去的动物,二来我们的摄像师并没有将那段对话录下来。所以,有关诗人夫妇的部分就到此为止了。画面再切回奥古斯塔街。

拱门钟的钟面上,指针固定在"9"和"4"的位置,也就是1974年4月25日21点20分。刚刚入夜,一片黑暗。但是,时间需要标记。这个时间正是右眼上架着一副带把手眼镜的将军出现在指挥政变的国民警卫队司令部里的时间。在他的推波助澜之下,开始了政变第二阶段，也就是分歧出现的时候。这是钟面最后一次出现，它的画面随后消失。关于这一时刻，"熙德"的一些话可以诠释，恰好宣布转折点来临，那是他回答马加里达·洛塔提出的一个问题时说的。她当时穿着一件深色短裙，普拉亚格兰德的风掀起她的裙边，温顺的马儿站在那里，跺着马蹄，溅起水花。采访人的模样非常美，她问道："整场革命中，哪个时刻对您来说仍然是最重要的？""熙德"在短暂停顿后回应道："将军通过那个镜片打量我们每个人，好像镜片变成了潜望镜，并命令每个人都报上姓名和参与的行动，说他打算向发动政变的人分发奖金。但是我们中的一位士兵站出来说，我们不想要任何回报。将军，我们不是为了这个而冒生命危险的。我们什么都不想要。这是一个神圣的原则。照顾好我们，将军。看，这一天还没结束，革命还在大街上持续，坦克还没回军营，那些带枪的小伙子下个月才需要睡觉。"对"熙德"的采访非常精彩。

但是"熙德"的那段话不会被用在片子里。

战略家这样的人物必须免于言语。传奇人物若是张口说话，传奇色彩便荡然无存。在我看来，"最高大的红橡树"可以按照以下方式出场。画面回到诗人夫妇，不管他们以怎样的方式结束出镜，紧接着出现在"忆往昔"餐厅拍摄的那张照片。我建议使用米盖尔·安热洛拍摄的一些如今餐厅大门的画面，它们与三十年前一模一样。先是照片上的人物的脸庞依次出现在画面中，再是包括相框在内的整张照片，以及罗茜·奥诺雷·马沙多在照片背面留下的那些亲笔记录。片中出现的那些被采访人的苍老的面孔要回到他们年轻时的样子，他们面带微笑、神采奕奕、幸福无比。那些面孔要一一呈现，利用延时效果好让观众一一辨别。至于那天夜里发生的事情，片中不要涉及，绝不涉及。在这张唯一的合影中，所有人都露出了笑容，而这张照片已经流逝在时间的长河中，我们只为寻找其中的特别之处。继续。镜头定格在战略家的身上，他在照片中站立着目视远方，为下一个画面做铺垫：骑马驰骋的"熙德"。

现在"熙德"是主角，但我还是不主张出他的采访。的确，我们有"熙德"精彩的回答，说明为什么他的勇气和活力经受住了时间的考验。纪录片中，战略家可以这么说："我就像熙德，死后尸体被捆在坐骑上，手中绑着剑，被送去战场，仍能起震慑作用。我会像他一样。我的身体即便变成一具尸体也要赢得战斗。"是的，可以采用这段，但我始终认为，在《永不沉睡的历史》里，"熙德"无声胜有声。我已经说过，当一个人被历史记住时，说话是一种冒险。其他不用冒这种风险的人可以这么做。他的画面应该从照片直接跃入普拉亚格兰德海滩边，他在马背上乘风破浪。许多的海浪和无边的大海。他骑在栗色马儿身上在海边狂奔的画面堪称经典。我的同事们在他们的祖国采访时，没有谁能拍到这样的画面。纪录片最后一部分是涉及教父的。

这是罗伯特·彼得森的主意。

那是教父1977年在美国参议院一次会议上的讲话。我不敢说那个下雪天在教父家聚会时，他本人想过要在纪录片中使用自己在这个会议上的讲话，但是他的教子一定想到了。我同意，教父在那次会议上的讲话，至少应该采用其中的这段："我想强调的是，这一切是在两年内完成的，没有流血。在我看来，这在世界历史上独一无二。"完美。在最初构想的这一套纪录片中,应该没有哪一段陈述可与之媲美了。我建议背景仍然是那匹载着"熙德"破浪前行的马。同时,教父在一个春天的下午坐在扶手椅上回忆在参议院上的发言。这是一种历史孕育的大胆。为什么他们两人不能同时出现在纪录片中呢?在1975年的里斯本,他们曾是对手,并且很有可能白天还在一起吃饭、打球,到了夜深人静的时候便以死相威胁。那时,那个发亮的天使已经完成了她的使命,筋疲力尽地拍了拍翅膀飞走了,留下我们在之后的二十年、三十年、四十年、一百年,甚至更长的时间里破译到底发生了什么。